CORINNE MICHAELS

Ajude-me a LEMBRAR

Traduzido por Patricia Tavares

1ª Edição

2023

Direção Editorial:	**Arte de Capa:**
Anastacia Cabo	Bianca Santana
Tradução:	**Ilustração de Capa:**
Patricia Tavares	Freepik
Revisão Final:	**Preparação de texto e diagramação:**
Equipe The Gift Box	Carol Dias

Copyright © Corinne Michaels, 2022
Copyright © The Gift Box, 2023

Todos os direitos reservados.
Nenhuma parte do conteúdo desse livro poderá ser reproduzida em qualquer meio ou forma – impresso, digital, áudio ou visual – sem a expressa autorização da editora sob penas criminais e ações civis.
Esta é uma obra de ficção. Nomes, personagens, lugares e acontecimentos descritos são produtos da imaginação da autora. Qualquer semelhança com nomes, datas ou acontecimentos reais é mera coincidência.

Este livro segue as regras da Nova Ortografia da Língua Portuguesa.

CIP-BRASIL. CATALOGAÇÃO NA PUBLICAÇÃO
SINDICATO NACIONAL DOS EDITORES DE LIVROS, RJ
Gabriela Faray Ferreira Lopes - Bibliotecária - CRB-7/6643

M569a

Michaels, Corinne
Ajude-me a lembrar / Corinne Michaels ; tradução Patrícia Tavares. - 1. ed. - Rio de Janeiro : The Gift Box, 2023.
312 p. (Rose Canyon ; 1)

Tradução de: Help me remember
ISBN 978-65-5636-275-5

1. Romance americano. I. Tavares, Patrícia. II. Título. III. Série.

23-84259 CDD: 813
      CDU: 82-31(73)

CAPÍTULO UM

Brielle

Meus olhos se abrem e depois se fecham quando a luz ofuscante é demais. A dor na minha cabeça é tão intensa que rouba minha respiração.

O que diabos aconteceu?

Há uma leve pressão no meu braço, e então a voz suave de minha mãe preenche o silêncio.

— Brielle, querida. Está tudo bem. Abra os olhos, minha doce menina.

Eu inalo algumas vezes antes de tentar novamente. Desta vez, estou preparada para o brilho e as paredes brancas estéreis que refletem a luz do sol. Ouço alguém correndo um segundo antes das cortinas descerem, lançando sombras e tornando um pouco mais fácil para eu levantar minhas pálpebras.

— Onde... — tento falar, mas minha garganta está em carne viva. É como se eu engolisse mil facas e não tomasse nem um gole de água há anos.

Mamãe está ao meu lado, e minha cunhada, Addison, está com ela. Viro a cabeça para ver quem está do outro lado, o que é um grande erro, pois uma nova onda de dor atravessa meu crânio. Levanto as mãos para a cabeça, tentando empurrar a pressão para baixo, mas ela não diminui tão facilmente.

Presumo que o médico faz um pedido de medicação antes de baixar a voz para um sussurro:

— Brielle, é Holden. Vamos arranjar-lhe algum analgésico para a cabeça.

Holden? O melhor amigo do meu irmão está aqui? Não entendo. Ele deixou Rose Canyon anos atrás e só volta uma vez por ano.

Ele fala novamente:

— Você sabe onde está?

Presumo que estou no hospital, considerando os monitores e a cama em que estou, então aceno com a cabeça.

— O-o que a-a-aconteceu? — eu me engasgo com as palavras.

Não há sons além do bipe atrás de mim. Vou abrir minhas pálpebras e ficar assim, como se isso me ajudasse a encontrar a resposta para o motivo de estar aqui. Quando eles finalmente ouvem, me vejo olhando diretamente para os três melhores amigos do meu irmão. Holden, que está vestindo seu jaleco branco, está no meio. Ao lado dele está Spencer Cross, o homem alto, sombrio e pecador com quem sonho desde os treze anos, mas nunca terei. Atrás dele está Emmett Maxwell, que... está nas forças armadas em implantação... que diabos?

Por que ele está em um uniforme da polícia? Por que ainda está aqui? Os e-mails que ele envia toda semana são assuntos sobre os quais Isaac sempre fala porque, é claro, Emmett teve que se juntar às Forças Especiais. Ele não podia simplesmente cumprir seu tempo e voltar — ele precisava ser heroico, o que não é nem um pouco surpreendente.

— Você sabe por que está no hospital? — Holden pergunta.

Nego com a cabeça, me arrependendo imediatamente.

Ele me dá um sorriso suave antes de perguntar:

— Qual é o seu nome completo?

— Brielle Angelina Davis.

— Qual é a data do seu nascimento?

— Sete de outubro.

— Onde você fez o ensino médio?

Eu bufo.

— Onde todo mundo fez. Rose Canyon High.

Emmett dá um passo à frente, ele é maior do que me lembro, seu peito é largo e os braços preenchem seu uniforme como se estivessem quase dividindo as costuras. Ele me dá seu sorriso vitorioso e descansa a mão no ombro de Holden.

— Brielle, acha que está pronta para responder algumas perguntas para mim? Sei que você provavelmente está com dor e exausta, mas é importante.

Perguntas? Eu já não estava respondendo perguntas?

A pressão na minha mão aumenta, me lembrando de que minha mãe está aqui, e lentamente me viro para ela. Há círculos escuros sob seus olhos castanhos e lágrimas escorrendo pelo rosto. Addy está ao lado dela, que também parece que não dorme há uma semana. Olho em volta novamente, me perguntando onde diabos meu irmão está. Isaac vai me dizer o que há de errado. Ele é sempre honesto comigo.

— Isaac? — chamo, pensando que talvez ele esteja no corredor ou algo assim.

A mão de Addison voa para sua boca, e ela desvia o olhar. Minha mãe aperta minha mão com mais força e depois segura Addy.

— O que tem ele? — Holden pergunta, chamando minha atenção de volta para ele.

— Onde ele está?

Emmett fala em seguida:

— O que você se lembra da última vez que esteve com Isaac?

— Eu não... eu não... — Olho em volta, sem entender por que estou em um hospital ou o que diabos está acontecendo. — Ajuda. Eu não...

— Calma, Brie — Holden diz, rapidamente. — Você está segura. Apenas conte-nos o que aconteceu.

Balanço a cabeça, não entendo por que ele está me perguntando isso, o que me dá uma pontada de dor na cabeça. Aperto meus olhos fechados até passar o suficiente para falar.

— Não, eu não sei. Por que estou aqui? O que está acontecendo? Onde está Isaac? Por que todos vocês estão chorando? O que há de errado comigo?

Holden se aproxima, segurando meu olhar.

— Não há nada de errado com você, mas preciso que você tente respirar com calma, ok? — Ele exagera o gesto, inspirando profundamente, segurando-o por um segundo e depois expirando lentamente. Depois de algumas tentativas, consigo imitá-lo, mas o pânico ainda está lá, ainda arranhando minhas entranhas. Ele se vira para Emmett. — Ela não está pronta para isso. Por que vocês não nos dão alguns minutos enquanto eu a avalio e a deixo se orientar? Ela precisa de alguns momentos.

Minha mãe se levanta, mas não solta a minha mão.

— Eu não vou deixá-la.

— Sra. Davis, preciso examiná-la, e seria melhor se pudéssemos fazer isso sem distrações.

Se isso me der algumas respostas, farei qualquer coisa. Conhecendo minha mãe, ela nunca irá sem lutar.

— Mãe, está tudo bem. Eu acabei de... Preciso de um minuto. — Meu sorriso é frágil, mas ela nega com a cabeça e deixa minha mão escorregar da dela.

Quando Spencer, Emmett, Addison e minha mãe saem, uma enfermeira entra, e ela e Holden ficam ao lado da cama.

Holden se aproxima, acendendo uma luz em meus olhos antes de se sentar ao lado da cama.

— Sei que acordar assim pode ser confuso e avassalador. Eu gostaria de verificar seus sinais vitais e conversar, ok?

Aponto para minha garganta, e a enfermeira me entrega um copo com um canudo.

— Comece com pequenos goles. Você está com o estômago vazio e queremos ir devagar.

Engulo o líquido gelado, deixando-o aliviar um pouco a dor. Quero continuar para que a sensação nunca pare, mas ela afasta o copo muito rápido.

Então ele me mostra fotos de três objetos.

— Em alguns minutos, vou perguntar sobre esses objetos e você precisa se lembrar deles e responder às perguntas que faço. Você precisa vê-los novamente?

É um copo, uma chave e um pássaro. Não é ciência de foguetes.

— Estou bem.

— Tudo bem. Você pode levantar suas mãos e empurrar contra as minhas? — Faço o que ele pede e, quando parece satisfeito, passa para alguns outros testes menores. Então ele sente meu pulso e recita números. Enquanto ele faz isso, minha mente corre, mas estou muito cansada para tentar perseguir os pensamentos.

Holden fala com a enfermeira.

— A paciente começou a apresentar hematomas ao redor do rosto, então precisaremos tirar fotos atualizadas antes da alta. Eu também gostaria de pedir outra ressonância magnética apenas para verificar se o inchaço de ambas as lesões está diminuindo.

— Quão ruim são as contusões? — pergunto.

— Nada muito ruim. Elas devem estar curadas em uma semana ou duas. Eu concordo.

— Ok. E o ferimento na cabeça?

— Saberemos mais após os testes e a segunda ressonância magnética. Podemos revisar os resultados depois, ok?

— Pode me dizer por que estou aqui ou o que está acontecendo?

— Como eu disse, revisaremos todas as nossas descobertas assim que terminarmos a parte do exame.

Passamos por uma tonelada de perguntas, enquanto minha mente está nadando. Continuo esperando meu irmão entrar pela porta e dizer a Holden onde enfiar suas avaliações médicas.

Assim que termino de responder, ele larga o tablet.

— Qual foi a primeira imagem que te mostrei?

Respiro fundo, e então minha mente fica em branco.

— Eu... era um... — Inclino minha cabeça para trás e tento pensar. Eu sei isso. — Um copo! — falo, triunfante.

— Bom. Você se lembra da segunda imagem?

— Sim, as chaves.

Ele sorri, e a enfermeira assente.

— Excelente, Brielle. Agora, você se lembra da última imagem?

Eu lembro. Eu... sei. Tento me lembrar dele me mostrando as fotos, mas meus pensamentos estão lentos e confusos.

— Sim, mas estou tão cansada.

Sua mão se move para o meu braço.

— Você está indo bem.

Eu não me sinto tão bem.

— Por que você não me conta sobre a última coisa que você se lembra?

Olho para minhas mãos, torcendo o anel que meu pai me deu enquanto tento pensar. Começo pela minha infância, lembrando feriados, aniversários e férias. Meu irmão e eu estávamos sempre fazendo travessuras, mas o pobre Isaac era sempre aquele que tinha problemas. Meu pai nunca poderia me punir, e eu tirei vantagem disso.

Lembro-me da minha formatura do ensino médio, do vestido lavanda que usei por baixo da beca e de como meu pai morreu dois dias depois.

O funeral é uma névoa de lágrimas e tristeza, mas me lembro claramente de Isaac sendo a rocha que segurou minha mãe quando ela se desfez.

Então me lembro de conhecer Henry. Eu estava no segundo ano da faculdade e ele estava na minha aula de matemática. Deus, ele era tão fofo e engraçado. No final do nosso primeiro encontro, ele me beijou do lado de fora do meu dormitório, e eu jurei que meus lábios formigaram por uma hora depois.

Foi mágico.

Mais datas. Mais memórias de nós nos apaixonando e nos formando com nossos colegas de graduação. Estávamos tão empolgados quando abrimos nossas cartas de aceitação para a mesma faculdade de pós-graduação no Oregon. Lembro-me do apartamento para o qual nos mudamos, prontos para começar nossas vidas enquanto seguimos nossas carreiras. Dois anos e outra formatura depois, não estávamos mais tão empolgados porque não éramos mais crianças na escola e fomos forçados a fazer escolhas adultas.

Como quando escolhi voltar para Rose Canyon enquanto Henry ficava em Portland, trabalhando para assumir o negócio de sua família. Isso foi alguns meses atrás.

Quando afasto os olhos do meu anel, encontro Holden me observando, esperando minha resposta.

— Eu me formei na pós-graduação cerca de seis meses atrás. Tenho vivido com Addison e Isaac enquanto faço entrevistas de emprego.

Holden escreve algo.

— Bom. Algo mais?

— Eu... sei que Isaac e Addy se casaram. Vim para casa para isso. Henry e eu estávamos... — Faço uma pausa enquanto me esforço para pensar sobre o que éramos. Não sei se está certo, mas acho que sim. — Nós brigamos. Foi tão estúpido, porque ele continuava me pedindo para me mudar para Portland quando sabia que eu não queria. Ah! Consegui o emprego para o qual estava sendo entrevistada e vou me mudar da casa do meu irmão. — Meus olhos se arregalaram quando me lembrei de que acabei de conseguir um emprego aqui. Em Rose Canyon.

— O que você faz?

— Sou assistente social, mas estou trabalhando em um novo centro juvenil. Comecei lá há algumas semanas. — Eu sorrio, sentindo que posso respirar um pouco. Lembrei-me.

Holden não compartilha do meu entusiasmo, no entanto.

— Você parece animada com isso.

— Sim, eu realmente estou. É um ótimo lugar, e... Jenna estava lá...

Ele anota isso.

— Você pode me dizer mais alguma coisa? Talvez sobre seus colegas de trabalho ou algumas das crianças que você conheceu?

Eu franzo a testa.

— Na verdade, não. Quer dizer, ainda é muito novo, e estou conhecendo as pessoas. — Mesmo ao dizer isso, as palavras não parecem totalmente verdadeiras.

— Ser novo é difícil. — Holden sorri. — E por que você está no hospital? Você se lembra de alguma coisa ou alguém que deveria estar aqui com sua família?

Revejo as pessoas que estavam aqui quando acordei. Está claro que ele não está procurando que eu diga o nome do meu irmão, já que ele provavelmente está na escola de qualquer maneira. Então, passo a mão no rosto antes de perguntar:

— Henry?

— O que tem ele?

Meu coração começa a acelerar, e me inclino para frente, confusa sobre o porquê de cada músculo do meu corpo doer quando Holden só mencionou um ferimento na cabeça.

— Ele deveria estar aqui, mas não está. Ele está bem? Alguém ligou para ele?

— Até onde eu sei, ele está bem, e tenho certeza de que sua mãe ligou para ele.

Graças a Deus ele está bem e não em um quarto ao meu lado.

— Ele deve estar aqui em breve. Tenho certeza de que estará aqui. Talvez tenha ficado preso no trabalho.

— O que você quer dizer?

Eu suspiro.

— Henry... se ele não estiver aqui, ele estará. Isso é tudo. Estamos resolvendo as coisas. — Pelo menos, estamos tentando resolvê-las. As coisas têm sido difíceis nos últimos meses para nós. Ele não quer se mudar para Rose Canyon, e não quero morar na cidade grande. Eu amo esta cidade, e quero estar perto de meu irmão e minha cunhada. Addy quer filhos, e vou ser a melhor tia que já existiu.

— Brielle, por que você está no hospital?

Eu fecho meus olhos, empurrando através da escuridão em minha mente. Não consigo ver nada.

Não há nada além de uma névoa pesada, impedindo-me de lembrar-me de qualquer coisa.

Estou perdida. Eu não posso ver.

Meu coração está acelerado, e tento tanto enxergar qualquer coisa ao meu redor, mas tudo está escuro e algo está apertando meu peito.

O pânico ameaça me dominar.

Imediatamente, minhas pálpebras se abrem, e viro os olhos frenéticos para o melhor amigo do meu irmão enquanto luto para respirar.

Ah, Deus. Alguma coisa está errada comigo.

— Respire fundo, pelo nariz e pela boca — diz ele, a voz tranquila tentando me acalmar, mas não consigo.

— O-o que eu não sei? Por que estou aqui?

A mandíbula de Holden aperta como se ele estivesse tentando não dizer algo. O som do bipe atrás de mim acelera.

— Eu sofri um acidente?

— Não foi um acidente, mas algo aconteceu. Preciso que você se acalme, Brielle. Concentre-se na minha voz e respiração.

Uma nova ansiedade gira em meu estômago. Se não foi um acidente, então o quê? Eu não consigo me acalmar. Não consigo parar esse pânico intenso que está crescendo a cada segundo.

— O que aconteceu?

— Brie, pare — Holden tenta dizer novamente. — Você tem que relaxar ou eu vou ter que te dar algo.

— Não, não... não lembro por que estou aqui.

Isso me deixa com mais perguntas e possibilidades. Se não foi um acidente, então alguém fez isso comigo. Alguém me machucou. Eu só quero saber quem e por quê. Começo a tremer, sabendo que as lágrimas que vi nos rostos de minha mãe e minha cunhada são a resposta para uma pergunta que não quero fazer. Addy me ama, eu sei que ama, mas a reação dela quando eu... quando eu disse o nome do meu irmão...

As máquinas que me monitoram começam a apitar ainda mais rápido. Sei que Holden está falando comigo, mas suas palavras são varridas pelo som da minha respiração irregular e o trovão do meu pulso em meus ouvidos.

Isaac.

Eu disse o nome dele, e Addy se despedaçou.

Algo está realmente errado.

Ah, Deus.

Não posso. Eu preciso saber. Olho para Holden novamente, meu coração batendo no meu peito enquanto forço a única palavra.

— Isaac?

— Brielle — Holden segura meus braços, olhando para mim —, tente se concentrar em mim e respire devagar. Tudo bem.

Não está bem. Não consigo lembrar por que estou aqui. Não sei o que aconteceu, e quanto mais tento recordar, mais frenético fica o bipe. Minha visão começa a desaparecer um pouco, e Holden fala algo para a enfermeira.

Estou muito presa na espiral de pensamentos e na necessidade desesperada de encher os pulmões que se recusam a trabalhar para prestar atenção no que ele está gritando.

Então, depois de um minuto, a calma inunda minhas veias e fecho meus olhos, adormecendo.

Estou em algum tipo de crepúsculo estranho. Posso ouvir vozes perto de mim, como se estivessem bem ao meu lado, mas não importa o quanto eu tente, não consigo me arrastar para a consciência.

— O que vamos dizer a ela? — pergunta Addison.

— Nada — minha mãe responde. — Eles foram muito claros que não devemos influenciar nenhuma de suas memórias. Precisamos ser pacientes e permitir que as coisas se restabeleçam por conta própria.

— Ela vai ficar arrasada.

— Sim, ela vai, mas estaremos aqui por ela.

— Não tenho certeza de como fazer isso.

Alguém empurra o cabelo do meu rosto, e então minha mãe diz:

— Eu também não. É como se isso fosse um pesadelo que fica cada vez pior. Eu continuo esperando que, quando abrir os olhos, ela recupere tudo e, ao mesmo tempo, quase espero que ela nunca o faça.

Um suspiro profundo de uma delas.

— E se ela não fizer isso? — pergunta Addison. — Então nós apenas mentimos para ela? Temos que esconder tudo?

Minha mãe funga, e imagino que esteja chorando.

— É horrível, mas não tem outro jeito. O promotor foi inflexível que temos que fazer assim ou não haverá chance de um caso. No momento, eles não têm nada.

Caso para o quê? O que está acontecendo?

— O que Holden disse sobre ela acordar?

— Ele a tirou da medicação de sedação algumas horas atrás, então agora cabe ao corpo dela decidir quando está pronta — minha mãe responde. — Espero que seja em breve.

— Eu também. Tenho que chegar em casa para ficar com Elodie. Jenna esteve lá o dia todo e prometi a ela que voltaria antes do jantar.

— Claro, querida. Pode esperar mais alguns minutos?

Quem é Elodie?

Empurro contra os laços que me prendem neste estado intermediário, querendo perguntar a elas o que estão discutindo.

— Talvez mais dez — diz Addison com um suspiro pesado. — Eu também tenho que me encontrar com a funerária.

Funeral? Quem morreu?

Empurro mais forte, exigindo que minhas pálpebras façam o que digo para elas, porque tenho que acordar. Não há conceito de tempo enquanto trabalho, mas finalmente faço meu corpo cooperar o suficiente para que meus dedos se contorçam.

— Brie? — minha mãe chama meu nome.

Alguém, provavelmente minha mãe, está segurando minhas mãos, e eu aperto, esperando que ela entenda que estou tentando.

Mais tempo passa antes de eu abrir meus olhos e encontrar minha mãe me olhando com lágrimas nos olhos. Addison ainda está aqui, e me dá um sorriso suave.

— Ei — diz Addy.

— O-onde está Isaac? — falo as palavras, sem saber por quanto tempo posso me manter acordada.

Seu lábio treme e então uma lágrima cai por sua bochecha. Addison nega com a cabeça.

— Você não se lembra?

Nego, mantendo os olhos abertos por pura vontade.

— Eu quero. Mas não posso. Preciso… vê-lo. Por favor… apenas me diga.

Mesmo antes de ela dizer qualquer coisa, sinto a perda do meu irmão. Algo o está mantendo longe de mim e nada o faria se eu precisasse dele.

— Ele se foi. — Sua voz falha em torno das palavras. — Ele morreu, e… eu… — Um soluço sai dela. — Eu não queria te contar.

Não. Isso não é possível. Meu irmão é o homem mais forte que conheço. Ele pode sobreviver a qualquer coisa. Nego com a cabeça, me recusando a acreditar.

— Não. Ele não morreu! Pare. Apenas vá buscá-lo.

A mão da minha mãe descansa na minha bochecha, e me viro para ela.

— É verdade, querida. Seu irmão estava com você e foi morto.

— Não! — grito, e tento puxar minha outra mão livre de seu aperto. Não, isso não pode ser. Ele não. Isaac não. Ele é... ele é meu melhor amigo.

Elas estão mentindo. Têm que estar, porque de jeito nenhum meu irmão morreu.

— Por favor — eu imploro.

— Sinto muito — Addison chora, sua cabeça caindo na cama. — Eu sei que você o ama, e ele te amava muito, Brielle.

Meu coração dói tanto que eu gostaria de não ter acordado. Gostaria de poder ficar no nada onde me senti livre e em paz, e não havia essa tristeza esmagadora pressionando meu peito com tanta força que parecem que minhas costelas estão prestes a se partir.

— Sei que isso é muito para você processar — mamãe diz rapidamente. — Nós quase perdemos você também, Brielle, e... — Seus olhos castanhos se voltam para Addison.

Addy limpa a garganta.

— Você está inconsciente desde que aconteceu.

— Há quanto tempo estou assim? — pergunto rapidamente. Estou tão confusa.

Addy limpa uma lágrima da minha bochecha antes de sussurrar:

— Já se passaram quase quatro dias.

— Diga-me o que aconteceu. Por favor. Não posso...

— Shh — minha mãe tenta me acalmar. — Calma, Brielle. Eu gostaria que pudéssemos lhe contar o que aconteceu, mas não podemos. Desculpe.

— Por que vocês não podem me dizer? Apenas me digam! — grito, escolhendo ficar com raiva, porque é melhor do que me entregar à dor.

Addison estremece antes de se fortalecer e explicar:

— Os médicos e os advogados acham melhor se permitirmos que sua memória volte por conta própria. E, honestamente, nem sabemos o que aconteceu. — Ela desvia o olhar.

Mamãe intervém:

— Eles só nos disseram que você estava com ele. Querem que sua memória volte por conta própria porque você é a única testemunha. Você é a *única* que sabe quem fez isso, e a polícia e o promotor público estão preocupados que um advogado de defesa possa usar sua perda de memória contra seu testemunho.

— Você quer dizer a memória que eu não tenho? O testemunho que não posso nem dar contra a pessoa que fez isso e que ninguém pode encontrar? — As emoções incham na minha garganta e sufocam minha voz até que não passa de um sussurro. — Apenas me diga o que aconteceu.

Lágrimas caem pelo meu rosto como chuva enquanto tento aceitar que meu irmão está morto, ninguém pode me dizer o que está acontecendo, e uma quantidade desconhecida de tempo foi roubada da minha memória.

CAPÍTULO DOIS

Brielle

Adormeci por cerca de uma hora, exausta de tanto chorar e ainda com o coração partido. Quando acordei, Holden e mamãe passaram duas horas tentando recuperar minha memória, tudo sem sucesso. Depois de mais uma rodada de lágrimas, eu disse à minha mãe que queria falar com a advogada e descobrir exatamente o que diabos estava acontecendo.

Fui informada que ela estará aqui a qualquer minuto.

O nervosismo me atinge, mas me seguro.

Há uma batida na porta, mas, em vez da promotora Cora entrar, são Emmett e Spencer. Quero insultá-los e exigir que me digam o que sabem. Só que já estou ciente de que não vão, e não posso lidar com outra sessão de "tentar fazer Brielle lembrar de alguma coisa".

— Eu não sei de nada, e não vou fazer isso de novo — falo, com uma voz distante.

— Nós não estamos aqui para isso — Emmett diz.

— Não?

— Não.

— Então por que vocês estão aqui? — pergunto.

Spencer dá de ombros.

— Porque nós gostamos de você, e seu irmão iria nos querer aqui.

Viro minha cabeça para a declaração. enquanto eu crescia, Isaac me deixou acompanhá-los, e eu era a irmã chata que todos torturavam, mas também protegiam. Cruzo os braços, odiando que esses caras, que sempre foram como irmãos, estejam aqui sem a pessoa que mais quero ver — meu verdadeiro irmão.

— A advogada estará aqui em breve, então vocês devem simplesmente ir.

Emmett puxa sua cadeira para mais perto da cama.

— Nós vamos ficar porque você precisa de alguns amigos.

— Eu preciso do meu irmão.

Sinto muita falta dele. Se estivesse aqui, ele me contaria tudo. Não se importaria com algum plano estúpido para me ajudar a recuperar a memória. Nunca me deixaria sofrer assim.

Emmett solta um suspiro pelo nariz.

— Todos nós precisamos. Isaac era o melhor de nós.

Enxugo a lágrima errante.

— Ele era.

— E não gostaria disso — Emmett diz. — De ver você sofrer.

Não, ele não gostaria. Isaac consertaria isso. Sempre consertou.

— Brie — Spencer diz —, todos nós nos preocupamos com você. Você importa, ok? Queremos estar aqui para te apoiar do jeito que Isaac estaria, porque nós te amamos.

Seus olhos verdes estão nos meus, fazendo meu coração disparar.

Deus, a garota estúpida em mim quer transformar isso em algo mais. Eu ansiava por ouvir algo assim dos lábios de Spencer Cross desde que tinha treze anos, mas minha cabeça sabe que não deve deixar isso correr solto.

Mas, mesmo agora, parecendo um fantasma do garoto por quem me apaixonei, ele é impressionante. Sua mandíbula está coberta por uma barba, mascarando a forte linha da mandíbula que sei que está por baixo. Por mais que ele pareça o mesmo, há uma diferença muito grande em seu corpo. Ele está largo, forte e a forma como sua camisa se agarra a ele me diz que há muito músculo por baixo. Mas seus olhos, aqueles são os mesmos, ainda aquele verde-esmeralda que eu poderia pintar dormindo.

Empurro essa parte boba de mim de lado, porque tenho um namorado que me ama.

Não posso fazer isso de novo. Não posso descer pela toca do coelho da qual é impossível sair.

Então outra batida vem e Cora e Holden entram.

— Olá, Brielle — a irmã de Jenna, Cora, diz, com um sorriso nos lábios.

Cora é a promotora e três anos mais velha que eu. Nós jogamos no mesmo time de *softball* no ensino médio, e ela sempre me assustou pra caralho.

Não que ela tenha feito alguma coisa. Ela é apenas uma daquelas mulheres que exala poder, e isso a faz parecer intimidadora.

No entanto, o jeito que ela está olhando para mim agora não me assusta tanto quanto me deixa triste. Foi-se a guerreira que me dizia para fazer meu trabalho como receptora enquanto arremessava, agora há pena e empatia — não gosto disso.

Minha mãe e Addison são as próximas a entrar. Depois que ambas me dão breves abraços, elas ocupam lugares nas janelas.

— Oi, Cora.

Ela sorri.

— Você parece bem, estou feliz em ver isso.

Holden se aproxima.

— Você teve alguma mudança na última hora?

— Não, nada desde a última vez que você apareceu.

Holden olha ao redor.

— Eu queria lhe dar tempo e esperava que as visitas a ajudassem a refrescar sua memória antes de realmente estabelecermos a lacuna. As últimas memórias que você descreveu ainda são as mesmas?

— Sim, eu preciso entender o quão ruim isso é.

— Claro. Você gostaria que eu esvaziasse a sala?

Olho para Emmett e Spencer e nego com a cabeça.

— Não, está tudo bem.

— Sei que isso é incrivelmente frustrante para você, Brielle — diz Cora. — Quero explicar por que estamos lidando com as coisas desse jeito. No momento, não temos informações sobre o responsável pela morte de seu irmão e pelo atentado contra sua vida. Houve uma chamada sobre um tiro, e quando o oficial que respondeu chegou ao local, ele te encontrou inconsciente. Claro, nossa esperança era que, assim que você acordasse, pudesse identificar o agressor, mas seu problema de memória representa uma nova complicação.

Concordo com a cabeça, ouvindo a primeira pessoa a me dar qualquer droga de informação.

— Ok, e onde estamos agora?

— É meu trabalho como promotora argumentar, além de qualquer dúvida razoável, que o caso que tenho prova a culpa. Agora, nós — seu olhar se move para Emmett — estamos todos trabalhando diligentemente para estabelecer um caso em que podemos não precisar do seu testemunho.

Nesse ponto, é melhor para qualquer caso que consigamos construir se retivermos informações de você.

— Como isso importa agora?

Ela suspira pesadamente.

— Meu processo de pensamento está mais na linha do que, se eu fosse uma advogada de defesa, poderia usar para costurar dúvidas durante um julgamento. Ter uma testemunha ocular chave que experimentou uma grande lacuna de memória seria fácil de torcer como uma testemunha ocular chave também tendo testemunho não confiável ou testemunho que foi influenciado. O que estou sugerindo, Brielle, é que a mantenhamos no escuro sobre sua vida atual e vejamos se suas memórias retornam por conta própria, sem a influência de outras pessoas contando sua vida.

Meu coração bate forte, meus olhos queimando com lágrimas.

— Então, você quer que todos mintam para mim?

— Não é mentira. Sei que o que estou pedindo é incrivelmente difícil e, acredite, não faço isso de bom grado. Precisamos manter a integridade de suas memórias. Então, se estiver tudo bem para você, gostaria de colocá-la em contato com um terapeuta especializado em casos como o seu e que também atua como testemunha especialista quando precisamos dele. É muito para processar e entendo sua relutância, mas, novamente, minha posição é proteger o caso, que também está te protegendo.

Spencer se move em direção à cama.

— Por quanto tempo todos nós temos que fazer isso?

Cora dá de ombros.

— Até que ela recupere a memória ou tenhamos o suficiente para prender e processar sem seu testemunho.

— E se ela não quiser testemunhar? — ele contra-ataca.

Meus olhos se arregalam com isso.

Cora se vira para mim.

— Claro que é sua escolha. Você não precisa, mas seu relato do incidente seria nossa maior chance de uma condenação.

Inclino a cabeça para trás, virando-me para Spencer, que está me observando com olhos cheios de empatia e tristeza. Ele era o mais próximo de Isaac. Os dois eram mais como irmãos do que amigos. Deve estar com dor tanto quanto eu.

— Eu faria qualquer coisa para trazer justiça pela morte do meu irmão.

— Então tudo bem.

O sorriso suave de Spencer brinca em seu rosto. Ele o deixa desaparecer e se vira para Cora.

— Mantê-la segura é tudo o que temos agora.

Emmett fala:

— Se o assassino acredita que Brielle não consegue se lembrar, isso pode funcionar em nosso benefício também.

— Ele pode ter ido embora há muito tempo — acrescenta Spencer, os olhos ainda nos meus.

— O que isso importa? Ele matou Isaac, e não temos ideia de quem seja — digo, sentindo-me desolada. Viro-me para Cora, quebrando o momento. — Certo. Não me digam nada. Quero que quem fez isso comigo e com Isaac pague.

Ela bate no meu ombro.

— Se você se lembrar de alguma coisa, por favor, avise-nos. Enquanto isso, a polícia está fazendo tudo o que pode. — Então Cora sai.

Volto minha atenção para o grupo.

— Quando é o enterro? — pergunto.

— Em dois dias — responde Holden. — Acho que você estará pronta para ser liberada até lá. Além da perda de memória, você está se recuperando bem.

— Certo. Isso está resolvido.

Emmett pega minha mão.

— Isso vai passar, Brie. Eu realmente acredito.

— Nada na minha vida faz sentido agora. Você entende isso? Você é o xerife de Rose Canyon e, no entanto, a última coisa da qual me lembro é de me despedir de você no aeroporto antes de sua missão. — Olho para o teto, odiando isso. — Você pode pelo menos me dizer a data de hoje?

Spencer é quem responde.

Fecho os olhos, focando naquela data. Sei a data em que me formei na pós-graduação e... oh, meu Deus, é quase três anos depois.

Minha respiração acelera, e olho para eles.

— Mas...

— Eu sei — diz Holden compreensivamente. — Sei que é muito tempo.

— Meu coração está partido — confesso. — Sinto que estou quebrada.

— Você não está — Spencer diz rapidamente.

Eu gostaria de poder acreditar nisso.

— Bem, quando eu vir o corpo do meu irmão em um caixão, estarei quebrada, especialmente sabendo que não consigo me lembrar de nada. Que eu poderia salvá-lo! Que não posso consertar isso!

Minhas lágrimas caem, e Emmett aperta minha mão.

— Seu irmão nunca a culparia.

— Eu me culpo!

Não importa o que Isaac teria feito. Ele está morto, e eu estava lá quando aconteceu. Trancada dentro do meu cérebro está cada resposta. Eu vi essa pessoa. Eu estava lá e não me lembro. Poderia até saber por que isso aconteceu. Essa pessoa pode ser qualquer um na minha vida, e não importa o quanto eu cave no buraco negro do meu cérebro, ele está vazio. Tenho um milhão de perguntas. Por que fui poupada? Por que essa pessoa não me matou também? Nada disso faz sentido. Viro-me para Holden.

— Quanto tempo isso vai durar? Quando minha memória voltará?

— Gostaria que houvesse uma resposta definitiva para isso. Com o tipo de lesão cerebral que você sofreu, a melhor coisa que podemos fazer é dar um tempo. Eu acredito que sua memória retornará, você tem que permitir que tudo se cure.

— Como você sabe? — pergunto.

— Não tenho certeza, mas nenhum de seus testes é indicativo de danos neurológicos a longo prazo. Sua fala não está afetada. Você pode andar, não está mostrando nenhum sinal de problemas com suas habilidades motoras e sua memória de longo prazo não parece ser prejudicada. É por isso que eu tenho a *crença* de que ela vai voltar. Só pode levar algum tempo.

— E todo mundo acha que esse plano para me manter no escuro é o melhor?

Faço a pergunta a todos na sala, mas estou olhando diretamente para minha mãe, que acena com a cabeça, as lágrimas se acumulando em seus cílios.

Emmett é o primeiro a quebrar o silêncio.

— Não posso imaginar o quão frustrante isso tudo deve ser para você, mas Cora está certa. Se influenciarmos uma memória, então o que acontece?

Minha pressão arterial está no teto enquanto eu luto com tudo isso. É demais. É tudo muito mais que demais.

Holden vem ao meu lado.

— Quero que você feche os olhos, Brielle, e respire lenta e profundamente. Lembre-se do que eu disse sobre a cura, precisamos fazer o que pudermos para manter a calma.

Não me sobra mais calma. Nada sobre toda esta situação é calma.

Estou enlouquecendo. Olho para eles, sem o controle de minhas emoções.

— Não sei se sou casada ou tenho filhos. Ainda estou trabalhando no centro da juventude? Ainda estou com Henry? Eu tenho que estar, certo? Nós estávamos... a última vez que eu... — Minha mente gira as perguntas como um tornado enquanto olho diretamente nos olhos de Spencer e pergunto: — Quem sou eu agora?

— Você é a mesma garota que sempre foi. Você é engraçada, gentil, amorosa e inteligente. É corajosa e, embora todos saibamos que está com medo, você encontrará o caminho de volta.

Eu quero chorar, porque essa é a coisa mais legal que ele já me disse. Espero a piada sobre ser irritante, mas ela não vem.

Emmett limpa a garganta.

— Existe alguma coisa que você possa se lembrar de antes de conseguir o emprego?

Nego com a cabeça.

— Tudo o que recebo são pequenos flashes, mas nada gruda ou faz sentido.

— Nada é pequeno. — A voz de Holden é tranquilizadora. — Diga-nos o que você vê. Talvez se você colocar em palavras, isso a ajude a lembrar.

Eu suspiro, odiando isso, mas ele é um médico e sabe melhor.

— Lembro-me do cheiro de fumaça, mas não tanto de uma fogueira quanto de um charuto ou cachimbo ou algo assim. É quase como se eu pudesse sentir o gosto. Não sei explicar, mas estava na minha língua. Eu não fumo, certo? Tipo, de repente eu não comecei a fumar charutos?

Emmet ri.

— Não que eu saiba.

Spencer balança a cabeça.

— Como se você fumasse ou comesse algo com esse sabor?

Pondero por um segundo.

— Não, era mais como um resquício disso, mas não era... não sei. Não estou fazendo sentido.

Holden descansa a mão no meu ombro.

— Isso é bom, Brie. Significa que nem tudo está perdido.

— Sim, estou realmente aliviada por ter um gosto aleatório de um charuto em algum momento dos últimos três anos.

— É um alívio que seja uma memória que você não pode anexar a nada antes de três anos atrás — ele rebate.

Eu acho que sim. Gostaria de poder lembrar por que eu provei. Movo a língua ao redor do topo da minha boca e me inclino para frente.

— Espere!

— O quê? — Emmett pergunta.

— Não estava na minha língua. Foi em outra pessoa. — Fecho os olhos, tentando trazer de volta aquela centelha de lembrança, e posso sentir outra coisa. Calor e desejo. — Eu estava beijando alguém que tinha fumado um.

Emmett se inclina para frente.

— Quem?

Eu espero, ansiedade e excitação enchendo minhas veias. Se eu conseguir lembrar quem, então pode ser uma memória voltando. Pesquiso através da instância, mas é estranho. Fecho os olhos, tentando me concentrar. Sem rosto, sem sons, nada além de calor e sabor. Levanto meu olhar, encontrando o de Holden, e meu coração cai.

— Não sei. Suponho que o Henry.

A voz de Spencer enche meus ouvidos.

— Feche os olhos novamente, Brielle. Quero que volte para aquele beijo. Quero que abrace isso. O desejo, o calor, o jeito que você se sentiu. Pense no gosto da sua língua. Agora, pense no seu corpo. Ele era alto?

— Eu não posso vê-lo.

— Você teve que esticar o pescoço? — Spencer pergunta.

Tento me lembrar do beijo.

— Sim. Eu tive que me levantar...

— Bom. E o beijo em si?

Lembro-me de como seus lábios se sentiam contra os meus, empurrando e provocando.

— Não, ele era brincalhão. — E então a memória se foi. Meus olhos se abrem e eu quero gritar. — Foi. Não posso...

— Está tudo bem — Emmett me assegura. — Sei que você quer suas memórias de volta, mas tentar forçá-las só vai te frustrar. Você tem que permitir que sua mente vá em seu próprio ritmo.

Isso é muito mais fácil dizer do que fazer.

— Isso é fácil para você pensar, Em. Estou apavorada com o que aconteceu. Não faço ideia se foi um assalto que deu errado. Se alguém veio atrás de mim ou Isaac era o alvo? E se o cara ou a garota que o matou vier terminar o trabalho? Eu preciso lembrar. Preciso da minha vida de volta para me sentir segura e saber que essa pessoa está atrás das grades.

Spencer diz:

— Ninguém vai te machucar. Temos policiais do lado de fora agora até que sua nova equipe de segurança chegue para protegê-la quando for liberada. Nós nunca permitiríamos que você se machucasse.

— Uma equipe de segurança?

Emmet assente.

— Sim. Contrataríamos todo o Exército dos EUA se pudéssemos, mas esses caras são todos ex-SEALs ou caras de operações especiais. Eu confio neles com minha vida, e eles protegerão a sua.

Juro que estou vivendo em uma realidade alternativa. Talvez este seja o sonho. Talvez eu esteja no meu quarto, apenas esperando para acordar desse pesadelo, mas isso não é um sonho. Não há como acordar deste inferno. Eu me deito no travesseiro, sentindo-me inútil.

— Se eu pudesse apenas refazer minha vida...

Holden sorri.

— Pode ajudar, mas talvez não. — Seu telefone toca, e ele atende, dando respostas de uma palavra antes de se virar para Emmett. — O outro paciente com quem você queria falar está acordado.

— Ok.

— Estarei de volta para verificar você em breve — explica Holden.

Eu concordo.

— Ainda estarei aqui.

Eles saem, incluindo Addison e minha mãe, e Spencer se acomoda na cadeira em que Emmett estava sentado. Ele parece exausto, e a barba em seu rosto é quase uma barba cheia.

— O quê? — ele indaga.

Eu me pergunto o que aconteceu para fazê-lo parecer tão quebrado. Spencer sempre foi enorme, mas hoje ele parece um pouco perdido.

— Você apenas parece... como se tivesse voltado de uma história muito emocionante. — Isso pode ser verdade. Normalmente, depois de uma grande missão, ele não é exatamente arrojado. Ele está vivendo Deus sabe onde, fazendo Deus sabe o quê, e... bem, é quando eu sempre o acho um pouco mais sexy do que o normal.

— Eu gostaria que fosse isso.

— Então, você não está conquistando alguma história de terror desconhecida?

Ele sorri.

— Se eu estivesse, seria muito melhor do que como estou agora.

— Sei que você não pode me contar nada sobre a minha vida, mas pode me contar sobre a sua?

Ele sorri suavemente.

— Não há muito o que dizer.

— Eu duvido disso.

Spencer estava sempre vendo coisas incríveis e conhecendo pessoas que tinham vidas incríveis. Ele entrevistou espiões e diplomatas. Acho que estava trabalhando para descobrir um anel terrorista em um ponto também.

Eu adorava ouvi-lo contar sobre suas viagens. Bem, sobre tudo, menos as garotas que ele conheceu. Essa parte eu sempre quis pular.

Spencer suspira.

— É verdade, já faz um tempo que não trabalho em nada.

— Por quê?

Ele dá de ombros.

— Bloqueio de escritor, e eu queria ficar por aqui.

Com isso, minhas sobrancelhas se erguem.

— Você queria ficar em Rose Canyon?

— Quem não ama esta cidade idílica e todas as suas peculiaridades?

Dou uma risada.

— Você e eu sabemos que isso é mentira.

— Eu fiquei por aqui quando Emmett voltou de seu tour. Addy e Isaac se casaram, você se lembra.

— Eu lembro. Você estava tão bêbado no casamento.

— Eu tive que fazer aquela porra de discurso.

Eu reviro os olhos.

— Você é um escritor! Gosta de palavras.

— No papel — diz ele, com um sorriso. — Eu odeio falar. Estava nervoso.

— Você foi muito bem.

Ele olha para os sapatos antes de encontrar meus olhos.

— Ele era meu melhor amigo.

Spencer e Isaac eram os mais próximos do grupo. Ele cresceu com os piores pais do mundo e estava sempre em nossa casa. Os dois faziam tudo juntos e, na maioria das vezes, se você encontrasse um, encontrava o outro.

— Eu sei. — Minha voz está baixa.

— Não sei o que diabos vou fazer sem ele. Addison e El... eu apenas...

Eu pego o deslize e vejo seu olhar morto.

— Quem é Elodie?

Spencer se mexe e depois apoia os cotovelos nos joelhos.

— Por que você está perguntando isso?

Além do fato de que ele claramente não quer que eu pergunte?

— Ouvi Addison mencionar o nome, mas não sei quem ela é.

— Quem você acha que é?

— Não sei. Eu tenho um milhão de possibilidades. Uma nova amiga. Uma colega de trabalho. A garota que corta meu cabelo. Mas foi como ela disse. A maneira como estava preocupada, e Jenna estava com ela... não sei.

— Eu não tenho certeza do quanto te dizer — Spencer fala, honestamente.

— Ela é alguma dessas coisas que acabei de citar? — pergunto.

— Não.

Ok.

— Ela é amante do meu irmão?

Spencer bufa.

— Como se Isaac pudesse olhar para outra mulher. Não, mas ela faz parte da vida dele. Ou fazia...

— Considerando o intervalo de tempo que tenho, não posso deixar de me perguntar se talvez ela seja minha filha? Sou casada e tenho uma filha?

Spencer balança a cabeça.

— Ela não é sua filha.

Solto um suspiro pesado.

— Ah! Graças a Deus. Então... ela é de Isaac e Addy?

Posso ver o conflito em seus olhos.

— Ela é.

— Obrigada — eu digo rapidamente. — Obrigada por não mentir para mim.

— Eu nunca vou mentir para você, Brielle. Nunca.

Gostaria que ele me contasse tudo.

— Mas você não vai me dizer mais nada, vai?

— Se eu pudesse...

— Sim — eu termino.

Minha única esperança é que algo faça minha memória retornar. Vou ver alguém ou ouvir uma voz que fará com que as comportas se abram. Quem sabe, talvez aconteça quando eu vir Isaac.

Claro, sem detalhes de ninguém.

— Spencer?
— Sim?
— Se você não pudesse se lembrar dos últimos três anos de sua vida, o que você faria?

Ele me olha com simpatia.

— Eu voltaria ao começo e trabalharia para encontrar o fim.

Descanso a cabeça no meu travesseiro, olhando pela janela.

— Eu gostaria de poder ter um final diferente e não perder Isaac.

— Mas e se aquele único momento mudasse toda a sua história?

— Talvez tenha mudado, porque meu cérebro não quer se lembrar do enredo de qualquer maneira…

CAPÍTULO TRÊS

Brielle

Minha mãe entra no quarto, mas seu sorriso não encontra seus olhos.
— Oi, Brie.
— Oi.
— Ah, essas flores são lindas. — Ela caminha até o balcão onde está um enorme buquê de rosas cor-de-rosa.
— Elas são.
— De quem são?
Eu sorrio.
— Você pode olhar para o cartão — concedo a permissão.
Ela o lê de costas para mim e depois o coloca de volta.
— Isso foi doce, eu acho.
Resisto à vontade de gemer.
— Sim, foi. É a única notícia que tive dele desde que acordei.
Minha mãe sorri.
— Sim, bem, eu falei com Holden apenas alguns minutos atrás. Ele disse que você está indo bem e que irá para casa amanhã?
Ok, vejo que a conversa terminou.
Eu sempre odeio como ela formula declarações como perguntas quando já sabe a resposta.
— Isso foi o que ele disse.
— E vocês dois acham que não há problema em voltar para o seu apartamento? Só não tenho certeza de como me sinto sobre isso.

Se eu mostrar um pingo de preocupação, ela voltará para cá e esse seria o pior resultado possível. Minha mãe é maravilhosa — quando está a quatrocentos quilômetros de distância. Somos muito parecidas para viver perto.

— Acho que estar no meu espaço com minhas coisas vai ajudar muito. Pode ser o choque de que preciso para me lembrar da minha vida.

Ela suspira pesadamente.

— Não sei.

— Não depende de você, mãe. Sei que você tem boas intenções, mas eu posso lidar com isso.

— Você pode? Realmente consegue lidar com isso, Brielle? Seu irmão está morto, e você... eu quase...

A falha em sua voz faz com que meu coração faça o mesmo.

— Sinto muito.

Ela vira a cabeça e enxuga os olhos antes de forçar outro sorriso.

— Não, não. Estou bem. Tem sido difícil. Isso é tudo. Uma mãe deve ser capaz de ajudar seus filhos, e não posso consertar nada do que aconteceu. Não posso ajudá-la, e agora Addison quer ir embora...

— Ir embora? — pergunto rapidamente. — O que você quer dizer com ir embora?

Os olhos da mamãe encontram os meus.

— Eu não deveria ter dito dessa forma. Ela não quer ir sem volta, apenas sair daqui um pouco.

— Eu não entendo, ela ama esta cidade.

— E ela amava Isaac nesta cidade. Ela não aguenta estar aqui, e todos estão de luto por ele. Tudo o que ela vê a lembra dele, e ela acha que seria melhor ter algum espaço, pelo menos até descobrirmos o que aconteceu.

Porque eles eram esta cidade.

Isaac e Addison se apaixonaram aqui quando tinham dezesseis anos. Ambos foram para a faculdade não muito longe daqui, ficaram juntos durante tudo, casaram-se e voltaram para Rose Canyon para começar suas vidas.

Meu irmão conseguiu o emprego de professor e treinador que sempre quis, e Addison trabalhava como bibliotecária.

Todos os conhecem. Todos os amam. As vidas deles estão aqui, e não consigo imaginar Addison indo embora.

— Para onde ela vai?

Mamãe balança a cabeça.

— Leste. Ela ainda é próxima da prima de Emmett, Devney, que mora na Pensilvânia. Acho que ela tem uma propriedade na qual Addison pode ficar por um tempo.

— Mas ela estará lá sozinha.

— É o que me deixa tão chateada.

Suspiro, sentindo o peso da situação crescendo. Meu coração dói pela minha cunhada. Ela deve estar tão devastada que o futuro que ela e Isaac estavam construindo foi arrancado. O lar, a felicidade e a família com que ela sonhava se foram. Não preciso me lembrar dos últimos três anos para saber que eles foram felizes.

Addy e Isaac eram o epítome do amor.

Agora isso se foi, e eu faria qualquer coisa para tirar isso dela.

— Ela disse por quanto tempo?

— Não, ela não disse, mas duvido que fique longe por muito tempo. Rose Canyon é sua casa.

— Sinto muito. Se eu pudesse apenas… me lembrar do que aconteceu, então eu poderia consertar isso um pouco e talvez ela ficasse bem aqui.

Mamãe se apressa.

— Nada, baby. Mesmo se você pudesse contar a ela cada detalhe, isso não apagaria a dor que ela está sentindo. Eu nunca vi duas pessoas mais perfeitas uma para a outra do que eles, e ela só precisa de algum espaço para lamentar. Eu sei disso muito bem.

Sim, ela sabe. Ela amava meu pai além da razão.

— Gostaria que nenhuma de vocês conhecesse essa dor.

— Eu desejo o mesmo, mas o tempo que tive com seu pai valeu a pena qualquer dor que tive desde que o perdi.

Penso em Henry enquanto ela diz isso, odiando que a última lembrança que tenho dele seja nós brigando por morar em cidades diferentes. Sua família é dona de uma firma de contabilidade em Portland, e ele estava sendo preparado para assumir o controle. Não conseguíamos concordar sobre como seria nosso futuro.

Gosto da vida de cidade pequena, e é por isso que aceitei o trabalho aqui.

Eu me pergunto se estamos de volta ao casal feliz, ou ainda estamos na garganta um do outro?

— Que cara é essa? — mamãe pergunta.

— Nada. Eu simplesmente odeio que minha vida pareça um quebra-cabeça onde nenhuma das peças se encaixa.

— Vai ficar tudo bem, Brie.

Eu gostaria de ter a confiança dela.

— Você falou com Henry? — pergunto.

— Falei.

— E?

Minha mãe pega sua bolsa, de repente muito focada em procurar algo nela.

— Ele estava muito preocupado quando conversamos.

— Então, ainda estamos juntos?

A bolsa cai no chão.

— Caramba. — Ela demora um pouco juntando toda a porcaria que guarda lá. — Desculpe, então, sim, nós conversamos. Ele ficou muito chateado e disse que viria assim que pudesse.

Isso não respondeu à minha pergunta, mas acho que esse é o novo normal para mim.

— Está quase na hora de dar algumas voltas, você andaria comigo? — Abandonei o tópico, porque é muito difícil para mim.

— É claro.

Minha mãe me ajuda a levantar, equilibrando-me quando balanço um pouco. Não importa o quão devagar eu vá, sempre sou atingida por uma onda de tontura. Holden diz que vai desaparecer, e estou ansiosa por esse dia.

— Estou bem agora.

Ela rola o suporte IV para mim, e saímos do quarto. Nós fazemos o nosso caminho ao redor do andar, e eu me movo com um pouco mais de facilidade enquanto meus músculos se acostumam com o esforço. Depois de passar quatro dias inconsciente e outros dois limitados a essas caminhadas curtas, é bom estar de pé e em movimento. Faço isso algumas vezes por dia, ganhando um pouco de força a cada vez.

— Ei, Sra. Davis. — Holden sorri, colocando um arquivo na mesa das enfermeiras.

— Olá, Holden. Não sei como teríamos conseguido sem você supervisionando as coisas. Eu sempre soube que você era especial — ela responde.

— Não sei sobre isso, mas estou feliz em ver Brielle se recuperando bem. — Ele olha para mim. — Está indo devagar?

— Sim.

— Bom. Lento e constante é o que queremos ver.

Eu reviro os olhos.

— Você sempre foi o chato.

Holden sorri.

— Bem, pelo menos essa é uma memória que você ainda tem.

— Sim, sorte minha. — Então eu paro. — Quando você voltou para a cidade de qualquer maneira? — Ele observa enquanto algo começa a se formar na minha cabeça. — Você se mudou para a Califórnia, então estar aqui agora significa que você voltou?

Seu olhar não se move do meu.

— Não, eu não estou aqui permanentemente.

— Ok, e o caso em que você estava trabalhando em Seattle?

Holden e minha mãe compartilham um olhar.

— O que você quer dizer com Seattle?

— Você estava em algum grande caso lá, certo?

Ele concorda.

— Eu estava. Eu estava lá há algumas semanas, na verdade.

— Semanas? Você estava lá antes disso também?

Ele balança a cabeça.

— Não. Esta foi a primeira consulta que fiz para um caso em Seattle. Foi um grande negócio, pois era para um teste de pesquisa.

— Lembrei-me de algo recente — digo, mais para mim mesma.

— Você teve outros vislumbres ou memórias?

Eu aperto os olhos, tentando pensar, e mamãe e Holden me observam.

— Eu tenho esta... coisa. Uma chave. Não sei o que é. Não consigo descobrir por que ou o que isso significa.

— É como a chave da foto?

Eu balanço minha cabeça.

— Não, é uma chave real. Uma antiga com os pergaminhos extravagantes em cima.

— Algo mais interessante sobre isso? — Holden pergunta, me encorajando.

Eu trabalho duro para não ficar frustrada porque, novamente, não sei muito. Apenas esta chave continua vindo na minha cabeça.

— Tem uma fita vermelha nela. Não faço ideia para que serve.

— Isso é ótimo, Brie — ele encoraja. — Algo mais?

Nego com a cabeça.

— Que chave é essa?

Minha mãe e Holden olham um para o outro.

— Eu não faço ideia.

— É a chave que eu te dei quando pedi para você se mudar para Portland comigo.

Eu reconheceria aquela voz em qualquer lugar.

— Henry! — Eu me viro, aliviada por ele estar aqui.

Ele sorri, apreensão em seus olhos, mas então se aproxima.

— Ei, Brie.

Minha respiração fica mais lenta, e ele se inclina para beijar minha bochecha. O calor me inunda e uma sensação de normalidade retorna.

— Estou tão feliz que você está aqui.

Sua mão se move para minha bochecha.

— Eu não sabia até esta manhã. Estou tão feliz que você está bem. — Ele se vira para o público atrás de nós. — Sra. Davis, Holden — diz ele.

Minha mãe se move em direção a ele e dá um tapinha em seu peito ao dizer:

— Estou feliz por você estar aqui, Henry.

Holden dá um passo à frente, estendendo a mão.

— Bom te ver, Henry. É bom ver Brielle relaxar um pouco.

— Sim, ela parece relaxada agora — minha mãe reflete.

Entrelaço meus dedos com os dele e o puxo para mais perto.

— Eu estava me perguntando por que você não estava aqui quando acordei, mas estou feliz que você esteja agora.

Seus lábios se achatam em uma linha fina.

— Eu não descobri até algumas horas atrás. Vim assim que soube.

Eu me volto para minha mãe.

— Você esperou quase seis dias para ligar para ele?

— Não, não — Henry interrompe. — Ela ligou. Na verdade, eu estava viajando a negócios e, assim que recebi a mensagem, vim.

Minha mãe acena com um sorriso estranho.

— Você está aqui agora e é isso que importa.

— Sinto muito por Isaac — Henry diz, e quando seus braços fortes me envolvem, eu fecho os olhos.

— Eu o amava tanto.

— Eu sei.

Isso parece seguro e certo. Posso estar sentindo falta dos últimos três anos da minha vida, mas isso é familiar. A forma como nos encaixamos faz sentido. Encaro-o, lágrimas nos meus olhos.

— Estou tão feliz por você estar aqui. Eu precisava de você.

Ele sorri para mim e depois olha para minha mãe, que está nos observando com cautela.

— Mãe?

Ela sorri muito rápido.

— Desculpe, vou dar um tempo a vocês. Tenho algumas coisas que preciso fazer antes que você seja liberada amanhã, e tenho que ajudar Addison antes do funeral.

— Você não precisa ir embora. — Claramente, qualquer rachadura que se formou entre eles anos atrás não foi consertada. Quando ele e eu começamos a namorar, ela o amava, mas, logo antes da formatura, ela me encorajou a terminar as coisas. Ela não gostava de como ele era controlador e que nunca parecíamos felizes quando estávamos juntos.

— Eu não ia ficar muito tempo. Eu queria checar você. Agora que Henry está aqui, vocês dois poderiam usar algum tempo para conversar sem eu estar sentada aqui.

Viro-me para ele.

— Você vai ficar um pouco, por favor? — peço.

Henry abaixa o queixo.

— É claro. Eu estava planejando passar o dia aqui, se é isso que você quer.

— Eu quero. Você é uma das últimas coisas de que realmente me lembro, e significaria muito se pudéssemos conversar um pouco.

— Bem, então — mamãe diz, rapidamente. — Vou visitar Addy. Se precisar de alguma coisa, é só pedir que me liguem.

Henry e eu voltamos para o meu quarto e agarro seu braço estendido. Andamos assim centenas de vezes, mas não em um hospital, e me acomodo na familiaridade disso. Olho para ele, tentando ver as diferenças que podem desencadear uma memória.

— Você fuma charutos? — pergunto.

Sua cabeça empurra para trás.

— Não, eles são nojentos. Por quê?

— Eu acabei de... Era uma memória.

— Você lembrou?

— Sim, mas era o gosto de charutos, e não consigo identificar. Achei que talvez fosse você.

Henry balança a cabeça.

— Definitivamente não.

— Então, o que somos?

Sento-me na beirada da cama, e ele na cadeira.

— Quando sua mãe ligou, ela explicou que eu não deveria te dar respostas devido ao lapso de memória.

É claro que eles também passaram a informação.

— Não, você não deve, mas há esse bloco de tempo que apagou — explico. — É realmente frustrante, e as pessoas que não me dizem nada estão dificultando mais as coisas. Não estou pedindo todos os detalhes, apenas algo sobre nós agora?

Ele se inclina e pega minhas mãos nas dele.

— Posso dizer que te amo.

Eu sorrio e solto um suspiro pelo nariz.

— Eu sei. Você sempre me amou.

— Desde o dia em que te conheci.

Embora seja bom ter certeza, isso realmente não responde à minha pergunta.

— Nós moramos juntos?

Ele balança a cabeça.

— Não. Eu moro em Portland e você aqui.

— Você assumiu completamente a empresa de seus pais?

— Não completamente. Papai deve se aposentar no próximo ano. No momento, estou gerenciando uma equipe e todas as contas de alta prioridade.

Talvez seja uma memória, porque acho que já sabia disso.

— Eu realmente pensei que estávamos morando juntos. Faria sentido, especialmente porque me lembro da chave tão vividamente.

Henry entrelaça nossos dedos, levantando-os entre nós.

— Foi uma grande noite para nós.

— Ficamos noivos? — pergunto, já sabendo que não estou usando um anel. Mesmo se eles tivessem tirado quando fui internada no hospital, eu teria uma linha de bronzeado, certo?

Ele sorri, soltando minha mão antes de roçar os dedos contra minha bochecha.

— Nós vamos chegar a tudo, mas, por enquanto, você só tem que se permitir curar e ver como as coisas vão ficar. Talvez você descubra que quer que as coisas sejam diferentes, e eu não quero mudar de ideia de qualquer maneira.

Há uma hesitação em sua voz, e eu me afasto.

— Mas e se as coisas fossem perfeitas? E se eu fosse feliz e escolhesse o caminho errado desta vez? E se terminarmos porque essa nova versão de mim, que não consegue se lembrar de nada, é muito egoísta e odeia ficar longe de você?

— Não vou a lugar nenhum, Brielle. Posso tirar uma folga nas próximas semanas, se você quiser. Talvez possamos passar um tempo juntos e revisitar os lugares que adoramos ir. Talvez te ajude a se lembrar.

Respiro com um pouco mais de facilidade, porque sei que tirar uma folga do trabalho é um grande problema em sua vida. Seu pai é exigente e espera perfeição, principalmente dele. Se Henry está perto de assumir, só posso imaginar que sugerir isso não foi fácil.

A esperança me enche para encontrarmos uma maneira de fazer nosso relacionamento funcionar. Era algo que era uma fonte de discórdia antes, eu nunca senti que importava quando se tratava de seu trabalho.

— Sério? Você vai tirar uma folga?

Seu sorriso é largo.

— Sim, amor.

— Obrigada.

— Não há nada no mundo que eu não faria por você — diz ele, antes de me dar um beijo suave.

Alguém limpa a garganta, e eu olho para ver Spencer entrar no quarto.

— Desculpa por interromper. — Ele olha para Henry e depois para mim. — Eu queria checar você.

Meu coração dispara um pouco ao vê-lo. Spencer sempre foi aquele que poderia usar padrão ou cores mais hediondas e ainda ser incrivelmente sexy. Com calça, porém, Spencer é um maldito deus. Seu peito largo parece pronto para abrir as costuras de sua camisa. Cada músculo é definido, e eu me forço a me concentrar em seu rosto. Pode ser mais seguro.

Não. Não é.

Ele aparou a barba, e seus olhos verdes-escuros são intensos enquanto ele me observa.

Querido Senhor.

Eu me forço a sorrir.

— Você não interrompeu nada.

— Henry — Spencer diz cordialmente, mas há um tom de algo frágil em sua voz.

— Spencer, é bom te ver em melhores circunstâncias.

A sobrancelha de Spencer se ergue.

— O irmão de Brielle ser morto e ela ter perda de memória é uma circunstância melhor?

— Eu não quis dizer isso dessa maneira. — A voz de Henry é leve. — Eu quis dizer que da última vez...

Spencer se vira para mim.

— Como você está se sentindo?

— Estou melhor agora. — Eu ficaria muito melhor se eles explicassem a tensão entre eles, o que não vão fazer. — Você teve notícias de Addy? — pergunto.

— Sim, acabei de sair de lá. Ela pediu para lhe dizer que estará aqui para vê-la um pouco mais tarde hoje.

Addison não apareceu desde o dia em que acordei. Ela tem estado tão ocupada em colocar as coisas em ordem e cuidar dos preparativos do funeral.

— Ela realmente vai embora?

— Acho que ela só precisa respirar, e todos sabemos a impossibilidade disso nesta cidade.

— Eu vou sentir falta dela — falo honestamente.

— E ela vai sentir sua falta. Ela está tentando entender um mundo onde Isaac não existe.

Olho para Henry, tentando imaginar como isso seria para mim. Estamos namorando há muito tempo, mas houve algumas vezes que considerei terminar com ele. Claramente, eu não passei por isso.

— Gostaria de poder fazer algo para lhe dar paz.

— Tenho certeza de que você viver e ter uma segunda chance é tudo o que ela precisa — diz Henry.

Os olhos de Spencer se estreitam.

— Uma segunda chance para quê?

— Vida — Henry responde. — Ela está viva e pode...

— Pode o quê? — pergunto.

— Você decide se o que quer agora é o que tinha no passado. E se as coisas puderem ser diferentes, Brie? E se *pudermos* ser diferentes?

Eu olho para ele, meu estômago afundando lentamente.

— O que havia de errado conosco?

— Nada. Tudo. Só estou me perguntando se talvez sua memória tenha bloqueado uma parte de sua vida por algum motivo. Talvez o que aconteceu há três anos tenha sido doloroso e você se arrependa tanto que queria esquecer.

Spencer zomba.

— Não é assim que funciona. Ela não está bloqueando um evento. Ela teve traumatismo cranioencefálico e seu cérebro está lidando com um trauma.

— Mas e se ele estiver certo? — eu indago. — E se eu estiver me lembrando até aquela parte da minha vida, porque foi aí que tudo deu errado? — Enquanto as razões médicas podem não ser isso, e se for? E se eu estraguei tudo quando consegui um emprego aqui, e esta é a chance de consertar isso?

Eu olho para Spencer.

— Você me disse para voltar ao começo. E se for isso que eu estiver fazendo?

Ele dá de ombros.

— Não sei. Se é o começo, você tem que se perguntar qual é o catalisador para isso?

Exatamente. Lembrei-me da faculdade. Lembrei-me de me mudar para cá. Lembrei-me de brigar com Henry sobre aceitar esse emprego e não estar com ele. Lembrei-me de estar animada para começar algo novo. Então, é porque eu deveria tê-lo deixado, ou porque eu deveria ter me mudado para Portland?

Isso é tão frustrante.

— Bem, eu preciso saber. Eu preciso voltar para o que quer que seja essa parte dolorosa e seguir em frente para que eu possa ajudar a encontrar o assassino do meu irmão e quem queria me matar.

Henry pressiona a mão na minha bochecha.

— Você tem que ser paciente e se permitir se recuperar.

Nego com a cabeça.

— Isso não é o que eu preciso. Eu vou descobrir tudo. Já estou começando a me lembrar das coisas.

— Você sempre foi tão teimosa. — Ele sorri, e seus olhos se enchem de calor.

— E você sempre lutou para me proteger.

— Sempre, Brie.

— Então saiba que a única proteção que eu preciso agora é de ser protegida. — Estico-me, roçando o pescoço em sua bochecha.

— Ok.

— Obrigada.

Henry encosta a testa na minha.

— Eu estava com tanto medo de ter te perdido para sempre.

— Estou aqui.

— Só nunca me deixe.

Eu sorrio.

— Vou tentar.

— Bom. — Ele pressiona seus lábios nos meus, interrompendo a conversa. Lembro-me de que temos alguém na sala, mas, quando me viro para olhar para Spencer, ele já se foi. Por alguma razão, o pensamento de ele sair faz meu peito doer.

CAPÍTULO QUATRO

Brielle

Eu não posso fazer isso. Não posso.

Não posso entrar neste funeral e ver Isaac assim.

Addison vem ficar ao meu lado, olhando para a porta de carvalho da funerária.

— Temos que entrar, Brie.

— Como? — pergunto à minha cunhada, que é mais forte do que jamais imaginei.

— Eu não sei, mas nós precisamos. Isaac precisa que sejamos fortes.

Estendo a mão, pegando a sua na minha.

— Não me sinto forte.

Sem ter que olhar, eu sei que os melhores amigos do meu irmão estão atrás de nós. Emmett, Spencer e Holden estão aqui, dando seu apoio enquanto nós duas aproveitamos esse segundo juntas.

Eles estiveram aqui, pilares de força tanto para Addison quanto para mim. Emmett me levou do hospital para o hotel da minha mãe, garantindo que eu estivesse segura, pois tive um ataque de pânico antes de sair, preocupada que a pessoa que fez isso ainda estivesse lá fora.

Holden veio depois que saiu do hospital para me verificar e depois foi ficar com Addison para ajudá-la com qualquer coisa que ela precisasse.

Esta manhã, Spencer apareceu com um vestido preto, sapatos e várias outras coisas que ele pegou do meu apartamento, já que eu não estava pronta para voltar para lá, especialmente depois que Henry partiu para

Portland em uma emergência de trabalho. Seu pai exigiu que ele voltasse e então ele foi.

Addy suspira.

— A última vez que estivemos aqui foi para o funeral do seu pai. Não é justo que eu volte agora pelo meu irmão.

— Não sei como entrar lá — admito. — Não sei como fazemos isso.

Addison olha para mim.

— Eu sei que não temos os detalhes do que aconteceu, mas, na minha cabeça e no meu coração, tenho que acreditar que Isaac estava fazendo o que podia para impedir que alguém se machucasse. Ele amava você, esta cidade e todos. Teria se sacrificado por nós porque era quem ele era, mas especialmente por sua família. Então, sei que não temos as respostas, porém, se qualquer um dos cenários que imaginei for verdade, então ele foi corajoso, e nós também temos que ser.

A angústia na voz de Addison é demais para aguentar. Nós duas temos lágrimas silenciosas escorrendo pelo rosto.

— Ele foi corajoso. Ele era tão forte e sempre fazia a coisa certa. Se foi isso que aconteceu... se estou viva porque Isaac fez algo para me proteger, então você está certa. Devo a ele ser tão corajosa.

Ela aperta minha mão e assente.

— Vamos entrar.

Solto um suspiro pesado e a deixo me levar para frente. Os três homens nos flanqueiam e subimos os degraus, e Spencer estende a mão para abrir a pesada porta de madeira.

Este lugar pode parecer a casa de alguém do lado de fora. É um belo exterior branco com uma grande varanda envolvente. O trabalho de acabamento é ornamentado e tudo nele é convidativo, só que guarda o adeus final por dentro. Um que eu não quero fazer.

Entramos na casa, e o andar de cima é na verdade onde as pessoas moram, e sou levada de volta no tempo. O foyer é o mesmo que me lembro. Paredes pintadas de creme adornadas com pinturas com temas do Oregon. O tapete marrom ajuda a silenciar o som dos nossos saltos quando entramos. Há três salas de observação, todas de tamanhos variados, e na placa do lado de fora da maior está o nome dele. Isaac Davis.

Minha mãe sai do escritório do diretor funerário. Ela nos abraça antes que o Sr. Moody dê um passo à frente, seus olhos gentis sombrios enquanto aperta primeiro a minha mão e depois a de Addy.

— Sinto muito pela sua perda. Todos nós amávamos Isaac.

— Obrigada — Addison diz, suavemente.

— Manteremos todos os outros fora pelos próximos vinte minutos para permitir privacidade — explica.

Eu olho para Addison primeiro.

— Você deveria ir.

Ela nega com a cabeça.

— Ainda não estou pronta para entrar. Acho que você deveria entrar primeiro. Talvez vá...

— Certo — falo, sabendo o que todos estão esperando.

Isso, que eu vou lembrar.

Que vou ver Isaac e, como um flashback, os últimos três anos voltarão para mim.

Deus, espero que seja o caso.

Uma mão descansa no meu ombro, e me viro para ver Spencer.

— Você está bem? — Sua voz profunda ressoa pelo espaço.

— Não. Eu não posso fazer isso sozinha.

Spencer olha ao redor.

— Henry está aqui?

Esta manhã, não lhe respondi quando perguntou onde estava Henry. Apenas disse que ele estaria aqui. Eu não podia admitir que ele não compareceria. Acho que esperava que ele de alguma forma provasse que eu estava errada e viesse de qualquer maneira. Fecho os olhos, sentindo vergonha de admitir isso.

— Ele teve que voltar para Portland. Chegará daqui a pouco se puder sair do trabalho.

Ele não diz nada, mas sei que está julgando Henry por não estar aqui.

— Bem, você não está sozinha. Estamos todos aqui.

Emmett e Holden estão alguns passos atrás dele.

Eles estão sempre aqui por mim. Sempre estiveram. Em vez de um irmão mais velho, eu tinha quatro. Cada um mais chato do que o outro. Cada um pensando que sabia o que eu precisava, merecia ou queria, não importava o que eu dissesse. Quando algum garoto partia meu coração, aqueles quatro estavam lá. Quando eu estava na nona série e Mikey Jones ficou um pouco pegajoso depois que eu disse não, foi Emmett quem quebrou seu nariz e Spencer quem ameaçou sua vida se ele chegasse perto de mim novamente.

Não importava que Spencer já tivesse saído para a faculdade, alguém se atreveu a mexer comigo e aquele garoto ficou apavorado depois disso.

Por mais que me irritasse, sempre havia uma emoção quando se tratava de Spencer.

— Você sempre me protegeu.

— Eu sempre vou proteger.

— Eu sei. — Olho para trás na entrada, protelando o máximo que posso, porque não quero fazer isso. Estou com tanto medo. — Você poderia... entrar comigo?

Não sei por que, mas não posso ficar sozinha e não há mais ninguém em quem confio mais do que ele. Spencer não vai me deixar desmoronar, e Isaac gostaria que ele ficasse comigo.

— É claro.

Eu aceno, inalando profundamente, meu corpo tremendo. Caminhamos em direção à entrada da sala, e tenho o desejo mais intenso do mundo de virar e correr. Não quero fazer isso, vê-lo desse jeito. Também tenho tanto medo de não me lembrar de nada, ou de me lembrar de algo tão horrível, que gostaria que a informação ainda estivesse perdida.

Atravessamos o limiar e prendo a respiração, desejando que minha ansiedade diminua.

O pânico borbulha, e então começa a se dissipar quando Spencer pega minha mão.

— Não tenha medo, Brielle. Eu... nós estamos todos aqui por você. Você não está sozinha e nunca estará.

Minha garganta está apertada enquanto me forço a respirar.

— Ok.

Ele me deixa definir o ritmo e forço meus pés para frente; assim que estou ao lado do caixão do meu irmão, mal consigo respirar em torno da perda esmagadora que enche meus pulmões. Quando caio de joelhos, Spencer está atrás de mim, sua mão no meu ombro, enquanto eu olho para Isaac.

Espero por alguma coisa, qualquer coisa, mas não há nada além das lágrimas e da dor esmagadora ao olhar para o meu irmão.

Não me lembro de como ou quem. Não me lembro do que o tirou de todos nós. Só vejo a verdade que meu irmão se foi. Ele está morto, e eu sou a única pessoa que viu e ainda não sabe de nada.

Minha cabeça cai para frente enquanto eu soluço, sentindo a culpa e o peso me esmagarem.

Então Spencer está me puxando em seus braços e afundo neles.

— Não consigo me lembrar de *nada*. Como posso vê-lo assim e não me lembrar? Como posso ser tão fraca e fazer isso?

— Brie... você não é fraca!

— Não, estou falhando com ele. *Ele* — eu grito. — Isaac, que nunca me decepcionou. Ele é provavelmente o motivo de eu estar viva e, no entanto, não sei de nada. Não sei o que aconteceu com ele. Sou a única que pode resolver isso e não consigo!

— Você não pode se culpar.

Eu me afasto, não me sentindo mais digna de seu conforto.

— Quem então? Quem eu culpo?

— O responsável. É quem você vai culpar.

— Se eu pudesse lembrar quem é, faria isso, mas não consigo! Pelo que sabemos, fui eu quem fiz isso! E se eu machuquei Isaac?

Spencer suspira.

— Nós dois sabemos que isso não é verdade.

— Nós? Como? Porque eu não sei nada sobre os últimos três anos. Não sei quem eu sou. O que faço. Onde vivo. Pelo que sabemos, sou uma *serial killer* ou contratei alguém. Eu poderia ter encenado. Sinto que estou enlouquecendo, Spencer!

Suas mãos pegam meu rosto.

— Eu sei exatamente quem você é, Brielle Davis. Você é inteligente e doce. Você é uma dançarina horrível, que pensa que é a próxima grande estrela. Você canta no carro, porque não consegue parar. Você ama crianças e quer evitar que todas elas estejam em uma situação ruim. Não há nenhuma chance no inferno de você machucar Isaac. Nenhuma.

Quando ele me puxa de volta contra si, eu não luto. Estou muito ocupada soluçando e tentando não me afogar em minhas emoções. Meu coração se parte quando as deixo sair. A raiva e a frustração. A raiva porque alguém levou meu irmão, e o medo paralisante de que eu poderia ter morrido junto com ele. Addison está sem o marido, eles têm uma bebê loira e...

Levanto a cabeça, e lágrimas borram a visão dos olhos verdes de Spencer.

— O quê? — ele pergunta, rapidamente. — O que há de errado?

— Elodie — eu sussurro. — Ela tem cabelo loiro?

Spencer enxuga a lágrima da minha bochecha.

— Ela tem.

— Ela tem cabelo loiro. Eu sei isso. Eu apenas sei. Tipo, não era uma pergunta. Lembrei-me de seu cabelo, e... ela era uma bebê gordinha. Lembro-me de segurá-la, mas...

— Mas o quê?

— Isso é tudo. Eu só sabia disso.

Os olhos de Spencer ficam intensos.

— Isso é outra coisa, uma a mais do que você tinha cinco minutos atrás, Brie. Sei que não parece muito, mas esses pedacinhos vão começar a fazer sentido.

Tempo não é algo que eu esteja disposta a gastar com isso, mas talvez haja outra opção. Talvez Spencer possa me ajudar a mover o tempo. Tenho de ajudar a encontrar quem matou o meu irmão. Tenho que fazer justiça para Isaac e encontrar respostas para todos nós.

— Você está trabalhando agora?

— O quê?

— Em uma história. Você está atualmente escrevendo ou investigando alguma coisa? — A parte triste é que não sei se é mesmo o que ele faz ainda.

— Não agora. Eu não aceitei uma tarefa em... há um tempo.

Perfeito. Eu mudo para frente, minhas mãos descansando em seu peito, meu próprio coração batendo rapidamente.

— Preciso que você me ajude.

— Ajudar você?

Eu concordo.

— O que você faria se quisesse saber alguma coisa?

— O que você quer dizer?

— Quero dizer que preciso de ajuda. Não posso dirigir, eu teria que pegar um táxi, mas isso me deixaria vagando sem rumo tentando descobrir como me lembrar da minha vida.

— Não, isso não é uma opção.

— Então você tem que me ajudar. Você é um dos melhores repórteres investigativos do país, certo? Provavelmente pode pegar essa pessoa antes mesmo de eu precisar da minha memória de volta. Por favor, você precisa. Não quero fazer isso sozinha, mas você sabe que eu vou. Vou voltar no tempo, e... não sei por onde começar, mas vou escolher algum lugar, porque não posso ficar sentada sem fazer nada.

Seu rosto se contrai, os olhos se estreitando um pouco em pensamento.

— Você também não pode estar perambulando pelo Oregon.

— Então você faz isso comigo. Trate-me como uma notícia. Por onde começamos?

— Isso é loucura.

Talvez seja, mas é o que preciso.

Depois de um pequeno silêncio, Spencer suspira.

— Eu voltaria ao começo, de volta à última coisa que conseguia lembrar, e trabalharia a partir daí.

— O começo para mim é alguns meses depois de me formar na pós-graduação. Se eu quiser começar a entender tudo isso, preciso começar por aí.

— Brie... — A voz de Spencer é forte com advertência.

— Se você não me ajudar, eu vou fazer isso sozinha. Você sabe que vou.

Um suspiro profundo deixa seus pulmões, e ele se recusa a encontrar meus olhos.

— Holden deixou claro que você precisa deixar isso acontecer naturalmente.

— Eu vou, mas isso não significa que eu deva sentar e esperar que talvez a memória volte. Você é o melhor repórter investigativo do mundo. Esteve envolvido em desenterrar a verdade sobre mistérios que ninguém mais poderia. Isso não é tão grande, mas é importante.

Seu olhar cai.

— Quero que você se lembre de sua vida, Brielle.

Eu movo minha mão para sua bochecha, descansando suavemente lá.

— Então me ajude.

CAPÍTULO CINCO

Brielle

— Tem certeza de que quer ir para casa? — minha mãe pergunta, me ajudando a dobrar as roupas na cama.

— Não posso ficar aqui.

— Foram apenas quatro dias. Não pode ser tão ruim.

Ah, mas é. Minha mãe está tentando e sente a dor, mas vai me deixar louca. Eu não posso me mover sem que ela se preocupe comigo.

Sem falar que Addy está indo embora e minha mãe tem sua vida na Califórnia. Não tive nenhum flash ou memória desde o funeral, e estou ficando mais ansiosa com o passar do tempo. Preciso ir ao começo e trabalhar meu caminho até o presente, não que eu saiba o que é isso. Acho que seria a última parte sólida da minha vida da qual me lembro completamente. Minha mãe enlouqueceria se soubesse o que eu estava planejando.

— Não é ruim, mãe. Você só tem coisas para fazer e eu preciso resolver minha vida — explico.

— Sim, mas você estará sozinha — mamãe diz com preocupação. — Eu não posso simplesmente te deixar assim.

— Eu não estou sozinha.

— Você não vai ter a mim ou seu irm… — ela se detém. — Você estará aqui sem nenhuma família.

— Eu tenho Spencer, Emmett e Holden. Eles são bons substitutos por enquanto.

Mamãe se aproxima, pegando a camisa da minha mão.
— Eu notei que você não disse Henry.
Não, eu não disse. Na verdade, estou lívida com ele.
— Ele ligou de volta?
Ela nega com a cabeça.
— Não desde ontem.
— Certo.

Henry saiu no dia em que deixei o hospital e ainda não voltou para Rose Canyon. Ele ligou para minha mãe ontem à noite para se desculpar e avisá-la que estaria aqui hoje.

Eu realmente não posso acreditar que ele não esteve aqui para o funeral do meu irmão. Que o trabalho dele é mais importante do que estar aqui comigo. E, no entanto, há uma parte de mim que não está surpresa.

Minha mãe pega minha mão na dela.
— Esqueça isso. As coisas têm um jeito de dar certo.
— Isso significa que ficaremos bem? Isso significa que estamos juntos? Nada faz sentido, mãe.
— Bem, não posso te dar essas respostas, mas posso te pedir para olhar dentro do seu coração. Isso é bom para você? É isso que você quer?

Não sei. Quero dizer sim, porque estou assumindo que encontramos nosso caminho e que isso é algo com o qual tenho que lidar. No entanto, isso não está bem. Não quero estar com alguém que não se importa comigo o suficiente para ajudar enquanto estou claramente em uma crise.

— Não posso lidar com tantos pensamentos — respondo, o que realmente não é uma resposta. — Podemos pegar o telefone substituto no caminho para onde eu moro?

Minha mãe me dá um sorriso triste.
— Sim.

Isso é pelo menos uma coisa, mesmo que ainda venha com restrições. Eles me pediram um novo telefone com um novo número e nada além dos meus contatos transferidos da minha linha antiga. Qualquer que seja.

Termino de arrumar minha mala, e minha mãe e eu saímos. Nós dirigimos pelas ruas da minha cidade natal. Nada mudou e, no entanto, tudo está diferente. Há fotos de Isaac nas vitrines das lojas. Passamos pela escola onde ele ensinava e há uma grande placa com seu rosto. Lágrimas picam meus olhos, porque este mundo era muito mais brilhante com ele dentro.

Eu daria tudo para falar com ele agora. Isaac era nove anos mais velho que eu e, embora muitos irmãos mais velhos pensassem que era chato ter uma irmã de repente, ele não achava. Ele me protegeu e me amou, sempre garantiu que eu tivesse seu apoio, mesmo quando ele não concordava.

Descemos a Mountain Rd e passamos pela cafeteria. No canto, há uma exibição improvisada de flores, velas e papéis dos quais não consigo desviar o olhar.

— Mãe?

— Sim?

— Por que existem flores e coisas fora da RosieBeans?

A última lembrança que tenho da cafeteria foi quando abriu, mas isso foi logo antes de eu sair para a faculdade. Foi um grande negócio conseguir uma cafeteria em nossa pequena cidade.

Minha mãe se mexe e depois faz outra curva em uma rua lateral.

— Por que você acha, Brie?

Porque deve ser aí que o incidente aconteceu. Deve ser onde meu irmão morreu.

— Não me lembro.

Ela pega minha mão, apertando-a suavemente.

— Tudo bem.

Todo mundo continua dizendo isso, mas não está. Arranco minha mão, virando-me para a janela. Minha mãe para na loja e pega meu telefone substituto, entregando-me. Enquanto damos outra volta, paramos na antiga fábrica de tijolos. Só que não parece degradada.

Parece que pessoas vivem aqui.

— Eu moro aqui?

— Sim.

Suspiro e tento não me perder.

Saímos do carro e, quando me viro, vejo Spencer encostado no seu. Ele veio. Ele veio e vai ajudar.

Eu vou em direção a ele, mas alguém sai voando do prédio.

— Brielle! Oh, meu Deus, você está em casa! Agradeço ao Senhor no Céu. Tenho orado todos os dias por você. Como está se sentindo? Recebemos sua correspondência por você e tenho tudo em uma caixa — diz uma mulher que não conheço.

Abro meus lábios, mas estou muito chocada para realmente dizer qualquer coisa. Então a mulher está falando de novo, e desisto de tentar formar palavras.

— Sinto muito por Isaac. Fiquei arrasada… a cidade inteira ficou. O time de futebol não joga desde que ele morreu. Você sabe o quanto aqueles garotos o amam. Encontrei Jenna e ela estava dizendo como as crianças estão perdidas sem você também! Poxa. É muito.

Eu me viro para minha mãe, meu corpo tremendo um pouco. Eu odeio isso. Odeio isso mais do que consigo dizer. Não sei quem ela é, e é totalmente surreal e inquietante ela estar falando comigo como se fôssemos amigas. Estou perdida neste mundo que não faz sentido. Como não saber quem são as pessoas? Pessoas que claramente se importam comigo. Esta mulher recolheu minha correspondência, então devo ter algum tipo de amizade com ela.

— Muito obrigada por fazer isso, Tessa. Não sei o que você ouviu sobre o ferimento de Brielle, mas ela tem uma lacuna na memória. Se ela...

— Ah, sim, eu ouvi. Só pensei com ela voltando para casa... — Tessa olha para mim. — Eu moro no apartamento perto de você. Meu marido, Nick, é o supervisor do prédio. Se precisar de alguma coisa, não hesite em pedir.

Lágrimas ardem em meus olhos, mas as seguro e aceno com a cabeça, oferecendo a ela um pequeno sorriso.

— Obrigada. Sinto muito que não...

— Não se desculpe, Brie. Apenas saiba que tem pessoas aqui que se importam e estão cuidando de você. — A sinceridade em sua voz alivia um pouco minha ansiedade.

— Obrigada.

— Claro, é para isso que servem os vizinhos. Ei... — Ela faz uma pausa e acena para Spencer. — Ei, Spencer!

— Tessa, bom ver você.

Eu olho para ele.

— Você a conhece?

— Eu estive no seu apartamento. — Ele ri.

— É claro. Eu simplesmente não... você sabe, não lembro.

Tessa suspira pesadamente.

— Sinto muito por ter abordado você no estacionamento. Tenho certeza de que você tem muito o que fazer. Só queria que soubesse como estamos todos felizes por você estar em casa e bem. Exceto quanto a coisa de não lembrar.

— Obrigada — eu digo. Posso não ter lembranças dela ou deste lugar, mas pelo menos há alguém legal aqui.

Olho para o prédio onde moro — ou onde todos dizem que moro — e espero que algo, qualquer coisa, aconteça.

Os tijolos não estão mais espalhados, e me lembro de subir ao quarto andar, quando não havia janelas porque estavam quebradas, e olhar para as montanhas ao longe. E muitas outras coisas nefastas que minha mãe não tem ideia.

— Quantas pessoas vivem aqui?

Minha mãe esfrega minhas costas.

— Há oito apartamentos, dois em cada andar.

— E eu moro em um?

— Sim, você se lembra de alguma coisa sobre isso? — Spencer pergunta.

— Não é nada recente, apenas algo antigo.

Ele ri, provavelmente sabendo exatamente do que estou falando. Eu estava no último ano do ensino médio e os meninos estavam todos em casa para algum evento. Eles decidiram fazer uma festa secreta, mas eu os ouvi planejando, então peguei alguns amigos, saí, fiquei incrivelmente bêbada e adormeci em cima de Spencer. Muito para seu desgosto.

— Foi uma boa festa.

Minha mãe bufa.

— Vocês estavam sempre se metendo em encrencas naquela época e, de alguma forma, Brielle encontrou uma maneira de acompanhá-los.

— Eu sempre fui protegida — digo a ela. Eles não podiam me impedir de fazer metade das coisas estúpidas, mas sempre garantiram que eu tivesse uma rede de segurança... eles.

Spencer assente.

— Ela foi.

— Bem, o que você está fazendo aqui, Spencer? — Minha mãe se vira com uma sobrancelha levantada.

— Estou ajudando Brie... com relutância.

— Ajudando? — Eu posso ouvir a preocupação em sua voz.

— Brielle precisa de respostas... todos nós precisamos, e a única maneira de obtê-las é que sua memória retorne. Falei com Holden e Cora, e eles concordaram que eu a ajudar a refazer sua vida não é o mesmo que apenas despejar a informação. Então, vou ajudá-la a fazer isso.

Agora isso me surpreende.

— Você perguntou a Holden?

— Eu mencionei o que estávamos fazendo e pedi a ele que, por favor, interviesse se achasse que era uma má ideia — diz ele, como se devesse ser óbvio. — Ele é médico.

— Sim, mas não deveria ter sido eu a perguntar?
Ele levanta uma sobrancelha.
— Você tinha planos de fazer isso?
Não, mas... eu poderia.
— Não vou colocar você em perigo, estragar o caso ou estragar sua recuperação.
Oh. Acho que isso faz sentido.
— *Estou* preocupada — minha mãe oferece. — Tenho que voltar para a Califórnia em breve, e sinto como se estivesse te abandonando. Eu acabei de... tenho que voltar para a loja e outras coisas.
Estive tão envolvida com tudo o mais que nunca pensei em perguntar sobre a vida dela nos últimos três anos.
— Você não está me abandonando, mãe. Eu prometo — garanto a ela. — Além disso, preciso lembrar, o que significa dar uma volta pelos últimos três anos da minha vida. Eu deveria ser capaz de lidar com isso, certo? A menos, é claro, que vocês dois gostariam de me dizer o que eu tenho feito?
Spencer fala antes que minha mãe possa.
— É uma droga, mas é a única maneira. Vamos trabalhar com isso e fazer com que você se lembre do quanto pudermos.
— E se for tarde demais? — pergunto.
Entendo que o que quer que esteja em minha memória bloqueada permitirá que a polícia encontre um assassino e que adulterar minhas lembranças impediria isso, mas não entendo como me dizer onde é o meu banco afetaria isso.
— Tarde demais para quê? — minha mãe pergunta.
— Tudo. E se eu nunca me lembrar? E se Spencer não for Sherlock Holmes e não puder me ajudar a refazer nada? E se eu nunca encontrar o assassino de Isaac e eles voltarem para terminar o trabalho?
Seus olhos se arregalam, mas Spencer dá um passo à frente, aponta para o canto e pergunta:
— Você vê aquele carro?
— Sim.
— É um amigo de Emmett. Ele era um Boina Verde e fez quatro viagens ao Iraque e ao Afeganistão. Provavelmente pode nos matar com um lápis de dentro do seu veículo.
Eu suspiro.
— Isso não é reconfortante.

— É para mim.

Nego com a cabeça.

— Alguém não vai poder cuidar de mim o tempo todo.

Ele levanta uma sobrancelha.

— Quer fazer uma aposta? Emmett e eu contratamos a Cole – Empresa de Segurança para manter total segurança tanto em você quanto em Addy até que o assassino de Isaac seja pego e saibamos que você não está em risco. Não temos ideia se a pessoa que te atacou e matou Isaac é uma mulher ou um homem, de quem estava realmente atrás, ou por que fez isso. Sim, estamos sendo um pouco superprotetores, mas prometemos que você estaria segura, e não me sinto mal por isso. Na verdade, estou bastante feliz e acho que seu irmão também ficaria.

A proteção feroz em sua voz me faz recuar um pouco. Posso ver o estresse em seus olhos, e estaria mentindo se dissesse que não me sinto um pouco mais confortável.

Os dedos da minha mãe se acomodam ao redor do meu antebraço.

— Saber isso me faz sentir muito melhor ao ir embora.

Ele acena com a cabeça uma vez.

— Ninguém está disposto a perder você também, Brielle.

— Eu sei.

Ele força um sorriso e olha para o prédio.

— Que tal entrarmos e começarmos?

Eu expiro, os nervos me atingindo novamente.

— Ok.

Realmente espero descobrir que gosto da pessoa atrás da porta.

CAPÍTULO SEIS

Brielle

De pé aqui, olhando minhas coisas, minha vida, a desolação é esmagadora.

O apartamento é todo de tijolos expostos e dutos, e minha mobília é quase industrial, mas eu nunca me considerei uma garota do tipo moderno. É tudo linhas limpas, e nada sobre o espaço parece pessoal. Entro na cozinha, meus dedos deslizando ao longo da bancada de cimento fria, e observo os armários de madeira escura.

É lindo. Mesmo em sua falta de calor.

— Nada? — A voz da minha mãe está cheia de esperança.

Fecho os olhos por um segundo, esperando que algo aconteça, mas não há nada. Não me lembro de me mudar ou escolher o sofá, ou a pintura na parede sobre a mesa da entrada que adorna meu loft. Ando em direção ao meu quarto, esperando que isso possa ajudar. Talvez uma memória de Henry e eu ou, diabos, qualquer coisa.

Aprecio o espaço, passando pelo banheiro antes de encontrar o quarto. Há um tapete de pelúcia sob a cama de dossel muito grande que tem duas mesinhas de cabeceira. À direita está o que suponho ser um armário, e há uma cômoda em frente. Eu vou lá primeiro.

Levanto uma moldura de vidro com uma foto minha segurando um bebê pequeno, e olho para onde Spencer e minha mãe estão na porta.

— É Elodie?

Mamãe sorri.

— Sim.

Não me lembro dela nem dessa foto, mas ela é loira, e nas linhas do nariz vejo meu irmão.

— Ela deve ser linda — murmuro, quase para mim mesma.

— Ela é a melhor parte de Isaac e Addy.

— Quantos anos ela tem agora? — pergunto, rezando para que alguém responda.

— Ela tem oito meses — Spencer diz, sem hesitar.

Coloco a foto de volta para baixo e pego a próxima. Sou eu e meu pai algumas semanas antes de ele morrer. Então atrás disso está uma de mim na formatura com meu irmão e os três idiotas. Todos nós estamos rindo de alguma coisa, Emmett está segurando meu capelo acima de mim, Isaac está sorrindo tanto quanto é possível e Holden está com as mãos na faixa da minha honra. E depois há Spencer. Seu braço está em volta da minha cintura, segurando-me, enquanto estou quase caindo para trás, alcançando meus itens roubados.

Olho para cima para encontrá-lo me observando.

— O quê?

— Eu me lembro disso de qualquer maneira, mas parece a primeira vez que vejo essa foto — digo, com uma risada nervosa.

É estranho, porque posso ouvir Isaac instruindo Emmett a jogar o capelo, a risada profunda de Holden quando eu comecei a cair um pouco, e então a sensação de Spencer me agarrando. Por mais que houvesse a sensação dele me tocando, eu me lembro da segurança. O fato de que nunca acreditei que iria cair no chão porque ele não me derrubaria.

Estranho.

Do outro lado está a foto do casamento de Isaac e Addison, mas nada mais. Nada de Henry; se estamos juntos, por que não tenho fotos?

Um telefone toca, e minha mãe enfia a mão na bolsa.

— É a loja — diz ela antes de ir para a sala.

Spencer caminha em minha direção.

— O que você sente?

Eu suspiro, colocando a foto para baixo.

— Confusão. Não conheço este lugar nem as coisas nele. Não entendo por que, se ainda estou com Henry, ele parece não existir aqui. Ele fez parecer que me ama e que eu o amo.

— Talvez ele te ame.

— Então por que ele não está aqui? Por que você está me ajudando quando ele não está? Melhor ainda, por que não pensei em perguntar a ele? — Eu paro. — Acho que não estou mais com Henry e todo mundo estava com muito medo de me contar. Quer dizer, ele nem apareceu no funeral do meu irmão. Você é como o último cara solteiro do mundo e não faria isso.

Spencer ri.

— Como você sabe que não sou casado?

Minha respiração fica presa.

— Eu não sei. Oh, Deus. Você é casado?

— Não.

Bato no braço dele.

— Idiota.

— Olhe em volta, veja se alguma coisa desperta uma memória. Vou esperar sua mãe desligar o telefone para que você não seja bombardeada. Só saia quando estiver pronta.

Talvez eu nunca esteja pronta. Ele aperta meu ombro em segurança antes de sair, deixando-me com meus pensamentos.

Deve haver algo aqui para me ajudar a descobrir as coisas. Uma caixa de coisas que guardei em um armário ou roupas dele para me dizer se ainda estamos juntos.

Vou até lá primeiro e não vejo nada que indique que Henry passa algum tempo aqui. Encontro uma camisa velha, boxers e um jeans, mas esse não é da marca que ele usava. Poderia ser dele, mas a calça é um pouco mais fina do que ele é agora. Eu continuo procurando, finalmente encontrando uma caixa preta no fundo.

Indo para a cama com ela, eu a abro, esperançosa, mas também cautelosa. A caixa contém fotos dos velhos tempos, então não deve haver nada nela que eu já não me lembre. Meu baile de formatura, que fui com Jim Trevino. Mais dos quatro caras antes de uma viagem de acampamento e outro quando todos nós fomos caminhar. Muitas lembranças, coisas que já sei.

Então há uma de mim do lado de fora deste apartamento com os braços no ar, um enorme sorriso no rosto, com Isaac carregando uma caixa para dentro. Isso é tão ele, ele estaria ajudando enquanto eu brincava com Addy tirando fotos. Viro a foto, encontrando-a datada de dois anos e meio atrás.

Eu cavo mais fundo e vejo algo redondo no fundo da caixa. Quando puxo, vejo uma anilha de charuto. Por que diabos eu teria uma anilha de charutos? Sério, estou começando a me perguntar se não os fumo.

Quando a levanto até o nariz, inalando profundamente, sou transportada novamente. Fecho os olhos e aquele cheiro — carvalho, couro, pimenta, café e sabores de nozes subjacentes — preenche meus sentidos. Já não é apenas o gosto, eu posso sentir o cheiro em sua pele. Posso sentir o calor de sua boca enquanto nossas línguas se movem. A memória fica mais forte, e eu afundo nela, lembrando-me dos meus dedos pressionados contra suas bochechas. Esse gosto, e eu queria tanto. Estava bêbada com isso.

É um bom beijo — não, é mais do que isso. É um beijo que eu claramente não consigo esquecer.

Uma parte de mim está agarrada a ele, desejando que a Brielle na memória abra os olhos. Quero conhecer o rosto do homem que me beijou como se não pudesse respirar sem meus lábios nos dele. Tento me concentrar em alguma coisa, qualquer outra coisa...

— Brielle?

Eu pulo da cama e me viro para a porta.

— Minha mãe. — Meu coração está acelerado e minha respiração está um pouco mais alta.

— Você está bem?

Eu limpo a garganta.

— Sim. E você?

Ela levanta o telefone.

— Sim, mas preciso voltar para o hotel e lidar com isso. Houve um problema na loja e preciso de algumas informações do meu laptop. Spencer disse que pode ficar por um tempo e depois te levar até a casa da Addy para jantar, tudo bem?

— Sim, claro.

— Ok, estamos planejando pedir comida por volta das seis.

— Soa bem.

Ela me puxa para um abraço.

— Você está se saindo muito melhor do que acredita. — Mamãe se inclina para trás, seus lábios em uma linha apertada. — Eu estaria no chão e aqui está você, de pé, fazendo de tudo para tentar ajudar a pegar o assassino do seu irmão.

— Isaac teria feito isso por mim — explico.

— Sim, ele teria, mas isso não torna as coisas fáceis.

Esse é o eufemismo do ano. Eu aceno, ela beija minha bochecha e sai. A grande moldura de Spencer preenche a porta. Deus, ele parece tão gostoso. Estou totalmente presa na barba, que está começando a crescer novamente. Ele se inclina contra a moldura com os braços cruzados e levanta o queixo.

— O que é isso?

— O quê?

Olho para a anilha de charutos enrolada no meu dedo.

— Não sei de onde é ou por que guardei, mas estava em uma caixa de fotos e coisinhas que guardei ao longo dos anos. Lembrei-me daquele beijo de novo — confesso.

— Do que você se lembrou?

Eu digo a ele a maior parte, deixando de fora a parte que quem está do outro lado é um beijador muito bom, e ele acena com a cabeça.

— Posso? — Sua mão está estendida, e a coloco suavemente em sua palma.

— Você conhece o charuto? — pergunto.

Ele nega com a cabeça.

— Eu não sou muito um cara de charutos.

— Isaac era.

— Eu me esqueci disso até que você acabou de dizer. Ele estava sempre tentando nos fazer fumar. Como se isso nos tornasse diferenciados ou alguma merda.

Eu rio.

— O que nenhum de vocês é.

— Holden é um médico.

— Sim, mas ele também é o cara que raspou as sobrancelhas de Emmett antes de sair para uma missão.

A risada profunda de Spencer preenche o espaço.

— Deus, ele estava tão louco.

— Não brinca! Ele saía com vocês... sem sobrancelhas.

— Ele não deveria ter adormecido primeiro.

Reviro os olhos.

— Vocês são uma bagunça.

— Nós somos... ou éramos. Agora somos um tipo diferente de bagunça.

— Uma bagunça é uma bagunça. *Você* é pelo menos uma bagunça gostosa.

— Você acha que eu sou gostoso? — ele pergunta com um sorriso.

— Você sabe que é. — Não adianta negar. Volto para a cama, sentando-me na beirada.

Os olhos de Spencer brilham com malícia.

— Você é uma bagunça gostosa também.

Vou guardar esse comentário para sempre.

Agora eu preciso ir para um terreno mais seguro.

— Não parece real para mim — digo a ele. — Mesmo depois do funeral, não consigo acreditar que ele se foi. Talvez seja porque não sei de nada agora, mas é surreal e não no bom sentido.

Spencer se senta ao meu lado.

— Também não parece real para mim.

— Eu o amava tanto, sabe?

— Eu sei, e ele realmente te amava. Acho que não estou dizendo nada que você ainda não saiba, mas ele teria feito qualquer coisa por você.

Não, ele não está me dizendo nada que eu não saiba. Isaac era o melhor irmão que já existiu. Claro, nós brigávamos aqui e ali, mas, principalmente, éramos melhores amigos.

— Se Addy for embora, eu realmente não sei como vou passar por isso.

— Eu acho que ela precisa. Desde que o perdeu, ela se perdeu. Se ela puder dar um tempo e se recompor, pode ser a melhor coisa para ela e Elodie.

— Sendo egoísta, eu quero que ela fique, mas tenho certeza de que é o que ela precisa fazer.

Ele enlaça seus dedos nos meus.

— Sendo egoísta, todos nós queremos coisas, mas fazer o que é melhor para a outra pessoa é o que é o amor.

Eu sorrio um pouco, olhando para ele.

— Como ajudar a irmã do seu melhor amigo a tentar se lembrar da vida dela?

Spencer força seus lábios em um sorriso e então se levanta.

— Gostei disso. Vamos lá, acho que devemos ir até a Addison e fazer nosso plano para a primeira parte disso.

— Ah, temos partes?

— Sim, e não tenho certeza se você vai gostar delas.

Eu gemo e murmuro ao segui-lo para fora:

— Rapaz, esse parece ser o tema recorrente na minha vida.

CAPÍTULO SETE

Brielle

Elodie está dormindo em meus braços enquanto Addison anda pelo quarto dela, arrumando uma mala.

— Tem certeza de que é isso que você quer? — pergunto, olhando para a bebê.

Spencer acabou me deixando aqui e indo para o hotel para ajudar minha mãe a arrumar o carro. Houve um incêndio na loja, e ela precisa pegar a estrada. Ela sairia em breve de qualquer maneira, mas ainda é uma droga.

— Não. Não tenho certeza, mas sei que não posso ficar aqui agora — diz Addy, puxando uma camisa da gaveta.

— Eu entendo. Está tudo acontecendo tão rápido.

Addy me dá um sorriso triste.

— Eu sei. Achei que mamãe ficaria pelo menos mais alguns dias, mas ela precisa lidar com o seguro.

— Você realmente não acha que o fato de que a loja dela teve um incêndio está relacionado a Isaac e a mim? — pergunto.

— O investigador lá não parecia pensar assim. Ele disse que parece ser a cafeteira que estava ligada, não um incêndio criminoso.

— Apenas estranho — eu digo, olhando para Elodie. Ela é tão perfeita. Posso não lembrar muito, mas sei que já a amo. — Vai ser muito difícil perder você, Addy. Não há nada que eu possa dizer para fazer você mudar de ideia? O que estava começando como uma semana ou duas agora está em aberto.

Parece tão egoísta perguntar, mas Addison não é apenas minha cunhada, mas também minha amiga. Estou um pouco em desvantagem sobre amigos ultimamente.

— Eu não durmo há quase duas semanas. Não consigo comer. Eu choro o tempo todo. Fui levar Elodie para passear, só para sair de casa, e fui parada oito vezes por pessoas que queriam me contar uma história sobre Isaac e como estavam tristes. E nem me faça começar a falar das cartas e das ligações.

Suas lágrimas fazem com que as minhas se formem.

— Sinto muito, Addy. Eu entendo, e não deveria ter te pedido para ficar.

Ela vem até mim, mãos emoldurando meu rosto.

— Não chore. Por favor. Só estou dizendo por que acho que algumas semanas ou talvez um mês fora daqui me farão bem. Vou visitar Devney, e isso me dará uma mudança de ritmo e uma chance de lamentar sem que a cidade inteira me veja.

Tudo isso faz sentido, mas eu gostaria que não fosse necessário.

— Eu te amo, você sabe disso, certo?

— E eu te amo. Acho que vai ser bom para você também, Brie.

— Minha irmã e sobrinha irem embora?

Ela acena.

— Você está lidando com tanta coisa, e não quero adicionar pressão sobre você.

— Você não está adicionando. Confie em mim. Eu tenho colocado pressão o suficiente sozinha.

Addison olha para Elodie e suspira.

— Sabe como é difícil não contar tudo o que sei para que você se lembre de alguma coisa? Tudo que eu quero é que você nos dê respostas, e isso não é possível. Também não é justo. Minha partida permitirá que todos nós tenhamos algum tempo para respirar um pouco e, com sorte, curar.

— Sei o que você está dizendo, e entendo. Realmente entendo. Estou apenas sendo egoísta, eu acho. Perdi meu irmão, a crença de que estava com o cara certo, minhas memórias, a vida que estava vivendo, e agora você está indo embora. A única coisa que tenho agora é esse plano insano de refazer minha vida.

Addy roça os dedos na bochecha de Elodie.

— A única coisa que sempre tive inveja é sua habilidade de fazer uma escolha e viver de acordo com ela. Sei que você se sente perdida, mas confie em seu instinto, porque nunca vi isso te enganar.

Encaro os olhos azuis de Addy, que estão nadando com lágrimas não derramadas.

— Vou sentir saudades de você.

Uma lágrima cai.

— Eu vou sentir sua falta também, mas não vou demorar muito. Acho que não consigo ficar longe de Rose Canyon. Por mais difícil que seja estar aqui, será muito ruim estar longe. Isaac tem sido minha vida desde que eu tinha dezessete anos. Eu... não sei se posso realmente ficar longe.

Em um nível, eu sabia que ela estaria de volta e isso não era permanente, mas ainda me sinto um pouco melhor. No entanto, como Spencer disse, isso não é sobre o que eu quero, é sobre o que ela precisa.

— Espero que, quando você voltar, se sinta melhor.

— E tudo que eu quero é que você melhore. E não apenas para que saibamos o que aconteceu. Quero que você lembre porque, antes de tudo dar errado, você era feliz. Quero que encontre isso de novo, então se algo ou alguém não parecer certo para você, tente se lembrar do que eu disse sobre seu instinto, ok?

— Então, eu acho que você não é fã de Henry?

— Eu nunca fui.

— Não, mas... você realmente não expressou isso.

Addison ri sem humor.

— Sua mãe expressou o suficiente. Eu não precisei adicionar combustível a esse fogo.

— Tenho a sensação de que não estamos juntos. Fico me perguntando: por que eu ainda aturaria isso? Por que não havia vestígio dele em meu apartamento? Se ainda estivéssemos namorando, haveria algo dele, certo?

Addison me dá uma expressão que basicamente responde às perguntas antes de dar de ombros.

— Você queria encontrar algo dele lá?

— Depois que ele não foi ao funeral... não.

Addy levanta uma sobrancelha.

— Se vocês são ou não uma coisa, e eu não estou dizendo que são... ou não. Fiquei meio chocada que ele não estava lá.

— Ele ligou — digo a ela.

— Ah, que legal da parte dele. Presumo que ele não apareceu?

— Peguei meu novo número de telefone e mandei uma mensagem para que ele anotasse. Ele ligou imediatamente, mas eu estava muito emocionada para responder. Deixou uma mensagem de voz dizendo que estava arrependido e que viria assim que pudesse. Em seguida, enviou uma mensagem dizendo o quanto estava arrependido e me falou algumas besteiras sobre um cliente que ele era obrigado a lidar e pediu para que eu compreendesse que isso não aconteceria novamente. Ele quer que eu vá para Portland e passe algum tempo com ele. É tão… não sei. Por enquanto, não estou com muita vontade de responder.

Eu posso ver em seu rosto que ela não está comprando nada disso.

— Você deve fazer o que acha certo. Sem mencionar que você não é estúpida ou capacho.

— Como decido o que é certo quando estou perdendo todas as ferramentas para avaliar minhas opções?

Addison se senta ao meu lado, esticando as pernas.

— Eu acho que você tem que seguir seu instinto. Neste momento, parece que está lhe dizendo o que deve fazer, então cabe a você ser corajosa o suficiente para ouvir. Mas, faça-me um favor, ok?

— É claro.

— Não faça nada a menos que seja algo que você queira fazer. As últimas duas semanas foram um pesadelo para nós duas, e às vezes é importante tirar um minuto e apenas respirar e se curar. Além disso, antes de tomar qualquer decisão sobre Henry, saiba que o que você está vivenciando agora provavelmente é como sua vida é ou seria com ele. Nós duas sabemos que você não vai aturar isso.

Um momento passa enquanto absorvo suas palavras, realmente deixando que elas se estabeleçam ao nosso redor antes de olhar para ela.

— Obrigada. Além disso, obrigada por não me odiar — eu digo. Tem sido uma preocupação minha, que Addison iria olhar para mim como um fracasso também.

— Por que diabos eu poderia te odiar?

— Não sei… toda a situação.

— Eu nunca odiaria você. Você não fez isso, Brielle. Não há mais ninguém no mundo que amou Isaac tanto quanto você. Ele era seu herói também.

— Eu vou chegar até o fim disso — digo a ela com toda a sinceridade que tenho. — Por você. Por Elodie. Por ele.

— Eu não duvido de você.

E espero que eu me encontre em algum lugar ao longo do caminho.

Spencer me acompanha até a porta do meu apartamento, e minhas mãos estão tremendo o tempo todo.

Eu sou forte. Eu posso fazer isso. Só tenho que passar pela primeira noite, e então será fácil.

Essa é a nova carga de porcaria que estou me alimentando.

— Eu estava pensando que deveríamos pular de paraquedas — Spencer diz, surpreendendo-me.

— O quê?

— Deveríamos fazer algo estúpido.

— E saltar de paraquedas é sua principal sugestão?

Ele inclina a cabeça.

— Talvez um mergulho de penhasco.

Eu bufo.

— Sim, isso foi muito bem da última vez.

Spencer sorri.

— Sim, você totalmente não ouviu quando dissemos para pular para a esquerda.

Eu olho para ele.

— Eu estava, tipo, mil pés acima! Eu não conseguia ouvir merda nenhuma. O vento estava soprando, estava congelando *pra* caralho e seus idiotas estavam acenando com as mãos em direções diferentes. Eu tive que adivinhar.

— Você adivinhou errado.

Ah, eu o odeio.

— Você pode dizer isso de forma leviana agora, mas, se eu me lembro, você estava enlouquecendo quando apareci para respirar.

Ele estava como um maníaco, na verdade. Spencer estava gritando com Holden, que estava no topo comigo. Achei que ele ia matá-lo. Ironicamente, foi meu irmão quem o acalmou depois que ficou muito claro que eu estava bem.

Um pouco machucada, principalmente envergonhada. Eu odiava parecer estúpida e jovem na frente dos caras.

— Foda-se, sim, eu estava. Você poderia ter se machucado.
— Daí a emoção.
— Está melhor? — ele pergunta, mudando de assunto.
— O quê?
— Você estava com medo. Está melhor agora?
Eu olho para ele.
— Eu... você estava me acalmando.
Ele ri.
— Passei boa parte da minha vida aperfeiçoando a habilidade. Eu sou muito bom nisso.
— Que seja.
Spencer joga o braço em volta dos meus ombros.
— Com o que você está mais preocupada?
— Vou ficar sozinha, e se alguém me quiser morta?
— Você está segura, Brielle. Eu prometo isso.
Fácil para ele dizer. Eu não conheço ninguém neste prédio ou o que diabos deveria fazer sozinha. É como a primeira noite que passei na faculdade. Sentei-me naquele quarto e chorei por duas horas. Eu tinha pavor de ficar sozinha e em um lugar estranho. Agora, estou lidando com uma versão de saudade, mas porque não me lembro de nada disso.
— Como eu sei disso? — pergunto.
— Porque há um segurança no carro ali na frente, outro atrás e Emmett estará aqui em cerca de uma hora.
— Ele está vindo aqui?
— Emmett está hospedado no apartamento em frente ao seu.
Meus olhos se arregalam.
— O quê? Ele mora aqui também?
— Agora mora.
Eu não sei o que dizer, então acabo boquiaberta.
— Quando ele se mudou?
— Ontem.
— Por quê?
— Porque não temos ideia de quem matou seu irmão e tentou matar você. Então o apartamento agora está sublocado para sua equipe de segurança. No caso de você sentir medo ou precisar de algo, tem gente aqui. Eles são uma das principais equipes de segurança do país. Fiz amigos durante a minha carreira e nenhum de nós está se arriscando.

— Não sei se isso me faz sentir pior ou melhor.

— De qualquer forma, eles estão aqui apenas para mantê-la segura. Você provavelmente nem os notaria se eu não tivesse lhe contado.

Agora ele está insultando minha inteligência.

— Por favor. Eu definitivamente notaria um bando de caras corpulentos de aparência militar andando por Rose Canyon. Não é como se estivéssemos cheios de gente nova nesta cidade.

Ele sorri.

— Exceto que você não sabe mais quem mora aqui. Você não tem lembranças dos últimos três anos.

— Bundão.

Spencer dá de ombros.

— Eu lhe disse isso para aliviar suas preocupações sobre ficar aqui esta noite.

— Eu não estou preocupada. — É uma mentira total.

— Claro que não.

Eu realmente o odeio às vezes. Sentindo que preciso provar a mim mesma, cruzo os braços sobre o peito e bufo.

— Estou entrando agora. Vejo você amanhã?

Ele acena com um sorriso.

— Sim. Além disso, se você precisar de alguma coisa ou apenas quiser companhia, ligue.

A última coisa no mundo que pretendo fazer é ligar para um deles.

— Obrigada. Vejo você por volta das oito.

— Durma bem, Brie.

— Obrigada.

Há pouca chance disso.

Eu entro, e assim que a porta clica, a solidão e o medo me inundam. Estou sozinha pela primeira vez desde que acordei no hospital. Na minha casa, mas que não parece muito com um lar. Penso no que Addison e minha mãe disseram sobre minha força. Embora eu não me sinta muito forte, todos parecem pensar que esta é uma qualidade que possuo, então posso agir assim.

Vou para o banheiro principal e vasculho as gavetas. Tenho tudo perfeitamente organizado, o que não me surpreende. De novo, procuro um sinal ou uma pista sobre minha vida. Nada de colônia ou sabonete masculino. Nada que diga que outra pessoa fica aqui.

Quando estou prestes a desistir, encontro uma caixa de preservativos debaixo da pia. A caixa está aberta e apenas dois estão lá. Então, estou claramente fazendo sexo ou distribuindo preservativos, o que, como assistente social, pode ser verdade.

A única coisa que me parece estranha é que a marca não é uma que Henry e eu usamos. Não que isso signifique muito, porque também não estou usando o mesmo desodorante que usava. Ainda assim, é mais uma coisa a se pensar.

Estou sobrecarregada e exausta. Não sentindo mais vontade de ser uma espiã em minha casa, desisto da minha busca, volto para o meu quarto e pego uma camisa grande da gaveta. Em seguida, vou para a cozinha para pegar um copo de água. Eu gostaria que fosse vinho, mas não posso beber álcool por algumas semanas. Há uma pilha de correspondências no balcão, e faço uma nota mental para examiná-la amanhã. Estou contornando a ilha na cozinha quando há uma batida forte na minha porta. Eu deixo cair o copo, gritando alto, e o vidro se quebra ao meu lado.

No espaço que parece ser de dois segundos, minha porta é aberta e Emmett, Spencer e Henry invadem meu apartamento.

Não sei quando me agachei em uma bola apertada com os braços em volta dos joelhos, ou quando comecei a tremer, mas, quando olho para cima, todos os três caras estão me observando com preocupação nos olhos.

Spencer estende a mão primeiro.

— Está tudo bem, Brie. Você está segura.

Meu corpo está tenso e não consigo me mover, porque o medo ainda está no controle. O som foi tão alto e tão repentino que eu pensei... Deus, não sei, que era uma arma.

Ele se abaixa até que está olhando diretamente nos meus olhos arregalados e sem piscar.

— Você pode ficar de pé para que eu possa levantá-la para longe do vidro?

— Eu posso... — Henry oferece, mas Spencer se vira para ele, e o que quer que ele ia dizer, não sai.

Spencer abaixa a cabeça por um segundo antes de voltar para mim.

— Vou levá-la até o sofá para que você não se machuque, ok?

Quero falar, dizer a ele que estou bem, mas não posso. Lágrimas se acumulam, mas ele espera que eu acene com a cabeça antes de me levantar em seus braços como se eu não pesasse nada. Envolvo a mão em seu pescoço, permitindo que ele me embale em seu peito e me leve para o sofá.

Emmett começa a pegar o vidro por todo o chão.

Spencer me acomoda no sofá e então se vira para Henry.

— Você bateu na porta?

— Ela não respondeu da primeira vez.

— Então você pensou que deveria bater mais alto? Sabendo de todo o inferno que ela está passando? — A raiva de Spencer é palpável.

— Eu estava preocupado por causa disso! Ela não respondeu minhas mensagens de texto, ligações ou respondeu às minhas mensagens de voz. E então eu chego aqui e ela não atende a porta. Sim, bati mais alto e estava pronto para chutar se isso significasse chegar até ela.

Spencer se aproxima dele.

— Você é um idiota. Já fizemos de tudo para garantir que Brielle esteja segura. A família e os amigos dela lidaram com as coisas enquanto você fazia, o quê? Ah, isso mesmo. Nada.

As mãos de Henry se fecham em punhos apertados.

— Calma, cara — Emmett diz, caminhando entre eles. — Nada disso é o que Brie precisa. Acalme-se e respire. Tudo está bem.

Quero me acalmar, mas sinto que vou vomitar. Spencer passa as mãos pelo cabelo.

— Eu preciso de um minuto.

Emmet assente.

— Vá, ela está segura.

Ele sai, e minha ansiedade aumenta novamente. Com uma intensidade que não entendo, quero que ele fique. É o suficiente para começar a me arrastar para fora da névoa do pânico. Por que eu quero que Spencer esteja aqui quando Emmett e meu namorado impostor estão?

Antes que eu possa pensar muito, Henry se senta ao meu lado.

— Desculpe, eu te assustei.

Forço o ar para fora dos meus pulmões.

— Tudo bem. Estou cansada e sobrecarregada. Foram alguns dias difíceis, que você saberia se estivesse aqui.

Henry se encolhe um pouco, e realmente não me importo.

— É por isso que eu vim.

— Para fazer o quê?

— Me desculpar.

Emmett limpa a garganta.

— Essa é a minha deixa, vou dar a vocês alguns minutos a sós. Estou do outro lado do corredor. Se precisar de alguma coisa, é só gritar.

— Obrigada, Em — eu digo, e ele pisca.
— Por que ele está do outro lado do corredor?

Eu suspiro pesadamente, não querendo explicar nada disso para ele.

— Não importa. Por que você veio esta noite? Não respondi suas mensagens porque estava chateada. Você poderia ter esperado que eu mandasse uma mensagem.

— Porque eu precisava ver você. Fiquei preocupado porque você não estava atendendo ao telefone.

— Eu realmente não queria falar. Você não estava aqui quando meu irmão foi enterrado, Henry. Foi quando eu precisava de alguém para conversar, alguém para me oferecer seu apoio.

Ele pelo menos parece envergonhado.

— Sim, e sei que falhei com você.

— Essa é a coisa, no entanto. Não sei se você realmente fez isso.

— O que isso significa?

Jesus. Eu realmente não quero entrar nisso agora, não quero falar com ele sobre todas as coisas que meu interior está gritando comigo, mas deixar isso continuar é inaceitável. Se ele e eu ainda estamos juntos, bem, ele precisa saber que não é o que eu quero. Então, se isso é o que precisei para finalmente deixá-lo, ser golpeada — literalmente — na cabeça, então que assim seja. Eu sou inteligente o suficiente para me afastar antes de passar mais tempo com ele.

Esse tipo de relacionamento não é bom, e eu mereço mais.

— Sei que você não deveria me dizer nada sobre os últimos anos, mas continuo sentindo que isso não é real. Nós. Não acho que estamos juntos, mas, se estivermos, não tenho certeza se deveríamos estar.

Os lábios de Henry se abrem.

— O que te faz dizer isso? É porque eu tinha que trabalhar?

— Não, não porque você tinha que trabalhar. Porque não há fotos nossas em lugar nenhum, nenhuma de suas roupas está aqui, e não consigo encontrar uma única coisa que me faça pensar que você ainda faz parte da minha vida. A última memória que tenho de nós é que eu estava infeliz e queria acabar com nossa relação.

Ele se levanta e começa a andar. Algo que ele sempre fazia quando estava tentando pensar em algo para me fazer mudar de ideia.

— Nós terminamos o relacionamento.

Finalmente. *Finalmente*, a verdade.

— Foi por isso que minha mãe não ligou para você imediatamente?
Ele concorda.

— Sim, eu estaria no hospital na mesma hora. Eu nunca deixei de te amar, Brie. Nem por um único momento. Então, quando ela me contou o que aconteceu, eu esperava, Deus, esperava que talvez essa fosse nossa segunda chance. Que eu poderia te provar que sou o cara com quem você quer estar.

Não tenho certeza de como ele pensou que usar isso para me manipular era uma boa ideia.

— Então você mentiu?

— Sim, mas não gostei da ideia. Sua mãe me disse que eu precisava esconder coisas de você, então eu fiz. Menti, porque era o que você lembrava e esperava que fosse porque era o que você queria.

Uma parte de mim entende isso. Aqui estava uma chance de reescrever nossa história, mas a questão é que terminaríamos de qualquer maneira.

— Não sei como as coisas eram antes, mas sei que quero muito mais do que isso. Quero alguém que esteja ao meu lado, especialmente nos tempos difíceis.

— Meu trabalho exige que eu lide com certos clientes. Quando as coisas surgem, não posso simplesmente sair.

— Eu entendo. Sim, mas não sou "coisas" e a morte do meu irmão não foi algo simples, principalmente para mim. Preciso poder confiar no homem que amo, e se você queria que esta fosse nossa segunda chance, você já falhou comigo.

— Eu posso fazer melhor.

— Sim, acho que nós dois podemos. — Mas não dessa forma.

Eu posso encontrar outra pessoa. Posso amar alguém que estará ao meu lado. Henry não é esse homem, e não reconhecer isso porque estou desesperada para ter um pedaço da minha antiga vida não é algo que estou disposta a fazer.

Henry desvia o olhar.

— Você sempre foi a pessoa certa para mim, Brie. Eu gostaria de ser a sua.

Pego sua mão na minha.

— Quando te vi pela primeira vez no hospital, fiquei tão aliviada. Principalmente porque você era algo que eu lembrava e você estar lá me deu uma constante. Só que, mesmo assim, eu sabia que não era verdade. Sim, você e eu estávamos felizes no começo, mas, em algum lugar ao longo do caminho, perdemos isso. Nossos objetivos mudaram, e acho que crescemos e nos separamos ao mesmo tempo. Você era o sonho, Henry. Acho que nossas realidades são muito diferentes. Você merece uma mulher disposta a se mudar para Portland com você, e eu mereço alguém que me coloque em primeiro lugar. Realmente espero que você encontre alguém. Espero que ela te faça feliz e que você possa fazer o mesmo por ela. Quero que você tenha a vida mais incrível, e realmente espero que possamos ser amigos.

Ele solta uma risada suave.

— Você pode não se lembrar de como terminamos, mas é incrivelmente parecido.

— É?

Ele concorda.

— Você me desejou amor e felicidade e depois me devolveu a chave com a fita vermelha.

Eu pisco algumas vezes.

— Eu lhe disse que haveria um coração de outra que se abriria.

Eu lembro. Lembro-me de dizer isso com lágrimas escorrendo pelo rosto, porque era realmente o fim. Eu o amava e não queria machucá-lo, mas não podia mais fazer isso.

— Você disse.

— Eu estava triste.

— Eu também.

É engraçado que eu sinta a mesma coisa novamente.

— Foi a coisa certa para nós, não foi?

Ele dá de ombros.

— Não sei. Talvez sim, porque aqui estamos de novo, e mesmo com uma memória defeituosa, você sabe que não sou a pessoa certa para você.

Meus lábios formam um sorriso triste.

— Gostaria que as coisas pudessem ter sido diferentes.

— Acho que estou destinado a ficar sozinho — diz ele, com uma risada. — Sou casado com o meu trabalho e, para ser honesto, seria injusto pedir a qualquer mulher que me aturasse.

— Acho que a mulher certa fará com que você esteja disposto a desistir de qualquer coisa por ela. Eu simplesmente não sou essa garota. Você acha que podemos nos ver, como amigos? Estou trabalhando com Spencer para refazer minha vida e tenho certeza de que poderia precisar de sua ajuda.

Ele sorri suavemente.

— É claro. Não importa o que aconteça, eu ainda quero o melhor para você. Além disso, senti sua falta.

— Tenho certeza de que senti sua falta também. Sei que, quando te vi no hospital, fiquei muito feliz em ver seu rosto.

— Nós sempre teremos amnésia?

Nós dois rimos.

— Nós sempre teremos pelo menos isso. Vamos, eu vou levá-lo para fora.

Na porta, nós nos abraçamos, e uma parte de mim relaxa um pouco, como se uma peça do quebra-cabeça se encaixasse. Quando eu a abro, Emmett e Spencer estão lá, e Henry dá a ambos um aceno de queixo antes de seguir pelo corredor.

— O que aconteceu? — Emmett pergunta primeiro.

— Eu disse a ele que não queria ficar com ele e, ao fazê-lo, lembrei-me de que terminamos.

— Você lembrou? — Spencer pergunta.

Inclino meu ombro contra a moldura e aceno.

— Sim, também foi quando devolvi a chave com a fita nela. — Soltei um suspiro pesado. — Eu vou para a cama. Hoje me esgotou e estou à beira de perder a cabeça. Boa noite.

Com isso, entro no meu apartamento, fecho a porta e me preparo para desvendar todos os meus segredos.

CAPÍTULO OITO

Brielle

Pela primeira vez desde que meu mundo inteiro desabou, durmo sem sonhos. Nada me assombra, e eu meio que gosto disso. Pelo menos, eu precisava mais do que tudo, porque hoje começa o trabalho.

Tomo um banho, adorando o cheiro da nova marca de xampu que aparentemente uso, que não é uma marca que eu poderia comprar na farmácia. Depois de me vestir, sento-me na minha mesa, vasculhando as gavetas em busca de um caderno ou algo que possa me dar uma dica sobre os últimos três anos. Tudo o que encontro são as contas típicas e alguns cartões de aniversário.

Sorrio quando vejo um de Holden, Emmett e Spencer. Desde que eu era uma garotinha, eles sempre fizeram um grande negócio no meu aniversário. Principalmente porque eu era a pessoa mais irritante do mundo quando nos aproximávamos, mas ainda assim achava fofo.

Meu telefone toca e olho para a tela antes de atender.

— Olá, mãe.

— Olá, Brielle. Como você está nesta manhã?

Entro na cozinha e pego uma garrafa de água. Eu lhe conto sobre a memória da chave, Henry e todas as outras coisas mundanas. Começo a perguntar sobre a loja, mas ela interrompe antes que eu possa.

— Quais são seus planos para o dia?

— Spencer vai me pegar para que possamos ir para Portland.

— Tem certeza de que está pronta para isso?

Posso sentir a censura pelo telefone.

— Sim, e mesmo se eu não estivesse, iria de qualquer maneira. Como estão as coisas na loja? Alguma coisa da companhia de seguros?

Minha mãe tem apenas três grandes amores em sua vida: seus filhos, meu pai e sua loja de arte. Ela perdeu meu irmão e quase perdeu a mim, meu pai, e não sei se ela pode suportar outra perda.

— Falei com o corretor de seguros e ele está fazendo a reclamação hoje, então eu sei o que será coberto. Enquanto isso, tenho o pessoal de mitigação de água aqui, e Bruno está tentando salvar o que pode. Eu simplesmente não posso me dar ao luxo de perder tudo.

— Tenho certeza de que você será capaz de reconstruir as coisas — tento tranquilizá-la.

— Espero que sim. Coloquei muito nisso nos últimos cinco anos. Vender garrafas de vinho reaproveitadas não é fácil, mas fizemos muito para tornar cada peça única. Não posso replicar o que perdemos.

Eu conheço esse sentimento.

— Talvez você não possa substituí-las, mas pode fazer algo ainda melhor.

Mamãe suspira.

— Sim, mas eu também odeio ter que lidar com isso quando deveria estar aí com você.

Ela esquece que teria partido em quatro dias, então não é como se ela tivesse planejado ficar muito mais tempo de qualquer maneira.

— Está tudo bem, sério. Além disso, tenho Addy aqui até o final da semana, e Spencer e eu estaremos trabalhando no meu passado. Se precisasse de você aqui, eu falaria.

— Okay, certo. — Mamãe ri.

— Ok, normalmente não, mas desta vez sim. — Há uma batida na minha porta, e eu pulo. — Tenho que ir, mãe. Spencer está aqui.

— Tenha cuidado, Brie. Eu te amo muito.

— Eu também te amo.

— Ligue-me hoje à noite e deixe-me saber como foram as coisas.

— Ligo. Eu te amo.

Desligamos e corro para a porta, pronta para ver Spencer.

— Oi.

Ele sorri.

— Olá, você parece feliz.

— Dormi muito bem.

— Bom.

Ele estende um sanduíche de café da manhã, que pego alegremente.

— Você é um salva-vidas.

— É só café da manhã.

— Sim, mas... não tenho nada que não precise cozinhar e estou morrendo de fome.

— Bem, todos nós sabemos que você e a cozinha não combinam.

Eu reviro os olhos.

— Você coloca fogo no fogão uma vez e é rotulado como perigo.

Uma sobrancelha se levanta.

— Uma vez? Tente quatro.

— Eu não tenho memória disso — falo com um sorriso. Eu definitivamente me lembro de todas as vezes, mas essa coisa da memória poderia jogar a meu favor pelo menos uma vez.

Spencer ri.

— Você está pronta, ou quer comer primeiro?

— Eu estava pensando...

— Nunca um bom sinal.

Eu o ignoro e continuo:

— Acho que você deveria percorrer o apartamento comigo. Há pistas aqui, todos nós sabemos disso, mas sou muito emotiva para olhar as coisas como você.

— E como é isso?

— Como se tudo fosse um quebra-cabeça que você precisa montar para ver o quadro inteiro. Preciso que me ajude a encontrar as peças, e verei se consigo montá-las. Você é como o Yoda dos repórteres, e as coisas que descobriu eram tão surpreendentes que ninguém mais as viu. Talvez haja algo aqui que aponte para o que aconteceu que eu ignoraria, mas você não.

Spencer assente.

— E se não houver nada aqui?

— Nós iremos... — Eu me inquieto, considerando meu próximo comentário cuidadosamente antes de dizer: — Então talvez você possa me ajudar a descobrir quem eu estava vendo antes... — Eu gesticulo para minha cabeça e desvio o olhar.

— O que faz você pensar que estava saindo com alguém? — ele pergunta.

— Por causa da coisa do charuto, e então, embaixo da pia do meu banheiro, encontrei uma caixa de... — Espero que ele não me faça dizer isso, porque seria embaraçoso.

— Uma caixa de...? Tampões? Absorventes? O quê?

Eu o odeio às vezes. Eu gemo.

— Preservativos. E está aberta, alguns estão faltando.

Ele ri e então vira a cabeça.

— Seu idiota! Você sabia o que eu estava tentando não dizer! — eu o repreendo.

— Eu tive um palpite, mas foi muito divertido ver você tentando não ficar vermelha como uma beterraba. Valente esforço de sua parte.

Sério, por que eu gosto desse homem? Isso não faz sentido. Ok, faz. Ele é incrivelmente atraente, confiante e comanda qualquer sala em que entra. Spencer pode olhar para você, ver mais do que qualquer outra pessoa e nunca julgar.

— De qualquer forma, são apenas algumas coisas aqui e ali que me fazem pensar se há alguém, mesmo que apenas casualmente.

Spencer pega seu caderno de bolso e escreve algo.

— O que você está escrevendo? — pergunto.

— Estou tomando notas das coisas que você menciona ou faz, o que provavelmente farei com frequência. Acho que você deveria fazer isso também. Mesmo se achar que algo é irrelevante, deve anotá-lo, porque pode ser realmente importante. Então, quando concordarmos que é hora, vamos comparar as notas e ver o que encontramos, ok?

— Você quer que eu escreva notas sobre uma caixa de preservativos? — pergunto, com uma sobrancelha levantada.

— Rá. Não, eu quero que você escreva coisas que você vê, lembra, pensa. Quanto mais informações tivermos para repassar, melhor.

— Você é o especialista.

Ele sorri.

— Sim, eu sou.

— Tudo bem, mas você deve saber que pareço estar desenvolvendo problemas de confiança. Todo mundo está escondendo informações de mim. Antes que você faça algo irritante e aponte que eu também concordei com esse curso de ação, gostaria de dizer que odeio isso e é esmagador.

Ele se aproxima.

— Entendo. Sou uma pessoa naturalmente desconfiada. No meu trabalho, tenho que assumir que tudo é mentira. Mas, se queremos que isso funcione, temos que confiar um no outro. Prometo que não vou mentir para você, Brielle. Eu nunca faria isso.

Meu coração acelera um pouco com sua proximidade.

— Eu sei, e é por isso que pedi sua ajuda.

Ele me puxa em seus braços fortes, e fecho meus olhos, ouvindo seu batimento cardíaco.

— Estou honrado por você ter pedido. Mesmo que isso signifique que vou te seguir por algumas semanas.

Encaro aqueles olhos verdes que conheço tão bem.

— Você acha que vai demorar tanto?

— Poderia.

Eu me sinto horrível. Ele tem coisas muito mais importantes para fazer do que refazer minha vida.

— Eu sinto muito.

— Por quê?

Dou de ombros.

— Estou sendo um pé no saco novamente.

— Novamente? Você nunca parou de ser. — Spencer pisca. — Vamos, vamos para Portland antes que percamos a luz do dia, voltemos ao começo. — Ele se inclina, beijando o topo da minha cabeça.

Dou um passo para trás, virando-me para cobrir o rubor no meu rosto que sempre vem quando ele faz algo remotamente afetuoso.

— Vamos lá… a verdade espera.

— Vamos analisar os fatos. — Spencer e eu estamos sentados debaixo de uma das árvores no campus da minha faculdade. Era o primeiro lugar para onde eu queria vir, porque me lembro de estar sentada neste mesmo local no dia da minha formatura, conversando com Isaac e Addy sobre o que eu queria.

Mesmo naquele dia, eu tinha certeza de que não queria viver em Portland com Henry e que Rose Canyon era o lugar onde eu pertencia.

Inclino o rosto para o sol, deixando o calor dos raios do meio da manhã penetrar na minha pele.

— Podemos parar de falar sobre tudo por um minuto? — peço.

A frustração com a minha falta de memória está fazendo minha cabeça latejar. Nada de novo. Nada de emocionante. Apenas lembranças da faculdade, as quais não perdi.

— Não. Nós estamos trabalhando.

Meu cabelo escova meus braços quando me viro para ele.

— Você tem zero diversão.

— Eu me divirto.

— Não, você não tem... ou, pelo menos, você não faz.

— Já que você realmente não conhece meu nível atual de diversão, você não deve falar.

Abro os olhos e coloco a língua para fora.

— Viu, não tem graça.

Ele suspira.

— Você gostaria que eu a iluminasse em meus muitos níveis de diversão?

— O fato de você ter se oferecido para me esclarecer sobre seus níveis de diversão me diz tudo. Você não tem nenhum.

Ele se move para frente.

— Tenho muitos níveis.

Ele tem muitos níveis de algo agora. Eu tomo isso de volta, porque ele tem zero níveis de desejo quando se trata de mim.

— Diga.

— Eu... — Ele para, olhando para o pátio. — Merda. Acho que não tenho nenhum.

Eu rio e me deito.

— Veja, Spencer Cross sem graça. Sempre sério e sempre partindo corações.

— Você pode colocar isso na minha biografia.

Viro a cabeça, apertando os olhos para ver seu rosto.

— Seria pelo menos verdade.

— A verdade também está aqui.

Acho que ele está certo. Só estou me sentindo derrotada. Não que eu realmente achasse que iríamos para Portland e de repente minha vida inteira voltaria, mas esperava que sim. Eu queria voltar a algo familiar e encontrar conforto no desconhecido.

— Aqui está a verdade... não me lembro de nada novo. Aí. Isso é tudo.

— Então não temos tempo para ficar sentados. Precisamos seguir em frente e continuar trabalhando, não nos deitar na grama.

Sento-me, minha defesa se desfazendo.

— O que você gostaria que eu fizesse? Contar-lhe alguma besteira que de repente me lembro? Ah, agora lembro. Depois de ir tomar um café, eu estava andando pela rua e encontrei alguém. Ele era alto, mas engraçado, não consigo lembrar o nome dele, ou como ele se parece. Talvez você prefira ouvir a história sobre quando eu vim ver Henry para terminar com ele. Mais uma vez, sem detalhes, porque não tenho nada além do que eu disse a você.

— Brie.

— Não, você quer uma memória, eu vou fazer uma para você.

Spencer me interrompe.

— Pare. Não estou te pedindo para fazer isso. Só quero ajudá-la a se lembrar.

— Eu quero isso também — confesso. — Quero muito mais do que qualquer um poderia imaginar, quero não ficar ressentida com todos que se recusam a me dizer qualquer coisa.

— E se te contarmos tudo, você acreditaria? Isso tornaria as coisas mais fáceis ou você acabaria mais confusa e frustrada? Se eu dissesse que você largou o emprego dois dias antes do incidente e decidiu se juntar ao circo como artista de balões. O que você diria?

Meu queixo cai, mas então eu zombo.

— Que você é louco.

— Mas por quê? Nós dissemos que é verdade.

Nego com a cabeça.

— Eu nunca.

— Nunca? Como você sabe? Você não se lembra da pessoa que foi nos últimos três anos. É por isso que é imperativo que não lhe digamos quem você era. Ou você lembrará ou criará uma nova vida. — Spencer abaixa seu caderno. — Brielle, eu sei mais do que ninguém como as coisas são passageiras. Sei o que é perder tudo. Sei como é ser deixado para trás e esquecido.

E ele sabe. Quando ele era criança, sua mãe o deixava em nossa casa, prometia a ele que voltaria na manhã seguinte e depois não aparecia. Spencer ouvia minha mãe ao telefone, implorando para ela não fazer isso, mas nada do que ela dizia importava. Mesmo que ele tentasse esconder, eu ainda via como isso o deixaria triste, e sempre quis animá-lo. Sua mãe entrava e saía de sua vida, só aparecia quando era conveniente para ela. Quando ser mãe não era mais algo que a interessava, ela deixava Spencer aos cuidados da minha mãe e do meu pai.

— Você nunca foi esquecido.

— Foi há muito tempo — diz ele, com desdém. — Eu estava fazendo um ponto.

Isso pode ser o caso, mas não vou deixá-lo livre tão facilmente.

— Spencer. — Espero até que ele olhe para mim. — Você nunca foi esquecido. Não pelas pessoas que te amavam.

— Eu sei disso.

— Não por mim — falo suavemente.

Seus olhos encontram os meus, e o jeito que ele está me encarando deixa minha garganta seca. Eu juraria que ele quer me beijar, o que é loucura, porque Spencer não olha para mim desse jeito e nós nunca nos beijamos... bem, não assim.

Ele limpa a garganta, quebrando o feitiço.

— Sua família me salvou, e eu farei qualquer coisa por vocês.

Coloco meu cabelo atrás da orelha.

— Nós agradecemos.

Spencer se levanta e estende a mão para mim.

— Vamos, vamos para o apartamento em que você morava do outro lado da cidade. Nunca sabemos o que podemos encontrar.

CAPÍTULO NOVE

Brielle

Um monte de nada. Foi o que encontramos hoje. Estou exausta e cansada de tudo. Já que minha equipe de proteção estava no meio da troca quando voltei, disse a Emmett para ficar por aqui, o que o levou a ligar para Holden. Agora, a turma está aqui, menos meu irmão.

— Você viu Addy? — Holden pergunta a Emmett.

— Sim, eu estava lá carregando o trailer para ela.

Holden suspira.

— Perguntei a ela hoje quando voltaria, e ela disse que não sabia. Eu realmente pensei que ela mudaria de ideia e ficaria.

— E nós gostaríamos que você ficasse — Spencer rebate.

Holden é um médico importante em Los Angeles. Ele se mudou para lá logo após a faculdade e só vem a Rose Canyon de vez em quando para visitar sua tia, que é o único membro de sua família que resta. Ele é dono da clínica na cidade que cuida da maioria dos nossos assuntos médicos, mas contratou uma equipe para administrá-la. Quando lhe contaram sobre o que aconteceu comigo e Isaac, ele voltou para casa naquela noite e tem supervisionado meu caso desde então.

— Tenho que voltar aos meus casos.

— E quer evitar sua ex-esposa — Emmett diz, com um sorriso.

Ele e Jenna eram o casal. Eles rivalizavam com Addison e Isaac em todos os sentidos. Jenna é deslumbrante e ridiculamente inteligente. Ela começou uma organização sem fins lucrativos que ajuda milhares de crianças em risco no Oregon. Ela e Holden se casaram no segundo ano da faculdade e pediram o divórcio antes dele começar a faculdade de medicina.

— Jenna e eu não temos nenhum problema em estar no mesmo lugar. Spencer bufa.

— Sim, porque isso acontece com muita frequência.

— E você? — Holden vira a mesa. — Como vai a sua vida amorosa? A modelo número quarenta ainda existe ou você mudou para outra pessoa?

— Minha vida amorosa está ótima — diz Spencer, levantando sua cerveja em uma saudação simulada. — Por que você não pergunta a Brielle sobre o dia dela, Dr. Idiota?

Holden revira os olhos e se vira para mim.

— Peço desculpas, Brie. Deveríamos ter perguntado. Como foi seu dia?

— Foi um desperdício — reclamo, deitando a cabeça no sofá. — Eu deveria ter ficado aqui e verificado o correio.

Emmett pega uma fatia de pizza e se joga na cadeira.

— Não pode ter sido tão ruim.

— Ah, foi. Andamos por Portland pelo que pareceram horas e eu não me lembrei de nada. Nada.

Holden traz um refrigerante para cada um de nós e se senta ao meu lado.

— Não é uma ciência, Brie. Não podemos prever como a mente funcionará.

— Mas isso não é todo o seu trabalho?

Spencer e Emmett riem.

— Seria, se eu fosse um neurologista — diz ele baixinho. — Estou cuidando do seu caso porque a equipe médica daqui é um bando de idiotas.

— Você os contratou! — Emmett aponta.

— Eu o fiz, mas sou melhor. Mal posso esperar para voltar a Los Angeles.

— Sim, de volta a LA, onde tudo é melhor, blá, blá, blá. — Spencer se inclina para trás, descansando um tornozelo sobre o joelho. — Você poderia voltar para casa e ajudar as pessoas nesta cidade, que poderiam usar seu conhecimento. E sua tia precisa de você.

Essas brincadeiras e conversas parecem familiares. Crescendo aqui, esses caras estavam sempre na minha casa, rindo e conversando ou terminando as frases um do outro. Eles são uma família, e não tinha percebido o quanto eu precisava disso até agora. Tudo dentro de mim está calmo, apesar da dor de perder meu irmão que ainda pesa sobre mim.

A tensão na espinha de Holden diz que Spencer atingiu um nervo, e Emmett entra, os olhos em Spencer.

— Você acha que a investigação de hoje com Brie foi um desperdício?

— Não. Acho que temos mais pistas do que nossa amiga pessimista imagina — Spencer diz, com um encolher de ombros.

— Que pistas? — pergunto, rapidamente.

— Aquelas que você não estava prestando atenção.

— Tais como...

Spencer abaixa o prato.

— Sua linguagem corporal. Coisas que você fazia quase como se fossem memórias musculares. Você se lembrou da senha do programa de recompensas de um restaurante que não está aberto há mais de um ano. Você parou em frente ao prédio onde Henry trabalha sem saber que ele trabalha lá.

Meus olhos se arregalam.

— Por que você não me contou?

— Eu acabei de contar — diz ele, como se fosse a resposta mais lógica do mundo.

Lembro-me de um edifício agora. Era uma fachada de tijolos que parecia mais uma loja do que um prédio de escritórios. Eu só fiquei ali por um segundo, sem saber ao certo o que tinha me parado. Eu tinha essa sensação de que tinha estado lá dentro, mas, pela minha vida, não conseguia descobrir por que eu teria estado.

Eu quis entrar.

Emmett fala:

— Cuidado, Spencer, estamos chegando perto demais de dar a ela informações.

— Ele não disse a ela qual prédio — responde Holden. — O fato de ela ter parado na frente é uma boa indicação de que a memória está aí e não destruída.

— Eu prometo — acrescento, olhando para Emmett — ninguém me disse porra nenhuma. — Para meu espanto.

— Brie, você pode descrever o prédio para que possamos ver se é o que Spencer pensa que é?

Faço isso, falando sobre a grande janela na frente e como havia um sino de vento no lado esquerdo do toldo. Mesmo que não seja o prédio onde Henry trabalha, havia algo familiar nele que poderia significar alguma coisa.

Spencer sorri.

— É o mesmo. Era a maneira como sua cabeça se inclinava ou sua mão se movia.

Holden assente.

— Você mencionou um lugar onde ela tinha uma senha?

— Sim, almoçamos e havia um programa de fidelidade. — Ele se vira para mim. — Você não tinha ideia de que o restaurante era seminovo. Você apenas colocou sua senha.

Por mais que eu adorasse chamar isso de vitória, acho que ele está errado.

— É a mesma senha que uso para tudo. Uso há anos.

Ele dá de ombros.

— Ainda acho que isso importa.

Talvez, mas vou dizer que a última coisa foi sorte. Ainda há coisas que não sei, e espero que voltem mais cedo ou mais tarde.

— Então, sabemos que Spencer mora aqui agora e não está trabalhando no momento. Sei que Holden ainda está em Los Angeles. Você é o grande mistério para mim, Em. Você é o xerife, o que é cômico, já que me lembro de que foi você quem aborreceu o xerife Barley quando ele tentou acabar com uma festa.

Emmett sorri.

— Não posso confirmar ou negar tal história.

— Eu posso! — Spencer diz. — Ele fez isso. E então ele também esvaziou os pneus para que pudéssemos fugir.

Emmett bufa.

— Foi você, idiota.

— De qualquer forma — Spencer revira os olhos —, sua juventude equivocada o preparou para isso.

— E — Emmett diz — eu sou bom nisso.

— Há quanto tempo você voltou? — pergunto.

Ele esfrega a testa, olhando para Holden e depois para mim.

— Está dentro da sua lacuna.

Eu gemo.

— Como ser honesto comigo está adulterando minha memória? Eu não pedi para você me contar a história, só perguntei quanto tempo!

Estou de pé, raiva pulsando através de mim. Isso é péssimo. Estou tão cansada desse sentimento como se estivesse à margem de toda a minha vida.

Os três trocam um olhar e então Spencer pega meu braço.

— Estamos todos tentando dar a você o que podemos e garantindo que ninguém dê um passo em falso. Emmett especialmente, porque ele será chamado para testemunhar assim que encontrarmos quem fez isso.

Emmett coloca sua cerveja na mesa.

— É por isso que eu não deveria estar aqui. Eu deveria ter mais cuidado.

— Em — falo rapidamente —, não vou perguntar de novo. Por favor, não vá. Sinto muito.

Ele me dá um sorriso caloroso.

— Eu sei, mas Spencer está certo. Seremos chamados e não queremos dar à defesa nenhuma razão para alegar que nosso testemunho está corrompido. — Emmett me puxa para um abraço e beija minha bochecha. — Vejo você em breve.

Meu coração afunda, e um novo tipo de tristeza me envolve. Eu quero minha vida de volta.

Emmett sai, e olho para a porta com lágrimas caindo pelo rosto.

— Brielle — Holden diz suavemente, sua mão descansando no meu ombro. — Não chore.

Eu me viro com uma risada.

— Por que não? Quanto mais eu preciso perder? Isaac não foi suficiente? Addison e Elodie têm que ir também? Você está indo para LA em breve. Emmett não pode ficar comigo no caso de ser chamado para testemunhar. — Eu olho para Spencer. — Você vai conseguir um emprego ou uma namorada. Você não vê? Eu não tenho nada! Perdi tudo e nem sei por quê.

Holden não me oferece chavões vazios ou garantias de que tudo ficará bem. Ele apenas me puxa para um abraço. Depois de um minuto, agarra meus ombros e me empurra para trás.

— Você tem muito mais do que está se permitindo admitir, só precisa ter um pouco de fé, ok? Não vai ser fácil, e sim, você vai ficar frustrada, mas não está sozinha. Nunca esteve. — Ele enxuga a umidade do meu rosto e me oferece um sorriso gentil.

Eu odeio que ele esteja certo. Estou sendo ridícula e preciso parar, porque ficar agitada não está ajudando em nada.

— Você provavelmente está certo.

— Eu sempre estou.

— Você também é um idiota arrogante — falo, com um sorriso.

— Isso também é verdade. No entanto, neste caso, sei do que estou falando. Você tem que cuidar de si mesma também, Brie.

Eu concordo.

— Vou cuidar.

Ele solta um longo suspiro e dá um passo para trás.

— Essa é minha deixa. Estou exausto e ainda preciso checar minha tia. Vejo você no seu acompanhamento amanhã. Spence, você quer sair comigo?

Spencer olha para mim e então nega com a cabeça.

— Eu vou ficar e ajudar Brie a limpar.

— Tudo bem. — Holden pega o casaco do encosto da cadeira e aperta a mão de Spencer. — Me liga amanhã.

Depois de um último abraço rápido, Holden sai.

— E então sobramos nós dois — falo, sentindo-me tímida.

— Assim como começou.

Assim como eu sempre quis que fosse.

Nego com a cabeça, clareando o pensamento, e sorrio.

— Estou realmente exausta, obrigada por me ajudar a limpar essa bagunça.

— É claro. — Ele limpa a garganta, e então fazemos um trabalho rápido de jogar os pratos de papel, garrafas e caixas de pizza vazias em um saco de lixo.

Há uma parte de mim que quer trabalhar mais devagar ou dar uma desculpa para que ele fique mais tempo, mas digo a mim mesma que é só porque não quero ficar sozinha com meus pensamentos.

Spencer está na porta com o saco de lixo em uma das mãos e seu bloco de notas na outra.

— Eu posso buscá-la amanhã para sua consulta, se quiser.

Não tenho permissão para dirigir por mais alguns dias, aguardando minha próxima avaliação. Eu ia pedir a Emmett para me levar, mas prefiro estar com Spencer.

— Tem certeza?

— Eu não ofereceria se não tivesse.

— Isso seria incrível. Talvez depois de terminarmos, possamos cavar um pouco mais. Precisamos passar pelo apartamento também.

— Por que não tiramos amanhã de folga? — sugere Spencer.

— O quê? Por quê?

— Porque você pode precisar de tempo após sua consulta. Quem sabe quais testes eles podem fazer ou qualquer outra coisa? — Ele passa a mão pelo rosto. — Pode ser melhor se planejarmos que amanhã seja um dia relaxante.

Cruzo os braços sobre o peito e levanto uma sobrancelha.

— É isso que você faria nesta situação?

Nós dois sabemos que não é. Spencer é intenso em tudo a que se dedica. Não há desaceleração ou meia velocidade. É por isso que ele é tão bom no que faz.

— Não, mas tenho mais com que me preocupar do que comigo mesmo.

— Eu prometo, vou te dizer se for demais.

— Como você fez agora? — ele contra-ataca.

— Ok, você me pegou. Prometo fazê-lo daqui para frente. Mas, honestamente, eu estava bem. É apenas toda a conversa de pessoas indo embora. Às vezes parece que o mundo está avançando e estou no sentido inverso.

— Eu me senti assim quando todos os caras foram para a faculdade e eu tirei o primeiro semestre para ir procurar minha mãe. Todos estavam um passo à frente. Eles falavam sobre dormitórios e aulas, enquanto eu estava passando por abrigos e procurando por ela no necrotério.

— Lamento que você nunca a tenha encontrado.

Spencer desvia o olhar.

— Eu a encontrei, mas foi cerca de um ano atrás.

Oh, não.

— Spencer... estou tão...

— Não se desculpe. Confie em mim, com base no que vi, foi melhor assim.

— Como você lidou com isto? — pergunto, e então me odeio. Como eu acho que ele lidou com isso? Independentemente do fato de que ela era uma mãe horrível, ele ainda a amava. — Isso foi insensível e estúpido. Sinto muito por sua perda, Spencer. De verdade. Eu odiava quando as pessoas diziam isso para mim, mas agora entendo.

— O quê?

— Esse ditado. Sinto muito porque não posso curar seu coração. Sinto muito que você esteja sofrendo e eu não posso fazer isso ir embora. As pessoas diziam isso depois que meu pai morreu, e demorou até eu perder Isaac para realmente entender o que eles estavam falando. Então, sinto muito por sua perda e sinto muito que tenha doído.

— Doeu um pouco, mas depois me lembrei de que todos nós temos o mesmo final. Não importa que estradas tomemos, há apenas um resultado. Nossa jornada é o que faz a vida valer a pena. Minha mãe fez suas escolhas e eu também. A morte dela realmente me fez reavaliar minha vida. Parei de me importar com as coisas que não estava fazendo e coloquei minha energia no que estava fazendo. — Os músculos do meu peito ficam mais tensos e sua voz fica mais baixa. — Fiz a escolha de dar tudo ao que importa, sem mais meias medidas. É tudo ou nada. É assim que vamos em frente.

Olho para os meus pés e vejo uma poça no chão.

— Merda!

— O quê? — O olhar de Spencer cai para o saco de lixo vazando antes que ele o desloque para o corredor em vez da porta.

Corro para a cozinha, procurando toalhas de papel ou um pano, mas não vejo nada. Começo a abrir armários e gavetas até que finalmente encontro alguns panos de prato. Quando pego um punhado deles, algo cai no chão, mas eu ignoro e corro de volta para Spencer.

— Preciso lavar as mãos — diz ele, uma vez que a bagunça é limpa.

Voltamos para a cozinha e nos revezamos fazendo isso. Então me lembro do objeto que voou. Olho em volta e vejo uma caixa preta no canto. Eu a pego, perguntando-me por que diabos uma caixa de joias estava na minha gaveta da cozinha.

Spencer olha.

— O que é isso?

— Não sei. Estava na minha gaveta e, quando peguei os panos, saiu voando. — Eu lentamente levanto a tampa e, ao ver o que está dentro, meu coração desmorona. Meus olhos travam nos dele, e um milhão de perguntas rodopiam, mas apenas uma sai: — Por que eu tenho um anel de noivado na minha cozinha e quem me deu?

CAPÍTULO DEZ

Spencer

Ela o encontrou.

Merda.

Ela encontrou o anel.

Eu o escondi lá em pânico, sabendo que ela normalmente não vai à cozinha para nada. Eu poderia tê-lo levado para casa. Poderia tê-lo colocado na gaveta ao lado da minha cama, mas precisava que estivesse em sua posse, mesmo que ela não soubesse que existia.

Espero um instante, rezando para que ela se lembre, mas, pelo pânico em seus olhos, sei que não. Mais uma vez, tenho que fingir que sou tão ignorante quanto ela e rezar para que algo a lembre de tudo o que somos e do que compartilhamos.

— Eu não sei — falo, desejando que ela olhe para mim e veja. Para recordar as lágrimas que fluíram daqueles olhos azuis enquanto ela sorria e assentia, incapaz de formar palavras.

Mas Brielle esqueceu tudo, e eu estou aqui, rezando para que, mesmo que ela nunca se lembre do nosso passado, ela se apaixone por mim novamente.

— Eu estou… noiva?

— Bem, você tem um anel, mas não sei se você está noiva.

Ela coloca a caixa para baixo sem fechá-la e fita o diamante oval de três quilates aninhado dentro, que zomba de mim.

— Eu tenho um anel. Um anel muito, muito bonito.

— Parece que você tem. Talvez você tenha roubado e é por isso que quase foi morta — tento uma piada, precisando de alguma leviandade para me manter inteiro.

— Sim, tenho certeza de que sou uma ladra de joias.

— Emmett está do outro lado do corredor se você quiser que eu vá buscá-lo para que você possa confessar seus crimes.

— Cala a boca — diz Brie, finalmente rindo um pouco. — Spencer, acho que estou realmente noiva. — Ela faz uma pausa e, em seguida, pega o anel. — Os preservativos. O charuto. Agora o anel. Está claro que há alguém na minha vida, e agora estou realmente me perguntando quem ele é e por que ainda não apareceu. Se eu estivesse noiva de alguém que ficasse em silêncio por tanto tempo, a preocupação me quebraria.

Ela está mais do que quebrando, ela está quebrada.

— Talvez ele esteja fazendo o que sabe ser melhor para você.

— Mas como? Como ele pode sobreviver sem vir até mim e dizer que estamos noivos?

Ele está se perguntando a mesma coisa. Todo o nosso relacionamento permaneceu em segredo nos últimos nove meses. Nenhum de nossos amigos sabe e, portanto, ninguém além de mim tem que fingir o contrário.

— Não posso responder isso — digo a ela a única verdade que posso. Eu não posso contar nada a ela, e me forçar a segurar as palavras é uma tortura.

— Eu sei que você não pode. Quero dizer, mesmo que conheça o cara, o que duvido que conheça, não pode me dizer.

— Bem, é mais um mistério que podemos adicionar à nossa lista. Existe alguma coisa que você pode lembrar quando olha para o anel?

Ela o puxa da caixa, olhando para ele, e eu espero.

Quando ela o coloca de volta em seu dedo, eu quase perco tudo.

Quero gritar com ela, dizer que sou eu e que estou morrendo aqui. Aquela noite foi a melhor de toda a nossa vida.

Eu espero. Todo o tempo desejando que ela se lembre disso. Lembre suas lágrimas e felicidade na primeira vez que foi colocado lá.

Mas, quando ela olha para mim, eu vejo a tristeza.

— Não.

Por mais que Brielle odeie isso, eu diria que é pior para mim. Quando vejo aquele anel, lembro-me do vestido rosa que ela usou na noite em que fiz o pedido e de como fomos jantar na praia. Eu tinha um piquenique embalado e a segurei em meus braços enquanto observávamos o pôr do sol, sentindo como se o mundo finalmente fizesse sentido. Por tantos anos, procurei por algo real e, uma vez que o encontrei, foi arrancado de mim.

Quando isso começou entre nós, não era para ficar sério. Eu deveria saber, porém, que Brielle seria uma força que conquistaria meu coração.

Ao voltar da minha última missão, dois anos atrás, eu estava fodido da cabeça. As coisas que vi, as coisas pelas quais passei, despedaçaram-me, mas ela me curou. Dia após dia, ela encontrava uma maneira de chegar até mim e me amar, mesmo quando eu achava que não merecia.

Isaac e Addy estavam tentando engravidar. Sendo o melhor amigo e tio autonomeado, achei que era uma boa hora para vir para casa um pouco. Sentia falta dos meus amigos e, para ser honesto, sentia falta de Brielle. Não que entendesse por que sentia isso, já que Isaac era meu melhor amigo, mas eu queria vê-la.

Começamos como nada e ela se tornou tudo.

Agora, tudo se foi. Cada beijo. Cada toque. Cada porra de memória foi apagada.

Ela tira o anel do dedo e o coloca na caixa.

— Eu não quero usar isso.

Eu não quero nada disso.

— Ok.

Eu me aproximo e fecho a caixa. Estamos tão perto que posso sentir o calor de seu corpo. Às vezes, acho que ela pode sentir o que eu sinto, e quero que ela perceba agora. Quero que ela sinta a saudade que eu tenho de puxá-la em meus braços e beijá-la loucamente, para que saiba o quão desesperadamente eu queria abraçá-la enquanto estava naquela cama de hospital.

Quando ela perguntou por Henry, eu morri por dentro. O jeito que sorriu para ele me quebrou. Ela se lembrou deles, mas se esqueceu de nós.

— Estou com dor de cabeça.

Eu daria qualquer coisa para que essa fosse a única dor que eu tenho.

— Você deveria tomar sua medicação e descansar — sugiro, sem saber mais o que dizer.

— Como posso descansar sabendo disso? E onde diabos ele está? Como não percebe que estou ausente de sua vida? Como pode ficar bem sem falar comigo por semanas?

Ele não está bem. Está em agonia absoluta.

— Você não tem ideia, Brie. Ele pode estar lidando com alguma coisa e não saber.

Ela mastiga o polegar.

— Talvez ele não more aqui. Pode ser... talvez tenhamos que manter isso em segredo para que ele não possa vir. — Pânico brilha em seus olhos. — E se ele for casado? Por favor, Deus, diga-me que não estou noiva de um homem casado. Ou pior, e se foi ele quem matou meu irmão?

— Relaxe. Se algo disso for verdade, descobriremos como lidar.

Ela agarra meus antebraços.

— Eu não posso ser aquela garota. Não posso roubar o marido de outra pessoa. E se meu noivo for quem matou meu irmão, então nunca vou me perdoar.

— Calma, Brie. Você vai fazer a coisa certa.

— Toda vez que temos uma pista e ficamos um pouco empolgados, acabo com mais mil perguntas sem resposta. É como se eu continuasse levando socos.

— Então pegue o bastão e bata de volta. Você pode continuar sendo a vítima disso, ou pode optar por revidar. — Seus olhos azuis se arregalam quando ela olha para mim. — A garota que eu conheço nunca estava disposta a recuar. Ela abria caminho através de qualquer obstáculo e chutava portas até ficar satisfeita.

Brielle deixa cair as mãos.

— E como faço isso? Como eu luto quando estou com os olhos vendados, Spencer? Como faço para abrir caminho através da névoa espessa que torna impossível saber se estou indo na direção certa?

A falha em sua voz no final quase me faz contar tudo a ela, mas sei que não posso. Então, dou-lhe a única coisa que tenho permissão neste momento.

— Você pega minha mão — falo, entrelaçando nossos dedos, saboreando seu toque. — E não faz isso sozinha.

— Você parece um saco de merda de cachorro — Holden diz, quando entro no meu apartamento.

Eu o descarto com um aceno e vou para a cozinha pegar um copo e gelo. Preciso de uísque esta noite.

— Quanto tempo mais você vai ficar? — pergunto, desenroscando a tampa da garrafa.

— Mais alguns dias. Eu realmente esperava que Brielle estivesse em um lugar melhor antes de eu sair, mas não posso ficar muito mais tempo.

— Sorte minha.

— Sim, acho que sim — Holden concorda.

— Isso foi sarcasmo.

— Estou ciente, mas o sarcasmo também pode conter a verdade.

Eu reviro os olhos. Ele volta a ler e eu tento beber para aliviar a minha dor, o que na verdade não está funcionando. Nem uísque ou qualquer outra coisa vai tirar a dor no meu peito, e não posso nem falar sobre isso com ninguém.

Um dos acordos que Brielle e eu tínhamos era que ninguém saberia sobre nosso relacionamento. No início, era apenas sexo. Não tínhamos intenção de começar algo sério, mas fomos estúpidos em pensar que isso era possível. Brielle nunca poderia ser uma conexão casual. Ela é tudo.

Não queríamos dizer nada porque era novo e não queríamos que causasse problemas se não déssemos certo.

Então era perfeito demais, certo demais, e não queríamos que o mundo real viesse e estragasse tudo. Eu a queria só para mim por um pouco mais de tempo. Nós rimos do jeito que ninguém percebeu. Nós apreciamos o consolo que veio de viver numa bolha.

Como todas as bolhas, a nossa estava prestes a estourar, e queríamos controlar quando isso acontecesse. Queríamos poder contar a todos antes que explodisse. Eu queria que todos soubessem o quanto eu a amava. Fiz o pedido, e nós concordamos que o tempo de esconder tinha acabado e não importava sobre meus relacionamentos passados, a aprovação ou desaprovação de Isaac, nossa diferença de idade, ou o fato de que todos pensavam que Brielle e eu éramos mais como irmãos do que qualquer outra coisa. Planejamos contar tudo a Isaac e Addison.

Agora, nunca teremos essa chance, e eu posso tê-la perdido também.

Holden pega a garrafa e se serve de dois dedos.

— Você está bem?

— Estou bem.

— Você não parece bem.

— Eu estou.

— Aconteceu alguma coisa com Brielle quando saímos?

Sim, mas não posso dizer a ele. Eu quero, mas como posso dizer quando ela não se lembra de nada? Não seria certo. Também não quero ouvir suas opiniões sobre isso.

Eu não tenho nenhuma ilusão de que eles vão ficar bem com a gente escondendo nosso relacionamento por quase um ano.

No entanto, tenho que contar a eles sobre o anel e depois mentir sobre isso.

— Brielle está bem. Ela estava um pouco abalada, pois encontrou um anel de noivado em uma gaveta.

Os olhos de Holden se arregalam.

— O quê?

— Sim.

— E ela não se lembrou de nada?

— Não.

Ele se inclina para trás, girando o líquido âmbar por um minuto.

— Eu teria pensado que algo tão grande teria desencadeado uma memória.

— Não fez.

— Uau. — Ele faz uma pausa. — E você não conhece o cara?

— Que cara?

Ele bufa.

— O cara que deu o anel que ela não estava usando. Talvez ela não tenha dito sim.

Não, ela disse sim. Ela disse sim tantas vezes que sua garganta doía. Ela não estava usando, porque ninguém deveria saber por mais alguns dias.

— Pode ser.

— Cara, você é o babaca mais observador que eu conheço, e você não tem ideia de com quem diabos Brie estava?

— Não é como se eu a perseguisse.

— Não, mas...

— Parece que Addison ou sua mãe também não sabem, por que isso?

Holden esfrega a têmpora.

— Não sei. Acho que nenhum de nós realmente sabe o que as pessoas estão escondendo, mas é uma loucura. — Ele balança a cabeça e então seus olhos piscam para mim. — Acha que é quem matou Isaac? Talvez Isaac tenha descoberto, confrontou o cara, e foi isso que o matou?

— É possível — minto para meu melhor amigo. — Mas não tenho ideia de quem matou Isaac.

O cenário mais provável é que Isaac teria me matado quando eu dissesse a ele. Ninguém no mundo era mais protetor com Brielle do que seu irmão. Ele odiava o namorado dela no ensino médio e queria rasgar a garganta de Henry sempre que o via.

— Não, mas se ela disse sim para o cara, você tem que admitir que é completamente possível que Isaac não tenha lidado bem com a notícia, especialmente se ela estivesse escondendo isso dele.

Eu sorrio.

— Nenhum homem jamais seria bom o suficiente para Brie... definitivamente não para ele.

Holden ri.

— Eu me senti mal por ela quando éramos mais novos. Consegue imaginar o que Elodie teria suportado? É triste que ela não saiba disso.

— Ela ainda tem a nós, e estamos muito mais velhos e cínicos agora.

— Verdade. Não sei, ser velho e cínico também tem suas desvantagens.

— Como assim?

— Vida. Família. A ideia de não ter nada além de um emprego para se agarrar. Você entende isso — Holden explica, com um encolher de ombros. — Você tirou um tempo para resolver sua vida.

E olhe onde estou.

— Não foi exatamente assim. Basicamente, eu não tinha escolha. Não consigo escrever, Holden. Eu tentei escrever, o quê? Quarenta histórias diferentes? Eu me sento lá, olho para a tela, esperando pelas palavras que se recusam a vir. Já tentei todos os truques possíveis e nada. Não estou tirando folga, estou bloqueado pra caralho.

Holden suspira pelo nariz.

— Sinto muito. Sei que não é a mesma coisa, e sei como é não ver progresso. Estou lutando com a ideia de ir embora porque esperava que Brielle estivesse um pouco mais adiantada. Quanto mais isso durar, mais temo que não volte ou que esteja fragmentada. E depois, sabe?

— Não, eu não sei.

Um longo suspiro vem dele, e coloca o copo na mesa de centro.

— Se ela se lembrar do que aconteceu, a defesa ainda usará sua perda de memória contra ela. E isso é apenas se eles tiverem a chance de discutir um caso.

— Acho que é isso que torna muito mais difícil vê-la assim. Eles ainda estão tentando encontrar uma ligação entre o escritório dela sendo destruído e o ataque?

— Estão, mas Emmett está de boca fechada sobre isso.

O escritório de Brielle foi saqueado, de acordo com as informações que recebi esta manhã. Papéis foram jogados ao redor, seus arquivos completamente saqueados e o disco rígido de seu computador estava faltando. Seus colegas de trabalho estão tentando descobrir o que foi levado, mas é uma bagunça.

— Está tudo muito fodido. Estou preocupado com Brie, Addison, você, Emmett e todos aqui.

Essa parte me faz recuar.

— Por que diabos você está preocupado comigo?

— Considerando o fato de que você era próximo de Isaac e voltou para cá principalmente por ele. Depois, há a coisa toda com você e Brielle. Vocês precisam ter cuidado.

Minhas palmas começam a suar.

— Sobre?

— Você não chegar muito perto. Ela sempre teve uma queda por você e seria fácil para ela formar um apego enquanto está vulnerável.

O fato de ele estar preocupado com isso me dá esperança. Eu quero isso. Quero que ela olhe para mim desse jeito de novo, e se não posso ter o ano passado, eu quero o próximo.

— O que te faz pensar isso?

— Apenas algo que Emmett disse.

Eu realmente gostaria que ele parasse de me fazer pescar informações. Eu conheço Holden bem o suficiente para que parte dele esteja gostando disso, mas está me deixando indevidamente paranoico que ele e Emmett saibam algo que não deveriam. Perguntar a ele o que Emmett disse seria como me jogar direto em qualquer armadilha que ele pensa que está me provocando, então eu deixo pra lá.

— Você e Emmett estão sempre preocupados com merdas idiotas.

— E você está sempre correndo riscos.

Decido sair do assunto Brielle e apontar o óbvio.

— Para ser bom no meu trabalho, é uma espécie de requisito.

— Ah, e você está planejando trabalhar novamente?

Passo a mão no rosto.

— Estou tentando.

— Seja honesto por um segundo, Spencer, você sempre quer o que acha que não pode ter. Então, uma vez que você consegue, porque sempre consegue, você se cansa. É por isso que procura essas modelos e atrizes. Elas são uma busca. Você agora atingiu o pico em sua carreira profissional e isso te assusta.

Tudo o que ele disse é verdade. Estou apavorado pra caralho. Eu quero escrever. Sinto falta da caçada da história e da emoção de ganhar um Pulitzer. Isso se foi.

E quanto às modelos, ele estava certo, foi por isso que as namorei, e elas estavam nisso pela mesma coisa. Quando Brielle e eu demos esse passo, foi diferente. Ela não se importava com o meu sucesso. Ela simplesmente me amava.

— Você não deveria falar. Você e Emmett não são melhores. Os dois correm, eu sou apenas mais rápido.

— Eu corro? Como?

— Quando diabos você voltou aqui pela última vez? E o seu casamento? E todas as malditas coisas com as quais você evita lidar, Holden?

— Estou lívido. Estou tão fora de controle, mas não dou mais a mínima.

— Você age como se eu quisesse tudo isso, mas não quero! Eu estava indo na direção certa, fazendo tudo certo, e perdi o controle.

O nariz de Holden se dilata por um segundo e então ele nega com a cabeça.

— Não volto aqui porque vejo a morte dos meus pais quando estou presente. Perdi Jenna porque não fui homem o suficiente para lutar por ela, eu a deixei ir sem nem pensar duas vezes. Não estou dizendo que sou melhor, mas também quero mais para as pessoas da minha vida.

— Assim como eu.

— Olho para a vida que Isaac teve e nem entendo. Ele era casado, tinha Elodie, estava fazendo o que amava. Não tinha dinheiro extra, era o mais feliz de todos nós e veja o que aconteceu. Ele não se arriscou e nenhum de nós passou horas preocupado com o que lhe aconteceria. Ele tinha o que precisava — diz Holden, pegando seu copo.

Nós dois ficamos em silêncio e esvaziamos nossos copos.

— Talvez devêssemos ter nos preocupado mais com ele então — eu noto.

— Talvez, mas ele teria dito para calarmos a boca, que ele tinha tudo o que precisava.

— Porque ele era teimoso.

Holden ri.

— Ele era. — Há um momento de silêncio antes de ele suspirar e acrescentar: — Honestamente, não sei mais como me sentir. Eu lido com a morte diariamente, mas nunca pensei que seria de um de nós. Não ele e não assim. Ele era o único dos quatro que estava realmente feliz.

Eu estava feliz. Não, eu estava mais do que feliz. Estava exultante, muito feliz, emocionado, jubiloso e todos os outros sinônimos que existem para "feliz". Eu estava tão apaixonado que não conseguia nem ver o chão até bater nele.

Um nome. Um maldito nome de outra pessoa e pensei que meu coração tinha sido arrancado do meu peito. Henry.

Ela esqueceu tudo o que compartilhamos, todos os planos que tínhamos, mas se lembrou de Henry.

Por mais que eu entenda que não é culpa dela, isso me matou. Eu tinha quinze anos novamente, esperando minha mãe me pegar... apenas uma maldita vez, apenas para vê-la escolher outra pessoa. Alguém que ela amava mais do que seu filho.

Brielle nunca foi assim. Ela sempre me escolheu.

Eu não falo com Holden, optando por olhar para o meu copo vazio em vez disso. Ele se levanta e bate a mão no meu ombro.

— Eu vou dormir. É tarde e estar perto de você é deprimente.

— Obrigado.

— De nada. — Ele chega à porta do quarto de hóspedes e se vira para mim. — Ei, eu quis dizer o que disse antes. O que você está fazendo com Brie? É bom. Apenas tome cuidado e se afaste se a vir se aproximando demais. A última coisa que todos nós precisamos é que ela se apaixone por você. Não que nos preocupemos que você vá retribuir, porque Deus sabe que você nunca vai ficar sério com uma mulher, mas ela tem o suficiente para lidar agora.

Holden fecha a porta e me sirvo de outro copo de uísque.

— Sim, você deveria se preocupar, porque eu a amo mais do que a minha própria vida.

CAPÍTULO ONZE

Brielle

Não consigo parar de chorar, a dor avassaladora me esmagando. Fui ligar para meu irmão há uma hora para falar sobre esse anel que estava no meu balcão. Eu disquei o seu número como se ele estivesse vivo, e quando seu correio de voz atendeu, a verdade bateu em mim com a força de um caminhão. Ele se foi.

Nunca mais vou ouvir sua voz. Nunca mais vou poder compartilhar nada com ele. Tudo o que tenho é o passado, e parte disso foi apagado.

Então, hoje, estou escolhendo chafurdar na minha dor.

Há uma batida na minha porta, mas não me importo. Estou me afogando na pena que sinto de mim mesma e pretendo ficar aqui.

— Brie? — A voz de Addison está do outro lado. — Sei que você está em casa. Sua equipe de segurança te entregou, então abra a porta.

Limpo meu rosto e vou até lá. Quando abro, Addison imediatamente me puxa para seus braços.

— Pensei que você poderia precisar disso — diz ela, agarrando-me com mais força.

Eu perco o controle, chorando e me agarrando a provavelmente a última pessoa que deveria, mas Addy é da família. Ela é minha irmã em todos os sentidos, e preciso dela agora.

Suas mãos esfregam minhas costas enquanto estamos na minha entrada, segurando uma a outra e soluçando.

Depois de alguns minutos, nós nos separamos, olhos vermelhos e narizes ranhosos. Pego alguns lenços antes de entregar a caixa a ela, e levamos um minuto para nos recompor.

Então começamos a rir.

Não é engraçado. Nada é realmente engraçado, mas, ainda assim, é como se não houvesse outra escolha.

A porta do outro lado do corredor se abre, e Emmett vem para o corredor.

— Vocês estão bem?

Nós rimos ainda mais.

— Estamos bem.

Ele levanta uma sobrancelha.

— Qual é a graça?

Tento me acalmar o suficiente para falar, mas as emoções são incontroláveis e causam estragos em meu corpo.

— Isaac está morto... e eu liguei para ele... — Tenho que parar entre os acessos de riso. — E Addy está partindo amanhã.

Addison bufa, sua cabeça caindo para trás.

— Ah, e Brie não consegue se lembrar!

Eu caio no chão, rindo e rolando para frente e para trás.

— Não tenho memórias! — continuo, como se esta fosse a melhor piada que já ouvi. — E eu posso estar noiva!

Emmett dá um passo para trás, parecendo um pouco assustado, e olha para onde Spencer está na porta, dizendo:

— Acho que elas perderam a cabeça.

— Do que elas estão rindo? — Spencer pergunta, se aproximando.

Addy ri tão alto que Emmett se encolhe.

— Nossas vidas são horríveis, é isso!

Spencer suspira pesadamente, deixando cair seu caderno no balcão ao lado do anel.

— Suas vidas não são horríveis. Aqui, levante-se. — Ele agarra minha mão e me puxa para ficar de pé antes de ajudar Addy a se erguer.

Ela limpa o rosto novamente e bufa.

— Você não tem ideia do que estamos passando. Qualquer um de vocês. Então, sim, podemos estar enlouquecendo, porque nossos corações já se foram.

— Exatamente — eu a apoio.

Emmett nega com a cabeça.

— Não estou fingindo saber o que vocês sentem, mas também sentimos falta de Isaac. Ele era um irmão para nós. Pode não ser o mesmo, mas não é mais fácil de lidar.

A cabeça de Addison cai e ela assente.

— Eu sei. Alguns dias são apenas mais difíceis, e quando ouvi o telefone de Isaac tocar, perdi o controle. Eu tinha a sensação de que ela poderia ter perdido também. — Então ela olha para mim. — Você disse que poderia estar noiva? Do que diabos está falando?

Eu olho para Spencer e depois para Emmett. Enquanto Addison não me disse nada, ela ao mesmo tempo o fez. Ela não sabe que estou noiva, então ou sou uma ladra de joias ou nunca contei a ela. Nenhuma dessas opções parece provável.

Ando até o balcão e lhe entrego o anel.

— Encontrei ontem à noite.

Seus olhos se arregalam.

— Onde?

— Na minha gaveta da cozinha, de todos os lugares.

Addison nega com a cabeça.

— Por que... quem te deu isso?

Spencer fala antes que eu possa:

— Você sabe que anel é esse?

— Não, eu honestamente não faço ideia. Estou realmente confusa.

— Então, isso não é uma memória que ninguém está me contando? — pergunto.

— Estou tão perdida quanto você.

Não sei se devo ficar feliz ou triste com isso.

— Se eu estivesse noiva de alguém, teria contado a Addy — explico. — Então, seja o que for esse anel, não é meu.

Emmett começa a andar.

— Então por que você o teria?

— Talvez Isaac comprou para Addy e eu estava guardando? — sugiro.

Addison ri.

— Você é maluca. Não há nenhuma chance no inferno de que meu marido pudesse ter bancado isso. Vivemos do salário de um professor e da minha renda. Não estávamos na pobreza, mas não conseguiríamos uma pedra assim. Sem falar que o anel que eu uso era da minha avó.

Eu sabia.

— Talvez seja de uma amiga?

Os três se olham.

— Não parece provável — Emmett responde.

— É mais provável que seja seu e você o tenha colocado lá por um motivo — explica Spencer. — Se estivesse mantendo-o seguro, provavelmente o teria em algum lugar como um armário ou sua caixa de joias.

O telefone na minha mesa toca enquanto estou sentada lá, admirando o lindo anel no meu dedo. O nome de Isaac aparece na tela.

— *Ei* — *atendo a chamada.*

— *Está pronta?*

Puxo o anel, coloco-o suavemente de volta na caixa e guardo-o na gaveta de baixo.

Levanto meu olhar para Emmett.

— O anel estava no meu escritório.

— O quê?

Addison limpa a garganta.

— Não, estava na cozinha.

Balanço a cabeça, discordando.

— Eu me lembrei disso. Eu o tinha no trabalho. É um pontinho de memória, mas eu o coloquei na minha mesa. Na gaveta inferior à direita.

— Quando foi isso? — Spencer pergunta.

— Não faço ideia. Eu acabei de… eu me lembrei disso.

Emmett olha para Spencer.

— Talvez ela tenha guardado lá, e era isso que alguém estava procurando?

— Por que ela o deixaria no trabalho durante a noite? — Spencer pergunta. — É mais provável que tenha guardado em casa.

— Ou alguém sabia disso — Emmett diz, incisivamente. — Pode estar ligado ao outro evento.

— Que outro evento? — pergunto.

Emmett geme antes de responder:

— Seu escritório foi saqueado. Estamos tentando obter uma lista do que está faltando, mas como você não tinha um assistente nem nada, é difícil dizer.

Eu suspiro. Meu escritório foi saqueado e ninguém me contou. Viro-me para Spencer.

— Você sabia disso?

— Sim.

— E não me contou?

— Eu não deveria falar com você sobre nada que aconteceu ou relacionado a qualquer coisa dos últimos três anos. Além disso, eu não queria chateá-la ou deixá-la preocupada.

Eu zombo.

— Sim, e descobrir assim é muito melhor.

Emmett coloca a mão no meu braço.

— Estamos investigando, mas pode ser o que eles estavam procurando inicialmente. Spencer, você esteva lá no dia anterior, alguma coisa parecia fora do comum?

Ele nega com a cabeça.

— Não.

Excelente. Nada para se preocupar além do meu escritório ser destruído, um anel que eles podem querer e um noivo misterioso que eu posso ou não ter. Tudo isso está me deixando mal do estômago. Se a pessoa que me deu o anel queria tanto de volta, quem pode dizer que não checou meu apartamento também?

— Se alguém esteve no meu escritório, você acha que esteve aqui também? E se vasculhou minhas coisas? Quem teve acesso?

— Estivemos todos aqui, Brie — Spencer termina. — Tivemos que entrar antes de você chegar em casa para instalar os itens de segurança no lugar.

— Você acha que quem invadiu meu escritório faria isso também?

— É possível, porém, se mais alguém encontrasse esse anel, provavelmente o pegaria, não o colocaria na sua cozinha — Spencer comenta, antes de se virar para Emmett. — O que você acha?

Emmett dá de ombros.

— Definitivamente não é *impossível*. Considerando que nada foi destruído aqui, duvido. Se ela está com algum cara, ele pode ter uma chave e esteve aqui antes de aparecermos. Ele não poderia ter entrado depois, porque trocamos as fechaduras e houve vigilância. Mas por que se dar ao trabalho de vir aqui e pegar o anel, só para escondê-lo em uma gaveta? Por que a pessoa não o pegou quando saiu? Se o anel estivesse no escritório dela, ele não viria aqui. Honestamente, ajudaria se soubéssemos de quando é sua memória.

— Considerando que não temos ideia de com quem ela está noiva ou quando a pediu em casamento, é impossível definir — acrescenta Spencer.

Eles continuam a lançar diferentes cenários, e eu os ignoro.

Minha cabeça está girando. Por que meu futuro noivo esconderia o anel? Ele não queria que eu soubesse sobre ele? Faria sentido, porque ninguém pode me dizer nada. Então, se ele ouviu sobre minha condição, sabe que não me lembro dele. Como eu não estava usando, isso sugere que eu não disse sim ou talvez tenhamos decidido esperar para contar às pessoas. Ambas as opções fazem sentido.

Deus, tudo isso é tão confuso.

— Brie?

— Sim? — Viro-me para Addy.

— Você nos ouviu?

— Eu parei de ouvir — confesso.

Emmet ri.

— Você é a mesma de sempre. Uma pirralha.

Coloco a língua para fora.

— De qualquer forma — Addison diz —, eu não sei de nada, mas, Spencer, talvez você possa rastrear onde o anel foi comprado. Você terá que manter Brielle fora disso se o encontrar. Desculpe, Brie.

Eu dou de ombros. A essa altura, não tinha nenhuma esperança de que me contassem de qualquer maneira.

— Quero dizer, é ótimo que você possa ter alguma conexão com um cara que eu posso ou não estar noiva que também pode saber o que aconteceu comigo e com meu irmão. Que garota não quer pensar que estava noiva de alguém que matou seu irmão e tentou matá-la. É, tipo, a melhor fantasia de todos os tempos.

Spencer me cutuca.

— Relaxe, pode não ser nada, mas vamos ter certeza. No momento, não há nenhuma razão para pensar que os dois eventos estão relacionados.

— Sim.

Há um longo e quase desconfortável momento antes que ele pergunte:

— Os planos para hoje ainda estão de pé? Se sim, achei que poderíamos dar um passeio.

— Eu tinha planos de chafurdar, mas com certeza. Nós iremos, e eu continuarei a não me lembrar de nada. Vai ser divertido.

Spencer não me dá a reação que eu estava pressionando. Em vez disso, seu sorriso é brilhante.

— Bom.

Suspiro e vou até Addy.

— Estarei lá de manhã para dizer adeus.

— Vou me certificar de não sair até lá.

Nós nos abraçamos, Emmett e Addison vão embora. Pego minha bolsa e caminho em direção à porta.

— Está pronto?

— Para passar o dia com você? Absolutamente.

Ainda bem que alguém está.

Caminhamos para a praia, o que é estranho, porque não me lembro de isso ter sido significativo na minha vida. Em vez de descer na areia, nós nos movemos para ficar na frente de seu carro e observar as ondas.

— Por que estamos aqui?

Ele dá de ombros.

— Você gostava da praia quando éramos crianças.

Eu rio.

— Eu gostava quando você, Emmett e Holden tiravam suas camisas. Era o que eu gostava.

As mãos de Spencer se movem para a bainha de sua camisa e, antes que eu possa dizer qualquer coisa, ela é jogada pela janela aberta.

— Pronto. E agora?

Concentrar-me em seu rosto é uma causa perdida. Não há como eu ficar aqui e não ver o homem diante de mim. Ele é alto, bloqueando o sol atrás dele, e meus olhos viajam de seu lindo rosto para seu peito magnífico. As linhas profundas gravadas em sua pele perfeita fornecem um mapa até seu estômago, onde estão seis blocos de dureza. Spencer envelheceu tão bem. Meus dedos coçam para tocá-lo e delinear cada subida e descida em seu corpo magro e duro.

Ah, o quanto eu quero isso. Sempre quis.

Posso ter dito que era por todos eles, mas eu só o via.

Eu me sentava no cobertor, meu lábio inferior entre os dentes, olhando. Limpo a garganta, afastando o desejo que se acumula em meu núcleo.

— Assim como nos velhos tempos — falo, esperando parecer indiferente.

Pelo sorriso que se forma, eu falhei.

— Bom. Então, vamos descer lá e conversar.

Spencer volta para a janela, e silenciosamente murmuro uma oração: *Por favor, coloque sua camisa de volta.*

Ele não o faz. Em vez disso, pega seu estúpido caderno e uma bolsa.

— O que tem aí?

— Comida — ele responde e começa a caminhar em direção à água.

Eu posso fazer isso. Posso passar um tempo com Spencer — seminu — e não o cobiçar. Será fácil.

Com minha coluna reta e minha mentalidade preparada, vou até onde ele está estendendo um cobertor. Ele gesticula para que eu me sente, e o faço, dobrando as pernas debaixo de mim.

— Vá em frente — pede.

— Para fazer o quê? — pergunto, confusa.

— Você queria se sentar na areia com o sol no rosto. Faça isso agora. Aproveite seu momento, Brie.

Por mais que eu quisesse chafurdar e sentir pena de mim mesma, a sugestão dele é tentadora demais para deixar passar. E sentada aqui, no calor do início do verão, percebo que é exatamente o que preciso — sentir a brisa e absorver o calor que não é tão sufocante que não consigo respirar.

O calor do sol é um lembrete de que estou viva e bem. O ar salgado enche meu nariz, e as gaivotas cantam no fundo, dando-nos a trilha sonora de praia que conheço tão bem. Inclino-me para trás sobre os cotovelos, olhando em volta para a paisagem que tem sido uma constante em minha vida. Lembro-me daquelas falésias, as montanhas ao fundo com as calotas que em alguns meses estarão cobertas de neve. Por alguns minutos, permito-me fingir que tudo na minha vida encontrará seu lugar. Existem absolutos como o sol nascer e a lua seguir, então me agarro a isso, mesmo que nada pareça estar onde pertence.

— Obrigada — eu digo, com os olhos fechados.

— Por?

Olho para ele.

— Por ser você.

— É a primeira vez que uma mulher me agradece por isso.

— Então você está claramente com as mulheres erradas.

Seus lábios se erguem.

— É mesmo?

Inclino meu rosto de volta para a luz.

— Se elas não sabem o quão bom você é, então sim.

— Talvez eu não queira que elas saibam que sou ótimo ou talvez você seja uma idiota que não sabe o quão terrível eu sou.

Uma risada suave escapa, e me sento.

— Você nunca foi terrível.

— Acho que você tem uma percepção muito distorcida de mim — diz Spencer com reprovação.

Nada me incomoda mais nele do que isso. Spencer está sempre dizendo a todos o quão indigno ele é. Elogios são como farpas para ele, e eu gostaria que sua mãe ainda estivesse viva para que pudesse destruí-la. As coisas sobre as quais ela o convenceu são deploráveis.

— Sei que você pensa assim, mas está errado. Você sempre foi especial. Sua mãe estava errada, e eu odeio que você ainda carregue isso por aí — digo a ele, encarando seus olhos, querendo que ele realmente me ouça.

Spencer muda.

— Não sei do que você está falando.

— Sim, você sabe. Você disse que nunca mentiria para mim, não disse?

— Eu quis dizer isso sobre sua memória.

— Deveria ter sido mais específico, mas agora é tarde demais. Está oficialmente registrado como uma promessa geral — eu retruco.

— E você? — ele pergunta. — Vai me contar todos os seus segredos se eu perguntar?

Eu suspiro.

— Não é esse o objetivo disso tudo? Tenho que confiar em você com tudo se planejamos descobrir minha vida perdida.

— Sim, eu acho.

— Então, eu quero o mesmo, e quero mais do que tudo que você me diga a verdade. Você realmente acha que é um cara mau ou indigno?

Os olhos de Spencer se voltam para as ondas, as observando baterem na areia, e ele considera minha pergunta. Começo a duvidar que ele vá me responder, mas então ele diz:

— Toda mulher que já amei se esqueceu de mim. Não sei se tenho valor.

Minha mão se move antes que eu tenha tempo de me equilibrar. Descanso minha palma em sua bochecha, esperando que ele olhe para mim.

— Spencer, sua mãe não o esqueceu, ela simplesmente não era forte o suficiente para fazer a coisa certa. E quanto a qualquer mulher que você amou que se esqueceu de você, bem, ela é uma idiota e indigna de você. Não há ninguém como você, e isso o torna inesquecível. E eu saberia, tenho perda de memória.

Ele bufa.

— Obrigado.

— Quem você amou? — pergunto, e gostaria de não ter feito. — Esqueça que eu perguntei, não é da minha conta.

— Considere a pergunta esquecida. Sem mencionar que estamos aqui para falar sobre você. — Ele me cutuca.

— Sim, isso é sempre divertido.

— Então, você e Henry...

Eu pisco, confusa sobre por que ele me perguntaria isso.

— Henry?

— Você não acha que foi ele quem lhe deu o anel?

— Você acha?

Ele nega com a cabeça.

— Não, mas é quem você se lembrava e queria.

— Só porque acordei como eu de três anos atrás. Mas, respondendo à sua pergunta, não, acho que ele não propôs. Se ele tivesse feito isso, e esse foi o anel que ele me deu, não há uma chance no inferno de que não teria pedido de volta. Além disso, o que você e Emmett disseram faz sentido.

— Emmett fez sentido?

Eu sorrio.

— Sabe que isso acontece de vez em quando. Realmente, as únicas duas opções que fazem sentido são eu o coloquei lá ou o cara que me deu o fez.

Spencer se apoia nos cotovelos.

— Você tem razão.

— Então, investigador de classe mundial Cross, como resolvemos o enigma?

— Deite-se ao meu lado — ele instrui.

— Hum, por quê?

— Apenas faça isso, Brie. — A voz de Spencer é parte aborrecimento, parte diversão.

Eu resmungo, fazendo o que ele pede.

— Agora, quero que mantenha seus olhos fechados.

Viro meu rosto para ele, olhos bem abertos.

— Por quê?

— Jesus, você é irritante.

— Você é enigmático.

— Eu estive em todo o mundo, lidei com chefes da máfia, políticos, realeza e líderes terroristas que são menos suspeitos do que você.

— Duvido disso — respondo.

Ele olha para mim, mas há humor por baixo.

— Eu juro, Brie, não vou te machucar. Quando eu estava na Argélia, entrevistei essa mulher, Yamina, que era conhecida por ser uma curandeira incrível. Pessoas de todo o país iam até ela para curar suas doenças. A história era que ela podia tocar alguém que estava sofrendo e, em poucos dias, eles começariam a se recuperar. Milagrosamente. Claro, pensei que era tudo besteira completa.

— Claro, porque você é a pessoa mais pessimista que eu conheço. — Eu rio.

— Realista. Há uma diferença — Spencer me corrige. — Eu tinha um ponto.

Estendo minha mão, insinuando que ele deveria chegar lá.

Há um bufo baixo de aborrecimento antes que ele continue. Eu adoro irritá-lo.

— De qualquer forma, fiquei lá por semanas, pronto para documentar cada truque que ela fazia. Eu tinha tanta certeza de que poderia desmascarar as alegações que estendi minha estadia por um mês. Às vezes, ela podia ajudar com uma erva. Outras vezes, era um elixir que ela contou uma vez que nada mais era do que água com gengibre e alguns outros ingredientes naturais. A maioria das pessoas que ela tocava não estava fisicamente curada, no entanto. O que ela fazia era abrir suas mentes para entender o que estava quebrado. Ela passava horas com elas, acalmando-as, permitindo-lhes toda a sua atenção. Yamina fazia com que elas se sentissem vistas e lhes dava esperança, curando-as em um nível espiritual. Ela era paciente, além de qualquer coisa que já vi. Não posso explicar porque algumas partes ainda não sei como foram possíveis.

— Então, você quer curar meu espírito? — pergunto, zombando dele um pouco.

— Eu queria poder. Inferno, pensei em levar você para algum lugar para encontrar alguém como ela.

— Ela ainda não está curando as pessoas?

Os olhos de Spencer caem para o padrão no cobertor.

— Ela faleceu há cerca de um ano.

— Você parece triste com isso.

— Eu estou. Ela era uma mulher notável. Muito mais intuitiva do que qualquer pessoa que já conheci. Ela nunca julgou ninguém que foi até ela. Tinha a capacidade mais incrível de todas de amar a todos. Quanto mais quebrado alguém estava, mais seu coração crescia por ele.

Não posso deixar de me perguntar...

— Ela te curou?

Agora seus olhos encontram os meus.

— Ela me ajudou a ver o que eu estava perdendo. Então, de certa forma, sim.

— O que você estava perdendo?

— Amor.

CAPÍTULO DOZE

Spencer

Estou oscilando em uma linha muito fina. Um passo e foderei tudo, o que não posso fazer.

É que estar com ela aqui, no mesmo lugar onde fiz o pedido, é demais. O jeito que seu cabelo voa na brisa. Como a luz do sol dança em sua pele e me faz querer puxá-la em meus braços e nunca mais soltá-la.

Brie parece surpresa e desvia o olhar.

— Então, você tem alguém? — Sua voz está hesitante.

— Tem alguém que eu amo, sim.

Não é uma mentira.

Seu sorriso é forçado.

— Bom, mas espero que ela não seja a garota de quem você estava reclamando.

Há esses momentos, como agora, em que juro que ela sente isso também. A atração um pelo outro e o fato de termos história, mesmo que ela não se lembre. O tom de sua voz que soa quase magoado por eu amar alguém ou como seus olhos não estão encontrando os meus porque ela está tentando esconder as emoções.

Está lá, sob o nevoeiro, só precisa levantar-se.

Escolho minhas palavras com cuidado.

— E se ela fosse?

— Então você precisa superá-la e encontrar outra pessoa.

Nunca. Eu nunca vou superar você.

— É como eu dizer para você apenas se lembrar.

Brie se vira de costas e fecha os olhos.

— Bem, vou deixar você fazer seu truque mental para que possamos ver se funciona. Quem sabe, na próxima vez que eu abrir meus olhos, possa me lembrar de tudo.

— Não vamos colocar tanta confiança em mim — falo baixinho.

Yamina trabalhou com um homem na aldeia que havia sido ferido e ainda lutava com seu passado. Ele conseguia se lembrar, mas esse era o problema. Ele precisava esquecer, porque a dor era demais. O acidente que lhe tirou sua família foi tão doloroso que ele estava literalmente morrendo por causa disso.

Vou fazer Brielle tentar a mesma meditação que Yamina me fez fazer e rezar para que eu tenha um grama de seus poderes.

— Mantenha os olhos fechados o tempo todo. Quero que relaxe, mantenha sua respiração estável e tente não se concentrar em nada até que eu diga.

— Você sabe que eu vou ver o amigo de Holden que Cora sugeriu que faz isso também, certo?

— O amigo de Holden não gosta de medicina holística, ele é terapeuta. Mas vamos fingir que isso é prática. Agora, feche os olhos e relaxe.

— Então, o que eu penso?

— Deixe os pensamentos irem e virem. O que quer que seja. Basta deixá-los entrar e sair, não se demorando em nada.

Brielle solta um suspiro profundo, suas mãos cerradas relaxam, e ela se aninha mais fundo no travesseiro improvisado de areia embaixo de si.

Levo um segundo e apenas a observo, olhando para seu longo cabelo loiro se espalhando ao redor dela. Eu faria qualquer coisa para beijá-la ou sentir seu corpo contra o meu, mas preciso ser paciente.

Isso não é exatamente algo em que sou bom.

— Respire fundo — eu a convenço. — Inspire e expire. Relaxe e ouça minha voz. — Ela faz o que peço, me dando sua confiança. Aproximo-me, deitando de lado, e passo meu dedo pelo rosto dela. — Calma, apenas respire.

Yamina sempre mantinha uma das mãos em seu paciente. Ela estava sempre os acalmando, então estou me permitindo esse pequeno pedaço.

Minutos se passam, e continuo a falar baixinho e acariciá-la. Brielle está relaxada o suficiente para que eu queira tentar empurrar sua memória.

— Diga-me o que está em seus pensamentos.

— Eles continuam se movendo — ela sussurra.

— O que você vê agora?

— Eu vejo um carro, um carro vermelho.

Uso cada grama de contenção que tenho para não a empurrar com mais força e apenas permitir que ela fale.

— Tem duas portas e não tem banco traseiro.

— Então, é pequeno?

— Sim, é um pouco. É muito bonito e quero conduzi-lo.

— Ok, mais alguma coisa?

— Isaac está fora dele.

Isaac comprou um carro que Addison odiava. Ela disse que era impraticável e estúpido, mas ele estava tão animado com isso. Ele sempre quis um pequeno carro esportivo vermelho, então era como se ele estivesse vivendo o sonho. Três dias depois, Addy descobriu que estava grávida e ele o vendeu na semana seguinte... para mim.

Esse carro está na minha garagem e só é conduzido em ocasiões especiais.

— Você o dirige, Brie?

— Não, não neste caso, pelo menos. Ele nem me deixa entrar.

E ele não deixava. Ela ficou brava com ele por uma semana.

— O que ele diz?

— Ele alega que não sou uma motorista boa o suficiente. — Há riso em sua voz. — Addison também está muito chateada. Ela continua dizendo que ele precisa devolver.

Venho à memória mais ou menos neste ponto. Eu espero, prendendo a respiração.

Quando ela não o faz, eu a encorajo ainda mais.

— E?

— Eu não... o reconheço.

— Você está indo muito bem — eu digo, perto o suficiente para que possa sentir seu calor. Movo a mão para sua bochecha, descansando lá levemente. Ela se inclina em meu toque, e estou desesperado por ela. Quero tanto sentir seus lábios que está me matando.

— O que está acontecendo, Brie? — pergunto, forçando-me a falar para não fazer o que quero.

Mas então ela aproxima seu rosto do meu. Inalo sua respiração, nós dois compartilhando o mesmo ar. Ela está tão perto, e eu a quero demais. Movo meu polegar em sua bochecha.

— Addy está chateada — ela repete.

Fecho meus olhos, deixando-me flutuar um pouco mais perto, meu coração trovejando contra minhas costelas. Eu não posso fazer isso. Eu não posso beijá-la. Não agora e não assim. Afasto-me, odiando-me por querer tanto.

Assim que o faço, o calor desaparece e uma brisa fresca beija minha pele. Imediatamente, os olhos de Brielle se abrem e ela está se levantando.

— Foi embora! Não! Foi embora.

— O quê?

— Tudo! — ela grita e joga seus braços em volta de mim. Eu a agarro com força, sentindo o pânico irradiando através dela. Brielle começa a chorar, seu corpo tremendo a cada soluço. — Foi embora. Não consigo me lembrar de mais nada.

— Está bem. Isto vai acontecer.

Ela se afasta, lutando para ficar de pé com os braços em volta da cintura.

— Não está bem. Eu estava vendo. Acho que foi real, mas não sei.

— Foi real. Isaac comprou um carro vermelho, ele não deixou você dirigir e Addy não ficou feliz.

Uma mistura de alívio e dor brilha em seus olhos azuis.

— Eu me lembrei, e então... simplesmente parou. Eu queria lembrar o que aconteceu em seguida, mas o que quer que fosse, simplesmente desapareceu. Eu podia ver alguma coisa na minha periferia, e então só... acabou. Por quê? Por que foi embora? O que havia que minha mente não me permite ver?

Eu. É disso que ela não está se lembrando. As memórias que me incluem. Houve pequenos vislumbres e todos eles desapareceram assim que entrei em cena.

Eu me levanto, empurrando minhas próprias frustrações, e vou até ela.

— Desculpe, Brie.

Ela balança a cabeça, negando.

— Não, você não entendeu. Henry me disse algo e não consigo parar de pensar nisso.

Novamente o fodido Henry. Henry, o babaca que sempre a colocava por último. O cara que teve uma segunda chance com a mulher mais linda e incrível, mas jogou fora porque o trabalho era mais uma prioridade. Eu não dou a mínima para nada que esse pedaço de merda tenha a dizer.

A raiva ferve, e dou um passo para trás.

Brie continua:

— Ele disse que o que quer que eu esteja esquecendo é algo do qual minha mente está me protegendo. Como se minha cabeça soubesse que preciso esquecê-lo. É por isso que ele pensou que talvez fosse o nosso rompimento, que acabou sendo completamente incorreto.

O ar é empurrado dos meus pulmões como se eu tivesse levado um soco.

— Você realmente acha que essa pessoa que você esqueceu é ruim?

— Como não posso achar, quando ele está longe de ser encontrado? Quer dizer, não posso descartar isso como uma possibilidade. Nem tenho ideia de quanto tempo ele e eu estávamos juntos.

Nove meses.

— Não tenho ideia se começamos a namorar depois que Henry e eu terminamos ou se terminei com Henry por causa desse cara novo.

Não. Você não o fez.

— Eu… não consigo parar de me perguntar se talvez tenha sido quem fez isso comigo? Que, quando entrou na minha vida, ele a arruinou.

Eu nunca te machucaria.

Não posso dizer isso a ela. Não posso dizer nada a ela. Nós não estávamos juntos naquela época, e não posso nem corrigi-la.

— Talvez seja verdade. — Não seria a primeira vez que uma mulher me dizia isso. Minha mãe falava diariamente. Cheguei e estraguei tudo. — Eu sei que você está com raiva de tudo isso. Você tem todos os motivos para estar preocupada, mas pare um segundo para perceber o que acabou de acontecer.

Seus olhos azuis encaram os meus.

— O quê?

— Você se lembrou de algo. Você pôde ver as coisas, se lembrar delas e sentir o que estava acontecendo. Isto não foi o gosto de um charuto ou encontrar um anel. Foi uma memória *real*.

Eu tenho que segurar isso. Não importa o que, ela se lembrou de algo. Pode não ser o que eu queria, mas isso é sobre ela.

Uma lágrima cai por sua bochecha, deixando um rastro preto atrás dela.

— Eu só queria que fosse a certa.

CAPÍTULO TREZE

Brielle

— Vou sentir tanto a sua falta — digo a Addy, quando a abraço novamente.

— Eu estarei de volta antes que você perceba.

— Não será em breve. — Beijo a testa de Elodie uma última vez e a entrego.

Até agora, não fiz nada além de assistir filmes. Se há uma vantagem na perda de memória, é essa. Não tenho ideia do que já vi antes, então eu assisto tudo que está sendo transmitido pela primeira vez novamente.

Addison se inclina e beija minha bochecha.

— Seja gentil consigo mesma. Você chegará lá. Eu tenho fé.

— Estou tentando.

— Você tem um compromisso hoje?

Eu concordo.

— Sim. O amigo de Holden de Seattle é especialista nesse tipo de trauma. Ele parece ter sucesso com a recuperação da memória, então estou esperançosa.

— Spencer vai levar você?

— Não, Emmett.

Addison sorri e então se vira.

— O quê? — pergunto.

— Nada.

— Isso não foi nada.

— É engraçado que você pediu a Emmett em vez de Spencer.

Não estou entendendo o que torna isso engraçado.

— Tenho outros amigos.

— Sim, mas não outros caras que você deseja.

Olho para minha cunhada.

— Você provavelmente deveria pegar a estrada. Tem uma longa viagem pela frente.

Addy solta uma risada.

— Estou dizendo que você sempre teve sentimentos por ele.

— Talvez, mas ele nunca teve sentimentos por mim. Sou aquela garota chata que o seguia com olhos de cachorrinho. Não tenho ilusões sobre como ele me vê.

— Entendo. Não estou discutindo, mas você tem que admitir que é engraçado.

Reviro os olhos.

— Isso se chama autopreservação.

Addison acomoda Elodie em seu assento de carro e então fica do lado de fora da porta do motorista.

— Isaac costumava brincar sobre como você nunca encontraria ninguém porque estava tão apaixonada pela ideia de Spencer.

— Ele nunca disse isso para mim.

— Eu ameacei cortar suas bolas se ele o fizesse. Era melhor para ele fingir ignorância sobre sua paixão, já que ninguém seria bom o suficiente para você.

— Ele era tão preocupado.

— E amava com todo o coração.

Tive muita sorte de tê-lo como irmão.

— Amava, e você pegou a maior parte disso.

Seu sorriso é suave.

— Sinto muita falta dele. Todos os sonhos que tínhamos se foram, e estar aqui é tão difícil.

— Ir para a Pensilvânia não vai fazê-los ir embora ou mudar, Addy. Você vai sentir falta dele lá também.

— Eu sei, mas não terei que vê-lo em todos os lugares para onde eu olhar. Não há um único lugar nesta cidade que não tenha uma memória dele. Jurei que o ouvi no chuveiro dois dias atrás, cantarolando qualquer música que fosse popular entre as crianças. Fiquei tão feliz porque, por uma fração de segundo, tive certeza de que meu pesadelo havia acabado e ele estava aqui. Quando percebi que estava ouvindo coisas, isso me quebrou. Não posso fazer isso. Tenho que me dar algum tempo para resolver minha dor.

— Eu realmente espero que você consiga.

— Eu também. E, se eu não conseguir, estarei de volta aqui mais cedo do que você pensa.

— E se você encontrar essa paz lá, ainda vai voltar para casa? — pergunto, brincando apenas um pouco.

Addison sorri.

— Esta é a minha casa. Você é minha irmã, e... — Addison olha para Elodie no banco de trás. — Isaac gostaria que estivéssemos aqui.

Isaac gostaria que ela fosse feliz, independente do CEP no qual ela reside.

— Promete que vai ligar?

— Prometo. Promete que vai a todas as suas consultas médicas?

Eu rio.

— Sim. Prometo.

— Bom. — Addison me puxa para um abraço apertado e, quando solta, nós duas temos lágrimas. — Amo você.

— Sempre.

É o que Isaac diria. Ele nunca respondia "amo você também" ou qualquer outra coisa.

Eu a vejo ir embora e meu coração afunda. Sei que é o que ela precisa, mas vou sentir muito a sua falta.

— Sou o Dr. Girardo — diz um homem alto e esguio ao estender a mão.

— Brielle, prazer em conhecê-lo.

— Você também. Conheço o Dr. James há muito tempo e ele me contou muito sobre o seu caso.

— Eu conheço Holden desde que tinha oito anos — falo com um sorriso. — Espero que você possa me ajudar.

Dr. Girardo estende a mão, indicando que eu deveria me sentar.

— Bem, eu certamente posso tentar. Há muito que não sabemos sobre o cérebro, o que torna os ferimentos na cabeça especialmente frustrantes.

— Nem me fale.

Ele ri e cruza uma perna sobre o joelho.

— Eu poderia te entediar por horas, mas não é nisso que precisamos focar. Sei que você já passou por recontar isso várias vezes, mas por que não me explica a última coisa de que se lembra?

Eu realmente odeio isso. Mas Holden foi enfático ao dizer que, se havia alguém que pudesse ajudar, seria ele. Então, aqui vai.

Depois do que parecem horas de conversa, solto uma respiração pesada e me sento.

O Dr. Girardo continua a fazer anotações e depois abaixa seu bloco de notas.

— Quero ser honesto com você, Brielle, você foi um pouco além do que sei que foi seu último ponto de parada.

Eu me animo com isso.

— Sério?

— De acordo com seus registros, sua última lembrança foi de voltar para Rose Canyon cerca de seis meses após a formatura. Em nossa conversa, você se lembrou da entrevista para o emprego no centro juvenil que Jenna possui e mencionou almoçar com seu irmão depois.

Meu queixo cai frouxo.

— Eu o fiz? — Começo a vasculhar o que disse, estava tão perdida nas memórias que não percebi onde parei.

Mas aí está.

Fui à entrevista no centro juvenil da cidade. Lembro-me de Jenna estar lá com uma mulher chamada Rachelle. Ela estava vestindo uma blusa laranja brilhante com calça cinza. Ela era calorosa e gentil, lembrando-me de um dia ensolarado, e foi por isso que achei sua blusa tão apropriada. Ela exalava luz. Jenna me disse que ela era uma supervisora incrível e nós nos daríamos bem.

— Lembrei-me daquela entrevista — digo mais para mim mesma.

— Você lembrou.

— E encontrei Isaac na escola depois — digo a ele novamente, como se ele já não soubesse disso.

Dr. Girardo sorri.

— Você se lembrava deste evento antes de hoje?

Nego com a cabeça.

— A única outra coisa que lembro é que meu irmão estava com um carro que não me deixou dirigir. Teria acontecido mais ou menos na mesma época — penso.

— Por quê?

Eu olho para ele, um sorriso lentamente se formando em meus lábios.

— Saímos naquele carro para almoçar. Ele disse que queria dirigi-lo mais uma vez antes que ele desaparecesse.

— Conte-me sobre essa memória.

Eu me lanço na viagem à praia e como Spencer me ajudou a relaxar o suficiente para deixar minha mente vagar.

— Apenas parou, no entanto. Como água escorrendo pelos meus dedos, uma vez que a última gota caiu, a memória também.

Ele esfrega o queixo.

— O que você estava sentindo durante essa memória?

— Não sei.

— Leve um segundo para pensar sobre isso. Tente voltar para aquela praia com Spencer. Pense no calor do sol e no som das ondas. O que você estava sentindo no momento e não na memória?

Empurro a parte da memória para fora e faço o que ele diz, lembrando-me das outras coisas ao meu redor.

— Eu estava quente. Lembro-me de sentir esse calor, não apenas do sol, mas de tudo ao meu redor.

— E os cheiros?

— O ar salgado, com certeza, e Spencer.

— Qual é o cheiro dele? — pergunta o Dr. Girardo.

Eu sorrio.

— Como sol e ar fresco com um toque de couro. Ele cheira a segurança.

— Qual é a sensação de segurança?

— Esperança e felicidade.

— Então, quando você está com Spencer, você se sente segura e esperançosa?

Eu olho para ele rapidamente.

— Não. Quero dizer, sim, mas não assim.

— Ok, eu entendo. Ele é mais como um amigo de confiança com quem você pode contar para ouvir e nunca julgar. Isso soa preciso?

— Tudo o que dizemos aqui é confidencial, certo? — pergunto, não querendo me preocupar que Holden saiba da minha paixão ridícula.

Dr. Girardo avança.

— Por lei, não posso divulgar sobre o que conversamos a menos que você me dê permissão para consultar o Dr. James.

O gemido cai dos meus lábios.

— Não, eu sei que você e Holden estão trabalhando para o mesmo objetivo, mas se você pudesse deixar essa parte fora de suas notas oficiais, seria ótimo.

— Você tem sentimentos por Spencer — ele adivinha.

— Desde os treze anos.

— Eles são recíprocos?

— Deus, não! — explodo. — Ele nem sabe. Bem, tenho certeza de que ele sabe. Acho que todo mundo sabe, mas todos me deixam ter a ilusão do meu segredo.

Ele sorri.

— Mas mesmo que seus sentimentos sejam mais profundos do que amizade, você se sente confortável o suficiente para pedir a ajuda dele e confiar nele para cavar seu passado?

— Não há ninguém em quem confio mais.

— Ok, então vamos voltar para a praia por um momento. Você disse que estava deitada, sentindo o calor do sol e de Spencer. Você sentiu o cheiro do ar salgado e dele. Fale-me sobre o que aconteceu logo antes de você ser sacudida da memória.

Fecho os olhos e me coloco lá novamente. Posso ouvir as ondas quebrando na praia e o som de dois pássaros no alto. Eu estava lá, rindo quando Addison informou a Isaac que o carro não ia ficar, e então, foi como se o calor tivesse acabado.

— Não sei o que foi, mas sumiu. Senti frio e solidão e... tudo foi embora.

— Você perguntou a Spencer?

— Não, eu estava muito chateada. Queria tanto que essa memória ficasse. Fiquei feliz e senti que ia ficar bem, e então fiquei apavorada.

Conversamos um pouco mais e ele faz perguntas sobre a memória e a praia. Eu respondo tudo o que posso da maneira mais completa possível, esperando que ele seja capaz de me dizer como me lembrar mais do meu passado.

O alarme do Dr. Girardo toca e ele suspira.

— Eu adoraria continuar falando, mas parece que nosso tempo acabou. Cobrimos muito, e é importante descansar tanto quanto trabalhar. Eu gostaria que você mantivesse um diário de memórias ou sonhos. Podemos revisá-los todas as vezes. Além disso, você deve tentar meditar todas as manhãs. Uma das chaves para a sua recuperação é cuidar de si mesma. É como a regra sobre colocar a máscara de ar para si mesmo antes de seu filho, você não pode salvar outra pessoa se não se salvar.

Eu vou matar Holden por isso.

— Eu não preciso ser salva. Preciso operar a salvação.

— E esse é o objetivo para o qual demos nosso primeiro passo hoje, quer você perceba ou não.

Ele tem razão. Acho que não conseguimos nada hoje. Não obtive nenhuma resposta, apenas repassei todas as porcarias que já sabíamos.

— Eu não acho que você está certo. Não estou diferente de quando entrei.

— Isso não é verdade.

— Ainda não tenho lembranças de quem matou meu irmão e tentou me matar.

Ele concorda.

— É isso mesmo, mas aprendemos muito.

— O que aprendemos? — pergunto, com frustração.

— O que procuro é um padrão ou algo que indique como o cérebro pode ser acionado. Para você, é medo e conforto. — Quando não digo nada, ele continua: — O que você pensaria se eu lhe dissesse que já nos encontramos várias vezes antes?

Minha frequência cardíaca acelera e minha respiração fica mais rápida. O quê? Nós? Por que isso continua acontecendo? Como eu poderia me sentar aqui e conversar, e ele não mencionar se já o fizemos antes?

— Brielle? — ele pede. — Diga-me exatamente o que você está sentindo. Descreva tudo.

— Estou com raiva. Estou com tanta raiva, porque todo mundo esconde coisas de mim. Nós já nos conhecemos? Quando?

— Essas são perguntas e não a resposta para o que perguntei. Diga-me o que você está pensando e suas emoções.

Meus olhos se enchem de lágrimas de frustração, e eu coloco tudo para fora.

— Eu me sinto magoada e triste. Neste momento, estou com frio e meu coração está acelerado. O tremor em minhas mãos torna tudo pior.

Porque, se já nos encontramos antes e eu não me lembro, então quem pode dizer que não passo por uma dúzia de outras pessoas que conheci e das quais não me lembro? É aterrorizante.

Ele se inclina para frente para que pegue meus olhos.

— Posso garantir que não nos conhecemos antes de hoje, e sinto muito por causar-lhe angústia, mas deixe-me perguntar outra coisa. — Depois de um segundo, aceno minha permissão. — Antes, quando pedi para você contar a memória do carro do seu irmão, o que passou pela sua cabeça?

Olho para cima, enxugando a lágrima estúpida que caiu.

— Não sei.

— Acho que você sabe. É a mesma coisa que você sentiu na praia.

Meus lábios tremem quando a verdade cai ao meu redor.

— Eu me senti segura.

— Sim, você se sentiu confortável e segura. Você não estava se afogando em medo. O que eu gostaria de focar é ajudá-la a estabelecer o controle, o que espero ser um grande passo para ajudá-la a recuperar suas memórias.

— Como posso controlar isso? Como faço para me livrar disso?

Ele sorri.

— Comece a manter uma lista de tudo que você sabe que é real. Concreto e absoluto. Vamos falar sobre isso em nossa próxima sessão.

CAPÍTULO QUATORZE

Spencer

— Jogue — Emmett diz, quando bate no feltro verde.

— Você vai perder — adverte Holden.

— Eu vou estourar seu lábio se você não calar a boca.

Esta noite é a última de Holden na cidade. Ele decidiu voltar para casa depois de sua ligação com o Dr. Girardo, sobre a qual ele está de boca fechada.

— Deixe-o perder, é o dinheiro dele — falo, dando a carta que ele pediu.

Emmett amaldiçoa.

— Caramba. Eu precisava de um três.

— Você precisa aprender a jogar — observa Holden. — Você não bate quando precisa de um três. É como se não pudesse contar.

— Posso contar o número de vezes que você me irritou.

Eu bufo.

— Você pode contar tão alto?

Emmett vira para nós dois.

Olho para a tela, que mostra uma transmissão ao vivo da porta de Brielle, perguntando-me se ela está bem. Ela chegou em casa cerca de três horas atrás e não saiu desde então.

Minha mente está uma bagunça o dia todo. Eu continuo vendo-a naquela praia, cabelos loiros caindo pelas costas e o sol em seu lindo rosto. Minha mente queimou as imagens daquele short e da regata que mostrava cada curva de seu corpo perfeito. Eu queria puxá-la em meus braços e beijá-la até que ela não pudesse fazer nada além de se lembrar de nós, mas não posso fazer isso.

Não, em vez disso, tenho que olhar para uma foto na minha cômoda, traçando seu rosto com o dedo sobre o vidro.

— E você, Spencer? — Emmett pergunta.
— O quê?

Holden ri.

— Ele nos ignora como minha ex-mulher.
— Falando em ex — pego a deixa —, você viu Jenna hoje?

Todos nós sabemos que ele viu. O escritório de Jenna fica ao lado do único lugar na cidade que serve almoço. Ela está lá todos os dias à mesma hora, que por acaso é quando ele se encontrou com o Dr. Girardo.

— Não lembro se vi.

Emmet ri.

— Claro que não.
— Ela está ótima.

Ele revira os olhos.

— Ela sempre esteve. Isso nunca foi um problema.
— Qual era o problema?
— Não sei, talvez o fato de que tínhamos vinte anos, estúpidos, e pensávamos que sabíamos no que estávamos nos metendo e depois percebemos que não sabíamos. Além disso, ela não é a única pessoa que já namorei. Não sou um monge.

Não, mas ele não fala sobre elas. Bem, além daquela garota com quem ele ficou quando estava visitando sua tia. Aquela foi uma noite divertida.

Ele só falou sobre o que aconteceu com Jenna uma vez, e estava muito bêbado. Ele disse que foi uma semana antes de ir para a faculdade de medicina, que voltou para casa depois de estudar até as três da manhã na biblioteca para encontrá-la com as malas prontas. Do jeito que ele conta, ela alegou que estava infeliz, e ele a amava demais para ser o motivo de sua infelicidade.

Então, eles se divorciaram e são civilizados desde então.

Embora todos nós saibamos que ele lutou com o fato de não ser suficiente para ela.

— Você tem quase quarenta e ainda é estúpido — contribuo, prestativo.

Emmett levanta seu copo.

— Essa é a verdade. De qualquer forma, eu queria perguntar se você vai ao jantar na próxima semana?

— Aquele no qual eles nomeiam você Homem do Ano?

É a coisa mais estúpida que esta cidade faz. Eu juro, temos prêmios para tudo. Normalmente, o vencedor é o prefeito ou um vereador da cidade, porque eles compõem o comitê. Esta é a primeira vez que escolhem alguém fora de sua irmandade.

Emmett Maxwell foi nomeado Homem do Ano, como eles chamam, e todos nós devemos ir. Não porque ele fosse a melhor escolha, mas porque Isaac havia lançado um grande argumento alguns anos atrás sobre como as mesmas pessoas sempre são indicadas e vencem. Depois disso, ele conseguiu uma indicação, não ganhou e enlouqueceu novamente. Então, eles nomearam Emmett desta vez. Nunca pensamos que ele venceria, mas aqui estamos.

— Se eu puder — respondo.

— Você pode levar Brielle com você?

Viro-me para ele.

— O quê?

— Brielle, a garota do outro lado do corredor com quem você passa a maior parte do tempo. Isso te lembra alguém?

— Eu sei quem ela é, idiota. Estou perguntando por que eu a levaria.

Emmett resmunga.

— Ela precisa de uma carona, e pensei que poderia levá-la, mas tenho que estar lá com horas de antecedência para revisar a cerimônia.

Holden ri.

— Você simplesmente não sobe no palco e recebe o prêmio?

— Aparentemente — Emmett diz —, há mais do que isso. Eu também preciso ter meu discurso aprovado. — Ele se vira para mim. — O qual você precisa escrever.

— Eu não estou escrevendo — falo rapidamente.

Eu estou quebrado. Sou um escritor premiado que não consegue escrever.

— O que você quer dizer? Quem mais o escreveria?

— Aqui está uma ideia... você.

Ele revira os olhos.

— Eu pego bandidos e protejo as velhas senhoras atravessando a rua. Não escrevo discursos.

— Aí está. — Holden dá um tapa nas costas de Emmett. — Você acabou de escrevê-lo. Embora, você realmente não esteja fazendo um ótimo trabalho com a captura de bandidos, já que há um assassino correndo por aí. Talvez omita essa parte.

Dou uma risada e olho para o meu telefone quando ele vibra com uma mensagem.

> Brielle: Você pode fazer uma grande investigação sobre uma Rachelle Turner?

> Eu: Por quê?

> Brielle: Porque eu te pedi e você deveria estar ajudando, o que você não está neste momento.

Eu sorrio, imaginando o rosto dela ao digitar isso.

> Eu: Seu laptop está quebrado?

O que Brielle não sabe é que tenho acesso remoto ao computador dela e já sei que ela fez uma busca há cerca de uma hora.

> Brielle: Não, mas nem sei por onde começar.

Isso vai irritá-la totalmente.

> Eu: Pelo começo.

> Brielle: Você é um idiota.

> Eu: Isso é verdade. Vou fazer algumas investigações esta noite.

> Brielle: Obrigada. Tive um dia difícil, então vou dormir. Minha cabeça está latejando.

Eu gostaria de poder ir até lá e abraçá-la durante a noite.

> Eu: Espero que se sinta melhor. Falo com você amanhã.

> Brielle: Você está em casa?

> Eu: Não, estou fora.

 Não quero dizer a ela que estou na casa ao lado ou que estou aqui na maioria dos dias apenas para estar perto caso ela precise de mim. Emmett acha que é porque eu quero estar com ele, o que não quero.

> Brielle: Encontro legal?

> Eu: Não acho que nenhuma dessas duas criaturas seja particularmente atraente.

> Brielle: Duas? Uau.

> Eu: Não são meu tipo.

 — Você vai encontrar ou mandar mensagem para qualquer garota com quem está transando agora? — Holden pergunta.
 — Eu não estou transando com ninguém.
 Emmet ri.
 — Okay, certo. Você nunca está sem uma mulher no braço.
 Claro, fiz tudo o que pude para cultivar esse equívoco na minha vida pessoal. Sempre fui visto com alguma garota e nunca com a mesma duas vezes. Principalmente porque eu queria algo fácil e a ideia de estar em um relacionamento era exaustivo.
 Estar em relacionamentos superficiais era muito mais satisfatório. A garota não achava que seríamos mais, e eu nunca dava a mínima para o que ela fazia.
 — Bem, agora estou.
 Holden esfrega o queixo.
 — Sabe, faz um tempo desde que te vi com alguém.
 Emmett franze o rosto.
 — Ele tem razão. Não vi você com ninguém desde que voltou para a cidade.
 Não desde que vi Brielle depois que meu artigo sobre a guerra foi publicado.
 — Eu cresci — falo, esperando que eles larguem isso.
 Emmett, que fez sua própria passagem no serviço e viu tanto quanto eu, responde:

— Acho que é outra coisa.

— Tenho certeza de que você pode entender isso, Em.

Ele acena com a cabeça, e um momento de cumplicidade se passa entre nós.

Minha equipe viveu mais de dezoito meses de inferno absoluto no mesmo país que a dele. Foi concedida uma permissão para eu seguir uma equipe militar de elite com o entendimento de que não podia relatar o que eles fizeram, apenas o que descobriram. Mas, ainda assim, experimentamos muitas das mesmas coisas que Emmett fez.

Toda a razão pela qual eu solicitei aquela tarefa foi por causa de Emmett. Ele tinha acabado de passar pelo treinamento das Forças Especiais. Havia esse medo profundo, que me mantinha acordado à noite, de que ele não conseguiria voltar.

Se eu pudesse estar lá.

Se eu pudesse estar perto, então talvez pudesse ajudar.

Foi uma loucura, e Isaac era a única pessoa que sabia a verdade.

Em vez de tentar me convencer a desistir, ele me encorajou a ir. Emmett é nosso irmão, e não há nada que eu não faria para proteger alguém que amo. Então, passei por um ano de treinamento deles, porque não haveria esforços para salvar minha vida, e fui para a guerra.

As coisas que eu vi. Os sons e cheiros são coisas que nunca me deixarão. Esse artigo me rendeu um Pulitzer e, desde então, não escrevi uma única palavra.

O que diabos eu poderia escrever? Nada jamais chegará ao mesmo nível.

Eu ando de volta para a mesa, e Emmett toma o lugar de crupiê.

— Você sabe que Holden acaba com a gente a cada rodada.

Holden sorri.

— É porque vocês dois não respeitam meu intelecto superior.

— Você pode ser inteligente, mas é um idiota do caralho — Emmett diz, distribuindo as cartas.

— E isso não faz sentido.

Emmett olha para mim.

— Você sabe o que eu quero dizer?

— Sim, e eu concordo. Ele é o idiota mais inteligente que eu conheço.

Todos rimos e jogamos algumas rodadas. Holden e eu disputamos, e ele ganha duas das cinco. A única coisa que Holden não pode fazer é perder graciosamente.

— Mais duas — ele exige.

Emmett se inclina para trás, um sorriso de merda no rosto.

— Não faça isso, Spencer. Deixe-o perder.

Quando estou prestes a dizer a ele para beijar minha bunda, meu telefone acende e vejo que tenho cerca de vinte alertas do laptop de Brielle.

SPENCER CROSS
MODELO SPENCER CROSS
SPENCER CROSS HISTÓRICO DE NAMORO
COM QUEM SPENCER CROSS ESTÁ NAMORANDO AGORA?
SPENCER CROSS ARTIGO PULITZER
ÚLTIMA NAMORADA DE SPENCER CROSS

A lista continua enquanto ela tenta cavar minha história, e não consigo parar a pontada de excitação porque ela está me pesquisando. Significa que está pensando em mim. Isso significa que ela não consegue dormir, e tudo o que eu disse pesou em seu coração. Embora eu não saiba o que ela vai encontrar, isso não importa, porque significa que ela se interessa. Ela também quer saber se estou namorando alguém.

— Spencer? Você está pronto para que eu pegue todos os seus ganhos?

Um pouco presunçoso graças aos alertas, eu me viro para Holden.

— Vamos jogar. Eu poderia usar um pouco de dinheiro extra para gastar.

— Bom dia — falo, segurando uma xícara de café na frente de Brielle.

— Você parece feliz.

— Sempre fico feliz quando tenho uma boa noite.

Seu sorriso vacila um pouco, mas ela se recupera.

— Que bom que você e seus dois encontros se divertiram.

Eu rio.

— Meus encontros foram Emmett e Holden, e eu me diverti muito pegando todo o dinheiro deles.

Os cílios de Brielle tremulam, e ela prende a respiração.

— Por que você não disse isso? Eu... sou estúpida. Sinto muito.

— E te incomodaria se fossem duas garotas? — pergunto, provocando-a um pouco.

— Claro que não. Não é da minha conta quem você namora ou o que quer que você faça.

Ela fala rapidamente, o que é um sinal claro de que está muito incomodada com isso. Bom. Eu quero que isso a incomode. Quero que a ideia de mim e de outra mulher a deixe com raiva, porque ela é a única mulher que eu quero.

— E se eu te disser que faz muito tempo desde...

Ela levanta a mão.

— Sério, não é da minha conta.

Ah, Brielle, se não fosse um risco para o caso da promotoria, eu te contaria tudo. Eu cairia de joelhos, confessaria tudo e imploraria para você me amar novamente. Eu cortaria meu coração do peito e te daria, se isso significasse que devolveria suas memórias.

— Tudo bem — falo e tomo um gole do meu café. — Emmett me pediu para levá-la para aquela cerimônia do Homem do Ano em alguns dias.

Ela solta um longo suspiro.

— Eu odeio essa coisa estúpida.

— Todos nós odiamos.

— Isaac quase fez xixi em si mesmo quando foi indicado.

Faço uma pausa, porque ele foi indicado há dois anos.

— Ele fez?

Ela acena.

— Sim, ele continuou falando sobre ser uma honra incrível e o que faria se vencesse. Porque aquela vaga privilegiada de estacionamento em frente à prefeitura é um grande prêmio. — Brie toma um gole e então olha para mim. — O quê?

Não quero salientar que ela acabou de se lembrar de algo novo, porque não quero que ela comece a pressionar por mais. Quero que ela fique relaxada e talvez ela se lembre mais.

— Nada. Isso é para você.

Ela pega a pasta que contém as informações que pediu sobre Rachelle Turner e o centro juvenil. Brielle abre e vai até o sofá antes de folheá-la. Desenterrei algumas informações que ela não encontraria em suas buscas simples. Coisas como os registros financeiros e participações públicas.

— Uau — diz, quando chega à página que mostra os lucros. — Eles estão indo bem.

— Eles têm dois grandes benfeitores.

— Mas são recentes — ela observa.

— Eles são. Parece que o segundo doador apareceu há cerca de um ano.

— Jenna mencionou quando fiz a entrevista que ela era uma benfeitora. Tinha imaginado que fosse a empresa dela na declaração.

— Qualquer coisa em laranja é o que eu assumi ser a organização sem fins lucrativos de Jenna.

Nós vasculhamos os papéis e fazemos anotações nas margens. É bom pra caralho fazer isso. Pela primeira vez em mais de três anos, há uma leve emoção em investigar. Eu adorava essa parte. Cada detalhe pode levar a algo maior, e gosto da ideia de encontrá-lo.

Brielle coloca o café na mesa e pega uma caneta, circulando duas quantidades.

— Essas duas não são doações e são quantias quase idênticas, com desconto de apenas três centavos.

— Ambos um pouco abaixo do valor que você tem que declarar ao governo também.

Seus olhos encontram os meus.

— O que você quer dizer?

— Qualquer depósito acima de dez mil é relatado, mas estes foram feitos com oito dias de intervalo, então eles provavelmente não foram sinalizados. Mas olhe para isso. — Aponto para outro item de linha no extrato. — São seis saques em um período de quarenta e oito horas. Todos eles são pequenos o suficiente para não se destacarem para ninguém.

— Isso é importante? — Brie pergunta.

— Poderia ser.

— Por que eu estaria examinando os registros financeiros do meu trabalho? Como eu teria acesso a isso?

— Não sei.

— Existe alguma coisa aqui que explique as retiradas?

— Não, esses tipos de registros demoram um pouco mais para serem acessados, mas estou trabalhando nisso.

Vasculho outra pilha e entrego para ela. É uma lista de funcionários compilada com datas de contratação e quaisquer rescisões.

— Onde você conseguiu isso?

— Tenho fontes, Brie, e não as divulgo.

Ela revira os olhos.

— Ok, Sr. Misterioso. Posso presumir que estes não são meus, no entanto?

— Sim, estes vieram de outro lugar.

— Qual é a sua teoria? Que talvez eu tenha visto discrepâncias e pesquisei sobre Rachelle por isso?

— É possível, mas por que você não veio até mim ou Emmett? Por que manteve tudo isso quieto? — Embora eu entenda que seja uma coisa do trabalho e que levar aos outros não seja normal, compartilhamos nossos dias. Conversamos sobre tudo. Ela me contava histórias sobre seu colega de trabalho que dava em cima dela constantemente ou das crianças quando faziam algo divertido. Ela não me dizer é o que mais me preocupa.

Ela se recosta no sofá, puxando as pernas para baixo de si.

— Não sei. Eu teria contado a Isaac e ele provavelmente teria contado a você e Emmett. Se fosse assim, você saberia de tudo isso e então eu teria ido ao meu chefe. Isso realmente não faz sentido.

A mente dela é uma coisa linda.

— Acho que você está certa. Se você tivesse ido falar com Isaac, ele teria mencionado. Então, não tenho ideia do que significam esses depósitos e saques. Não podemos tirar conclusões precipitadas, apenas seguir os fatos. Até agora, sabemos que houve dois depósitos que parecem errados. Vamos continuar olhando e ver se há mais alguma coisa estranha.

Ela volta para os papéis, circulando coisas diferentes antes de me entregar. Não à toa, ela seria uma jornalista incrível. Está olhando para tudo criticamente e examinando coisas que a maioria das pessoas descartaria como inconsequentes. É impressionante.

— Olha. — O olhar de Brie encontra o meu, e ela estende o papel. — Esses depósitos e saques são menores e há mais deles, mas é o mesmo padrão novamente.

Com certeza, ela está certa.

— Você os somou?

Ela nega com a cabeça.

— Estou começando a ficar com dor de cabeça.

— Por que você não faz uma pausa e eu os calculo? Tenho a sensação de que esse total será maior do que os dois últimos.

— É muito dinheiro ao longo de um mês — ela concorda.

Começo a destacar e fazer as contas. A quantidade é impressionante.

— Mais de vinte mil dólares.

— Por que alguém não iria querer fazer uma doação desse valor de uma só vez? É uma instituição de caridade, certo?

— Não é uma instituição de caridade, é financiada pela cidade.

Seus olhos se arregalam.

— Espere, então é financiado com recurso público?

— Sim. Desde cerca de um ano atrás. — Entrego a ela a papelada detalhando a transferência. A cidade queria fornecer um lugar para todas as crianças da região.

— Mas eles estão recebendo grandes doações de vinte mil dólares quase que mensalmente. Se eu estivesse ciente de algo impreciso acontecendo, poderia haver mais em meu escritório?

— Isso é o que me pergunto, mas, se você estava ciente, não há nenhum registro disso aqui.

— E você não tem ideia do que é isso? — ela pergunta.

— Sobre isso? Eu só sei o que você sabe. Juro. — Gostaria de ter pesquisado isso, porque pelo menos eu teria alguma porra de ideia do que poderia estar na papelada que faltava no escritório dela. — O que aprendi é que quando o dinheiro está envolvido com corrupção, não há muito que alguém não faça para silenciar os outros.

Até matar.

CAPÍTULO QUINZE

Brielle

Não sei se alguma vez estive tão confortável. Tudo ao meu redor parece quente, e eu poderia dormir assim para sempre.

Eu me contorço mais nos cobertores, sem me lembrar de nada sobre como cheguei aqui. Spencer e eu estávamos na sala, conversando sobre o fato de que eu poderia estar trabalhando para um bando de criminosos, então minha cabeça começou a latejar. É isso.

Pela primeira vez, porém, não estou perturbada com a falta de memória. Se for o início de uma enxaqueca, realmente não tenho vontade de recordar. Não, prefiro ficar aqui no êxtase.

Deixo escapar um suspiro de contentamento e ouço uma risada baixa, que faz meus olhos se abrirem.

Quando vejo a fonte do som, suspiro.

— Spencer! Oh, meu Deus! O que você está fazendo? Por que estou em cima de você?

Primeiro fato, não estou na minha cama. Estou no sofá... com Spencer.

Segundo, o sol *não está* onde deveria. O céu está azul-claro — não azul-escuro com rosas e laranjas do pôr do sol — com o sol baixo no horizonte.

Terceiro, estou dormindo há muito tempo. Em seus braços.

Embora eu tenha sonhado com esse momento desde a adolescência, não estou tão feliz quanto imaginava estar. Se eu pudesse me lembrar de como cheguei aqui, talvez estivesse.

Ugh.

— Você estava com dor de cabeça, então eu te fiz se deitar e você desmaiou. Está tudo *bem*.

— Sim, está tudo bem. Quero dizer, está totalmente bem. Está tudo bem.

— Por que tenho a sensação de que na verdade não está? — ele pergunta.

Descanso a cabeça nas mãos e gemo.

— Porque você é Spencer!

— E você é Brielle.

— Não, você não entendeu...

Eu realmente deveria calar a boca.

— O quê?

Levanto o rosto, mãos caindo em frustração.

— Você é *Spencer Cross*. Eu tive uma queda por você toda a maldita vida. Estou apenas um pouco... assustada.

— Teve ou tem?

Não vou responder.

— Meu ponto é que estou em cima de você.

Ele ri.

— Você sabe que eu também tive uma queda por você?

Meus lábios se separam quando respiro fundo. Ele o quê? Ele tinha uma queda por mim? Mentiroso.

— Você prometeu nunca mentir para mim.

— E não estou mentindo.

— Você tinha uma queda por mim?

Ele acena lentamente.

— Sempre achei você linda, inteligente, gentil e engraçada, mesmo que às vezes diga as coisas mais ridículas.

O calor sobe em minhas bochechas.

— Eu não sou linda. — Afasto-me, não querendo ver a forma como seus olhos verdes se enchem de qualquer coisa. Não. Prefiro enfiar a cabeça na areia, muito obrigada.

O dedo de Spencer se move para o meu queixo, inclinando minha cabeça para olhar para ele.

— Você é. Você é tão linda, e mais do que isso, você é linda por dentro. Eu absolutamente tive uma queda por você, e ainda acho que você é incrivelmente linda. Não me diga que não é bonita, Brielle, porque vou te provar que está errada.

Minha respiração é superficial, e juro que poderia desmaiar. O que está acontecendo? Spencer me olha como se quisesse me beijar e, Deus, eu quero beijá-lo.

Mesmo que seja só desta vez. Mesmo que eu esteja noiva de outra pessoa, não me importo. Eu quero isso agora, porque tenho certeza de que estou sonhando de qualquer maneira.

Seu olhar se move para meus lábios, e isso é tudo que eu preciso. Minha mão vai para sua bochecha, dedos roçando a barba em sua mandíbula.

— Antes que eu perca a coragem, eu preciso te pedir uma coisa.

— Qualquer coisa. — Sua voz é grossa.

— Você poderia... — Limpo a garganta, trabalhando em meu nervosismo. — Você pode me beijar? Você não tem...

Eu não consigo dizer o resto da frase antes que seus lábios estejam nos meus. Seus dedos pressionam meu rosto e me seguram onde ele me quer, o toque de Spencer é delicado e forte. Ele se afasta, esfregando o nariz no meu.

— Relaxe e me beije de volta.

No momento em que nossos lábios se tocam novamente, estou completamente perdida. Esqueça a falta de memórias, este homem apagou minha vida inteira em um beijo. Eu não me importo com o passado, porque tudo que eu quero é o presente. Quero sua boca, seu toque e o calor de seu corpo contra o meu.

Quero me afogar neste beijo e nunca mais respirar.

Quando sua língua acaricia a minha, eu poderia morrer. Spencer é todas as coisas ao mesmo tempo. Ele é sol e chuva, fogo e gelo, medo e segurança, e cada segundo traz outra onda de sensações e me deixa sem fôlego.

Eu gemo em sua boca, e então ele me move para que eu esteja montada em seus quadris. Mesmo embaixo, ele está no controle.

Ele aprofunda o beijo, dedos agarrando meu cabelo, e seguro seus lábios nos meus. É o beijo mais apaixonado que já tive.

Nossas respirações se misturam, criando um novo ar que é igualmente nós.

Deus, se eu soubesse que esse homem beijava assim, eu poderia tê-lo atacado mais cedo.

Ele beija como se estivesse tão faminto por isso quanto eu.

Não sei quanto tempo dura, mas, quando acaba, é cedo demais. Minha testa repousa sobre a dele enquanto luto para respirar e ele esfrega minhas costas suavemente.

— Brie... eu... não sei.

Eu levanto minha cabeça e pressiono meu dedo em seus lábios.

— Se você estragar isso para mim e disser algo sobre ser um erro, eu nunca vou te perdoar.

Ele sorri e puxa minha mão.

— Eu não sonharia com isso.

— Bem, eu sim. Não a parte de arruinar, o beijo. Eu sonhei com isso por muito tempo.

Spencer muda um pouco meu peso, mas não me tira dele.

— E eu fiz jus ao sonho?

Nego com a cabeça.

— Não.

Eu quase rio com o olhar ofendido que ele me dá, mas me seguro.

— Não? — pergunta.

— Você superou em muito.

— Isso foi maldade.

— Isso era eu tentando controlar a situação um pouco — explico.

A mão de Spencer se move para minha bochecha, e seu polegar roça a pele macia logo abaixo do meu olho.

— Eu quero te dar o controle, e é por isso que quero tanto te ajudar. Claro, encontrar o assassino de Isaac é parte disso, mas não é tudo. Eu quero que você recupere o que perdeu.

Meu pulso acelera um pouco enquanto luto com essa última parte.

— E se eu não quiser de volta o que perdi?

Seus olhos se estreitam.

— Por que não?

Penso naquela caixa de veludo com o diamante grande na minha gaveta. O fato de que outro homem, que provavelmente não beija como Spencer, o deu para mim. Como, mesmo semanas após o incidente, não me lembro dele. Não sei como ele é, se o vejo diariamente, ou se sua ausência da minha vida significa que ele tem algo a ver com o que aconteceu. Ele é apenas o cara que minha cabeça não quer lembrar.

Eu poderia estar totalmente louca, mas há algo aí.

— E se o novo futuro que eu puder forjar for melhor do que aquele que não me lembro? E se o que eu tinha fosse a coisa errada, e em algum lugar da minha mente, eu soubesse disso? Você não acha que estou esquecendo por uma razão?

— Isso realmente não funciona assim, Brie.

Eu me sinto ridícula sentada nele assim, então me afasto, coloco meu cabelo atrás da orelha e me preparo para parecer uma idiota ao explicar.

— Eu sei. Quero dizer, sim, mas também me pergunto se minha mente está me protegendo, não apenas do tiro, mas de onde estraguei tudo.

— Você acha que fez algo para merecer isso?

Não estou explicando direito.

— Não, acho que o homem com quem eu estava namorando ou noiva não era o certo. Se fosse, ele estaria aqui. Sem mencionar que Isaac era meu melhor amigo. Eu contava tudo a ele. Tudo. Como ele e Addy não sabiam de um noivado? Ou mesmo que um cara existiu! É como se eu soubesse que estava errada e o escondi.

— Como você sabe que não contou a Isaac?

Eu pisco por um segundo, porque não sei se não o fiz.

— Talvez eu tenha feito e pedi para ele não contar a ninguém ainda. Talvez ele estivesse feliz por mim. Ou ele e o cara se odiavam e foi o que causou tudo isso. Não que alguém odiasse Isaac, mas há esse sentimento no meu interior que está me dizendo que as duas coisas estão ligadas. Talvez eu estivesse noiva de alguém no trabalho e descobri que ele estava roubando da empresa. Isaac estava no mesmo lugar e com essa informação. Se eu fizesse isso, o que é provável, e meu noivo descobrisse, isso explicaria tudo. O ataque, o escritório sendo destruído e por que ele desapareceu. Ele poderia estar procurando as informações que eu tinha e o anel, porque tudo está ligado a ele. — Ele fica imóvel, observando-me trabalhar em meus pensamentos. Viro-me para ele. — E você sabe o que mais? Se eu amasse tanto esse cara, não estaria beijando você. Porque você não sabe o que senti nesse momento.

— Não.

Eu sorrio.

— Eu me senti tão feliz. Tão cheia de esperança pelo que poderia ser. Quero encontrar o assassino do Isaac. Quero saber que quem fez isso está atrás das grades para que os seguranças possam ir para casa, para suas famílias ou seu próximo emprego. Por outro lado, não sei. E se eu puder ter algo novo? E se eu encontrar outra pessoa que me beije e faça meus dedos do pé se curvarem? — Spencer está quieto, e me preocupo por ter falado demais ou o feito pensar que de alguma forma acredito que um beijo significa que deveria ser ele. — Eu não quero dizer você — falo rapidamente. — Eu não estava tentando insinuar...

Ele solta um suspiro e se levanta.

— Eu quero ajudá-la a lembrar, não permitir que você esqueça. — Ele se aproxima e pega seu moletom e caderno.

— Aonde você está indo? — pergunto.

Ele não se vira para mim por um longo minuto, mas, quando o faz, ele diz:

— Todos nós temos coisas em nosso passado que preferimos esquecer. Eu sei disso melhor do que ninguém, mas esconder isso não o apaga. Só porque você não consegue se lembrar, não significa que não aconteceu. Então, você escolhe se quer minha ajuda para reconstruir sua vida ou se prefere começar esta nova versão dela.

— O que eu quero é me divertir um pouco e não ter tudo de forma tão esmagadora.

Os olhos verdes de Spencer me estudam.

— Talvez seja aí que estamos errando com isso.

— O quê?

— Talvez precisemos ouvir todos os outros e dar à sua mente uma chance de respirar e não a forçar a voltar. Talvez não devêssemos investigar, devêssemos deixar você viver. — Spencer dá alguns passos, diminuindo a distância entre nós. Sua mão empurra meu cabelo para trás e seu polegar esfrega minha bochecha. — Talvez você precise ir a um encontro.

Oh. Oh, Deus.

— Com quem?

Ele sorri.

— Comigo.

Estou indo em um encontro.

Um encontro com Spencer.

Depois de beijá-lo. Está bem. Eu não estou totalmente enlouquecendo.

Mentira.

No entanto, estou vestida com short e camiseta, que é o que ele me instruiu a usar para onde quer que planeje me levar. Pela primeira vez desde que tudo isso aconteceu, sinto uma pitada de alegria. Estou indo em um encontro... com Spencer.

Ele me manda uma mensagem, e então fico na porta esperando.

— Ei — diz, quando chega à porta.

— Ei.

Ele me entrega um buquê.

— Estas são para você.

— Flores? Para o nosso encontro falso? — Eu as trago ao nariz para esconder meu rubor. Henry nunca me trouxe flores, e eu adoro que Spencer o tenha feito.

— Quem disse que é falso?

— Bem, eu. Não estamos namorando.

— Nós vamos a um encontro. Real. Então você está pronta? — ele pergunta.

— Deixe-me colocar isso na água. — Vou para a cozinha, encho o jarro e coloco as flores lá. Corro de volta para ele com um sorriso. — Pronta.

— Perfeito.

Ele estende o braço, e eu o pego.

— Aonde estamos indo?

— É uma surpresa.

Faço beicinho.

— Eu realmente adoraria se você me dissesse.

Ele sorri para mim, seu cabelo escuro caindo nos olhos por um momento.

— Sei que você está muito no escuro ultimamente, mas quero que aproveite sem saber o que está por vir.

— Isso é muito filosófico da sua parte.

Spencer ri.

— Sou um homem de muitos mistérios, Srta. Davis.

— Não muito.

Ele inclina a cabeça.

— É mesmo?

— Sim, você não é muito misterioso. Conheço você tão bem quanto conheço a mim mesma.

— Bem, considerando que você não se conhece muito bem ultimamente, acho que te conheço melhor.

— Você conhece?
— Sim.
Nego com a cabeça com um sorriso.
— Você é arrogante, tenho que dizer.
— Sou confiante. Grande diferença.
— Ok, que tal uma aposta? — desafio.
— Sobre o quê?
— Que eu te conheço melhor do que você me conhece, mas tem que ser coisas de antes da perda da memória. Estou falando das coisas que estão em nosso passado que você acha que eu não sei e vice-versa.
— Feito. Qual é a aposta? — ele pergunta, abrindo a porta do meu carro.
Eu me seguro na parte superior, inclinando a cabeça sobre ela, e sorrio para ele.
— Se eu conseguir mais do que você, então você tem que me beijar de novo.
— Essa é uma maneira de me fazer perder. Além disso, este é um encontro, então não sou obrigado a te beijar no final de qualquer maneira?
Eu rio.
— Ok, tudo bem. Se eu ganhar, você tem que me dizer uma coisa sobre minha vida nos últimos três anos que eu não sei.
— Qualquer coisa?
— Qualquer coisa.
Eu poderia forçar a minha sorte e tentar fazer com que ele me dissesse algo específico, mas, realmente, desde que seja mais do que eu já tenho, ficarei feliz.
— E se eu ganhar — Spencer coloca as mãos em cada lado das minhas —, então você tem que ir a outro encontro comigo.
— Não é costume perguntar no final?
— Talvez eu queira entrar sabendo que já estou ganhando.
Deus, estou com tantos problemas. Esta é cada maldita fantasia que eu tive, tudo se concretizando. Aqui está ele, flertando comigo, falando sobre me beijar e planejando outro encontro. Eu quero tudo isso. Gostaria que esta fosse a minha vida em vez de apenas um dia de diversão.
— Eu não sei se isso é tão justo — digo, aproximando-me um pouquinho.
— Por quê?
— Porque... e se eu quiser perder agora?
— Isso é para você decidir. Ganhar é melhor do que perder?

Levanto um ombro, mordendo meu lábio inferior.

— Ganhar é sempre melhor.

— Tudo bem, então, você vai primeiro. O que você sabe sobre mim que eu acho que é desconhecido?

Ele não tem ideia de quanta sujeira eu sei dele. Não só as coisas que ouvi ou as coisas que Isaac me disse em confiança, mas também as coisas que eu vi quando ele pensou que ninguém estava olhando.

— Certo. Você gosta de pizza porque diz que qualquer coisa feita com base de pão é uma vitória. Você adora cachorros, mas não terá um, porque seu trabalho exige que você viaje. Seu nome do meio é Jesus, mas você diz a todos que é Jacob. Você tem seis tatuagens, uma que poucos viram, mas eu entrei no banheiro depois de um banho seu e vi. Seu primeiro beijo foi com a irmã mais velha de Jenna, mas você mente e diz a todos que foi Marissa.

— Onde você ouviu essa última?

Eu zombo.

— Por favor. Você e Isaac não sabiam o que era falar baixo, e eu aprendi a colocar uma xícara na parede e escutar muito cedo na vida.

— Marissa foi meu primeiro beijo.

— Ela não foi.

Spencer estreita os olhos.

— O que mais você ouviu?

Eu sorrio amplamente.

— Você gostaria de saber, não é? — Afundo no meu assento e fecho a porta.

Estou tão pronta para hoje. É diferente das últimas semanas de estresse constante. Estou cansada de compromissos e preocupações com tudo. Spencer e eu nunca seremos um casal, mas talvez eu possa fingir por hoje que é real.

Ele entra no carro, balançando a cabeça com um sorriso.

— Tudo bem, isso foi impressionante.

— Você acha que pode fazer melhor? — pergunto, virando-me para ele.

— Você odeia qualquer comida que seja roxa. Não come ovos porque as galinhas os defecam, então é uma bosta. Você perdeu sua virgindade em uma festa no armazém, onde você mora agora, com Kyler Smith, que ganhou um olho roxo no dia seguinte.

— Que você deu a ele! — eu interrompo.

— Dei de bom grado. Você vomita se beber um gole de tequila. Diz a todos que seu ritmo favorito é country, mas sabe cada palavra de cada música de rap. Oh, e... você acredita que fantasmas assombram sua casa de infância.

Reviro os olhos e bufo.

— Por favor, metade disso todo mundo sabe.

— Qual metade?

— Minha virgindade foi fofoca da cidade, então não conta. E... comida roxa não é natural, o que todo mundo também sabe, eu acredito. Estou considerando isso um empate.

— Então, nós dois conseguimos o que queremos no final do encontro?

Meus lábios estão em uma linha fina.

— Um segundo encontro, um beijo e uma lembrança?

Ele descansa o antebraço no console.

— O que você acha?

— Acho que devemos ver como esse encontro vai.

Ah, eu quero tudo isso. Quero tudo e mais, mas isso não significa que eu deva estender a mão e agarrá-lo.

Ele ri e depois se ajeita de volta em seu assento.

— Você está pronta para o melhor encontro que já aconteceu?

Levanto minha sobrancelha.

— O melhor? Isso é uma ostentação muito elevada, meu amigo.

— Estou confiante de que isso vai dar certo.

Inclino-me para trás no assento.

— Então vamos ver se você me conhece tão bem quanto eu te conheço.

CAPÍTULO DEZESSEIS

Spencer

Paro no parque onde o evento está sendo realizado, e estou muito confuso. Deveria haver uma disputa de balão de água para adultos com atrações e todos os tipos de jogos. No entanto, com base no número de minivans no estacionamento, parece que um grupo de mães assumiu o parque. Além disso, não vejo nenhuma das atrações onde normalmente estão quando há um evento aqui.

— Estamos em um parque? — ela pergunta.

— Sim, mas há um grande evento aqui.

— Ok. É um torneio de futebol para crianças ou algo assim?

Eu bufo.

— Não é futebol, mas é uma espécie de torneio.

— Estou intrigada.

Eu amo o brilho de travessura em seus olhos, e sorrio de volta para ela.

— Vamos, vamos nos registrar.

Saímos do carro, e eu seguro a sua mão, provando que é um encontro, afinal. Brielle olha para mim com um sorriso suave.

Percebo que não lhe disse quão bonita ela está, o que eu realmente deveria ter feito. Seu longo cabelo loiro está preso em um rabo de cavalo, e ela está vestindo uma blusa e um short verde-claros. Ela sempre está bonita, mas hoje está realmente deslumbrante.

Chegamos à mesa da frente, eu sorrio e me preparo para ela ficar encantada.

— Olá, gostaríamos de nos registrar para o evento — digo para a mulher sentada na cadeira dobrável de plástico.

— Vocês gostariam de se registrar? — ela repete, antes de olhar para a mulher à sua direita.

— Sim. Nós dois.

Mais uma vez, a mulher verifica com a amiga e depois olha para mim.

— Dois quem?

— Nós. Nós dois. O torneio começou? — Talvez eu tenha perdido. Dizia das quatro às nove. Assegurei-me de que estaríamos aqui para o início, para que pudéssemos jantar às seis. Depois disso, vamos para a praia, assistir ao pôr do sol, e espero aproveitar aquele beijo com o qual ela me provocou.

— Não, senhor, mas... onde estão seus filhos?

— Meus o quê? — pergunto, um pouco alto demais.

Brielle ri. Ótimo, agora ela realmente acha que tenho um filho secreto.

— Senhora, estou aqui para o torneio e as atrações. Li no folheto que começou agora.

— Senhor, você pode se apressar? — diz uma criança atrás de mim. — Eu não quero perder.

Eu me viro e tento não olhar para o grupo de meninos. Eles têm talvez nove anos de idade e têm protetor solar branco pegajoso nos narizes.

— Relaxe, estou apenas me registrando e então você terá sua vez.

O garoto ri.

— Ótimo, agora os velhos também estão aqui.

— Sim, mamãe disse que era para ser sem os pais.

— Eu não sou pai — falo, mais para mim mesmo.

Brielle ri novamente.

O garoto geme.

— Esse cara está demorando uma *eternidade*.

Vou levar bastante tempo agora.

Brielle interrompe, sorrindo para a mulher.

— Se você puder nos dar a papelada para que possamos preenchê-la, nós agradeceríamos. Sei que esses meninos estão animados.

A outra mulher se inclina para pegar o formulário.

— Tudo bem, se vocês insistem.

Não tenho ideia de por que ela está sendo tão estranha sobre isso.

— Nós estamos no lugar certo? — pergunto.

— Não tenho certeza, senhor. Você disse algo sobre um panfleto?

— Sim, eu vi colado em Rose Canyon.

Ela vasculha sua bolsa e tira um papel.

— Você viu este panfleto?

Juro por Deus.

— Sim, o torneio de balão de água e atrações. Disse que é de... — Eu me inclino e aponto.

Brielle começa a rir.

— O quê? — pergunto.

— Ah, nada, melhor planejador de encontros do mundo.

Olho para o papel novamente e o pavor me invade. Não eram as horas... e sim as idades.

Você tem que estar brincando comigo.

— Isso é para crianças? — pergunto a ela, não querendo olhar para Brielle, que ainda está rindo.

A mulher mais velha se aproxima.

— Sim, é um evento infantil.

— Então, não há atrações para adultos?

Ela nega com a cabeça.

— Não.

Quero me afundar em um buraco. Eu tinha tudo planejado. Nós deveríamos estar fazendo algo completamente louco e diferente. Tenho que salvar isso de algum jeito.

— Há um mais tarde? Talvez depois desse horário?

— Querido, é isso ou nada.

Olho para Brie, que está parada ali com um sorrisinho de merda em seu lindo rosto.

— Nós vamos encontrar outra coisa.

— Oh, não, não vamos. Estamos aqui, e você me prometeu um encontro memorável.

— Espere, você quer fazer isso?

Ela acena.

— Por que eu não faria isso? Estamos aqui e, quero dizer, o panfleto diz um dia de diversão, então... — As crianças atrás de nós estão reclamando mais alto sobre perder. — Além disso, estamos segurando a fila.

Isso vai se voltar contra mim. Eu sei disso. Volto-me para as mulheres à mesa.

— Faremos a competição de balão de água, por favor.

Brielle agarra meu braço, descansando a cabeça no meu ombro.

— E algumas atrações. Além disso, ele gostaria de cobrir os custos dos meninos atrás de nós, já que eles têm sido tão pacientes.

Eles começam a se cumprimentar e aplaudir quando a ouvem.

— Obrigado, moça!

— O prazer é meu. Você sabe... — Brie solta meu braço e se vira enquanto eu pago uma quantia ridícula de dinheiro por atrações e balões de água. — Eu poderia precisar de alguma ajuda na minha equipe.

— Qual equipe? — pergunto.

Brielle olha para mim e sorri.

— Você não achou que ficaríamos juntos, não é?

— Esse é o objetivo de um encontro.

Ela desliza alguns passos para ficar atrás dos quatro meninos.

— Bem, então você deveria ter planejado melhor, Spence. Meus novos amigos aqui e eu vamos chutar sua bunda.

— Sim, nós vamos! — diz o garoto que me chamou de velho. — Você vai cair, velho.

— Você deveria assistir, ou vai ser meu primeiro alvo.

Brie se agacha para ficar mais perto da altura deles.

— Não se preocupem, rapazes, eu joguei *softball* na faculdade.

— Você só esquentava banco — corrijo.

— E que esporte você praticava? Ah, isso mesmo, você não praticava, porque estava muito ocupado fazendo o que mesmo?

Eu a amo. Porra, eu a amo ainda mais agora. Ela está de volta à garota que eu me lembro, que é toda perspicaz e humorada.

— Eu dirigia o clube de jornalismo.

Os meninos riem.

— Você é um nerd.

— Ele é muito — concorda Brie.

— Sabe, eu treinei com os oficiais da Marinha.

Isso pelo menos me ganha um pouco de respeito das crianças.

— Uau, isso é legal!

Eu concordo.

— Têm certeza de que não querem fazer parte do meu time?

Brielle põe a mão nos ombros de dois meninos.

— Encontre seu próprio time, Cross. Esses meninos e eu temos que criar estratégias.

A mulher da mesa sorri e entrega a cada um dos meninos uma camiseta branca.

— Eu não tenho camisas de tamanho adulto para você, já que isso era para ser um evento infantil. — Ela olha para Brielle. — A extragrande deve caber em você. — Então ela se vira para mim, seus lábios apertados em pensamento. — Podemos prender uma na sua camisa. Helena e eu seríamos capitães, mas você e sua namorada definitivamente serão melhores. Eu sou Sara, a propósito.

— Obrigada, Sara. Eu sou Brielle, este é Spencer — Brie diz, pegando sua camisa. — Estamos realmente empolgados.

— Ah, nós também.

Eu aposto. Vamos ter uma grande história, não importa o quê.

Sara me entrega uma extragrande, que não chega nem na metade do meu peito. Eu não paro de acertar.

Sara prende minha camisa e Brielle faz esse truque de mágica no qual ela veste uma camisa antes de tirar a outra. Não tenho ideia de como ela faz isso, mas definitivamente não é algo que o gênero masculino possa realizar.

Então ela me lança um sorriso atrevido.

— Vejo você no outro lado, Cross.

— Sim, o lado perdedor — devolvo.

Ela pisca e então leva sua nova comitiva até onde parece que mais alguns amigos das crianças estavam esperando. Nós caminhamos para onde minha equipe aparentemente vai estar, e... bem, estou ferrado.

É aparentemente meninos contra meninas, e estou liderando as meninas. Não sou tão bom com a idade das crianças, mas acho que essas são as irmãs mais novas dos bostas que estão com Brie.

— Crianças, este é o capitão do seu time, Sr. Cross. Ele vai ajudar vocês a tentar vencer — Sara diz.

Eu aceno, e uma das meninas levanta a mão.

— Sim?

— Posso me esconder atrás de você? Não quero ser atingida.

Pelo menos eu conheço meu elo mais fraco.

— Não é assim que funciona, mas vamos descobrir um plano.

A garota ao lado dela levanta a mão.

— Meu nome é Mable, essa é Taylor, e eu não gosto de água. Minha mãe diz que eu tenho que tomar banho porque é a lei. Não gosto da lei.

— Ok. Bom saber.

— Onde estão seus filhos? — a primeira garota, Taylor, pergunta.

— Eu não tenho nenhum — respondo.

Um garoto, que aparentemente não conseguiu chegar ao outro lado, agora me encara. Ele é o mais velho e possivelmente meu melhor jogador. Acho.

— Quer dizer que você está aqui apenas para brincar?

— Estou em um encontro.

Não tenho certeza porque retransmiti essa informação.

Seu rosto se contrai.

— Meu irmão mais velho, Theo, diz que se leva garotas ao cinema.

— Theo teria a ideia certa, mas eu estava tentando algo novo. Qual o seu nome?

— Matt.

— Bem, Matt, bem-vindo à equipe. Você pode arremessar?

Ele nega com a cabeça.

— Se eu pudesse, estaria naquele time.

Certo.

— Você pode correr rápido?

— Sim.

— Bom, então faça muito disso.

Eu me viro para a última garota.

— E qual é o seu nome?

Ela balança a cabeça e olha para o chão.

— Eu sou Penny.

— E você não gosta de se molhar, não consegue arremessar e tem medo de ser atingida? — pergunto, esperando que talvez eu tenha pelo menos um.

— Eu não gosto de nenhum desses. Eu sou ridícula.

Estou sem resposta para isso.

— Por que você é ridícula?

Ela encolhe os ombros.

— Isso é o que meu professor diz.

— Seu professor deveria ser demitido — eu a informo.

Tudo bem, bem, isso vai ser um banho de sangue, e eu nunca vou sobreviver. Brielle vai contar para as pessoas sobre esse encontro, e não vou parar de ouvir histórias sobre isso. Então, vou pegar minha equipe e formar um plano que inclua muito esconderijo.

— Aquela garota bonita do outro time é sua namorada? — Mable pergunta.

Ela é meu mundo.

— Ela é uma amiga muito boa que eu gosto muito.

— Então ela é sua *namorada*! — Mable grita desta vez. — Por que você não está com ela? Ela gosta de Timmy? Ele é meu irmão e disse que vai me acertar na cabeça com o balão.

Estou no oitavo círculo do inferno.

— Nós não vamos deixar isso acontecer, Mable. Você aponta para Timmy, e vamos nos certificar de que ele seja o primeiro a sair. — Eu realmente espero que seja o garoto tagarela que continua me chamando de velho.

As duas mulheres entram no campo e param perto dos quatro grandes tambores no centro. Uma tem um megafone e chama todo mundo.

— Bem-vindos ao segundo torneio anual de *balões de água para crianças*. Cada equipe tem quatro tambores cheios de balões. Dois estão aqui, um está no lado direito do parque e um está no lado esquerdo do parque. Alguns balões são preenchidos com água limpa, enquanto outros são preenchidos com água colorida. Se você for atingido por um balão de água limpa, você permanece no jogo, mas se for atingido por um balão de água colorida, estará fora. O objetivo do jogo é capturar a bandeira do outro time. Na parte inferior de um dos tambores está o mapa de onde sua bandeira está escondida e duas pistas de onde está a bandeira do outro time. Você quer proteger sua bandeira a todo custo enquanto tenta capturar a deles. Querem jogar uma moeda?

Brielle nega com a cabeça.

— Não há necessidade. Você deveria deixar Spencer escolher primeiro.

— Não, jogue a moeda — eu falo.

— Nós não queremos isso. Vamos abrir mão do sorteio.

Estou prestes a jogá-la por cima do ombro e mostrar-lhe do que ela vai abrir mão. No entanto, Sara interrompe.

— Spencer, você quer ser o time verde ou o time vermelho?

Qualquer que seja. Quanto mais cedo eu acabar com isso, mais cedo posso me redimir neste encontro. Olho para Mable.

— O que você acha?

— Verde!

— Verde será.

— Brielle, sua equipe terá a coloração vermelha.

— Você está pronta?

Brielle sorri.

— Ah, estamos prontos, certo, meninos?
Todos eles gritam de acordo.
Sara olha para mim.
— Você está pronto?
— Estamos prontos, certo, meninas?
Silêncio.
Eu me viro para olhar para elas.
— Estamos prontos, certo?
Taylor dá de ombros.
— Podemos comprar algodão doce?
— Depois que vencermos — respondo.
— Você não vai ganhar — diz o garoto, que vem me importunando desde que chegamos aqui.
— Seu nome é Timmy? — pergunto, protegendo minha aposta.
— Sim, por quê?
— Apenas me certificando. — Eu sorrio. Ele será totalmente o meu primeiro alvo.
Então lembro que o garoto tem uns nove ou dez anos, e estou aqui pensando em acabar com ele. Caramba, estou perdendo a mente.
Brielle se aproxima de mim.
— Quer apostar de novo?
Inferno, não, eu não quero. Sou literalmente eu contra toda a equipe dela, e ainda assim minha boca estúpida diz o contrário.
— O que você tem em mente?
— Acho que esta é a escolha do vencedor... depois da vitória. Sem estipulações.
— Não estou concordando com isso. — Ela é louca se pensa que eu seria tão burro. Pelo que sei, ela me obrigaria a fazer alguma merda embaraçosa na praça da cidade. Sem chance. Conheço esta mulher, e ela é selvagem.
— Assustado?
Eu quase mordo a isca, mas sorrio em vez disso.
— Não. Não tenho nada a temer, porque você vai cair, Davis.
Ela sorri.
— Acho que não, Cross. Além disso, se você estivesse tão confiante, aceitaria minha aposta.
Eu me aproximo, sua cabeça se inclina para trás para olhar para mim.
— Estou mais do que confiante.

Sua mão se move para o meu peito, descansando sobre meu coração acelerado.

— Sobre o quê?

— Que você está tendo o melhor encontro de todos os tempos.

Ela ri baixinho.

— Você está dizendo que o encontro está quase no fim?

— Nem mesmo perto. — Eu me inclino, esquecendo que estamos em um campo com dois times de crianças nos observando. — Eu pretendo esticar isso o máximo que puder.

— Eu gosto dessa ideia — diz ela suavemente, levantando-se apenas um pouco na ponta dos pés.

Eu poderia beijá-la tão facilmente.

Mas então, os pirralhos gritam.

— Eca, ela vai beijar o velho!

Brielle ri e recua.

— Que vença o melhor.

E então, antes que eu possa chegar ao meu tambor, a buzina soa e dez balões de água vêm voando em minha direção.

O jogo começou.

CAPÍTULO DEZESSETE

Brielle

Já se passaram quinze minutos, e ainda estamos tentando executar o plano de pegar nosso mapa e encontrar a bandeira deles. O único objetivo que eu tinha era tirar Spencer. O resto das crianças foram danos colaterais. Todos os meninos estão de acordo com este plano, mas, para seu crédito, Spencer é bom.

Ele se abaixa e se esquiva, rolando para procurar cobertura.

Nós o acertamos várias vezes, mas os balões são de água limpa.

A equipe de Spencer usou nosso erro de se concentrar apenas nele para obter o mapa primeiro. No segundo em que o encontraram, eles se espalharam e estão se escondendo ou indo até a nossa bandeira. Eu me viro para Timmy.

— Precisamos do mapa. Temos que pegar a bandeira deles primeiro.

— Eu estou trabalhando nisso!

— Espere — digo, sabendo que fugir não é o movimento certo. — Temos que fazer isso direito.

Darius decola de qualquer maneira e é eliminado enquanto está cavando através do tambor. Spencer veio como um atirador de balões nele até que finalmente o acertou com um colorido.

Timmy, Brian, Kendrick, Saint e eu estamos atrás de um arbusto enquanto nos reagrupamos.

— Ok, rapazes, só há uma saída para isso. — Todos eles olham para mim. — Precisamos tirar Spencer, e agora. Não podemos deixá-lo ficar mais tempo.

Timmy parece irritado.

— Nós sabemos disso. Minha irmã não sabe arremessar e as outras garotas provavelmente estão fingindo que seus balões são bonecas.

Todos os meninos concordam com a cabeça. Brian fala em seguida:

— Precisamos de um plano melhor.

— Bem, quem tem um? — pergunto.

Saint tem sido o mais quieto, e espero que ele fale. Posso ver que ele sabe o que devemos fazer, só precisa de uma chance de ser ouvido.

Eu olho para ele.

— Alguma ideia?

— Nós poderíamos cercá-lo.

Exagero um pouco meu rosto e suspiro.

— Brilhante. Deveríamos fazer isso.

Timmy, que é o líder deste bando, pensa por um segundo.

— Como?

Mais uma vez, dou a Saint a oportunidade de formar nosso plano.

— Um de nós tem que se sacrificar pela equipe.

Eu quero rir, mas não.

— Vou fazer isso — eu me voluntario.

Kendrick parece horrorizado.

— Você é a líder.

Eu sorrio.

— Acho que vocês rapazes têm uma opção sólida. Saint vai levar todos vocês à vitória. Vou fazer uma pausa no tambor enquanto vocês fazem o que ele diz.

Nós nos reunimos e descobrimos quem está indo para onde. Minha esperança é que Spencer tenha um pouco de misericórdia de mim, já que ele claramente tem nove anos e quer vencer, e ele vai se concentrar neles.

Com um plano definido, batemos os punhos e eles gritam, todos indo em direções diferentes. Eu me levanto e vou direto para um tambor. Precisamos daquele mapa e vou seguir me esquivando. Spencer grita para as meninas se protegerem, e os meninos estão lançando balões em todas as direções, na esperança de acertar alguém pelo parque.

Balões não vêm para mim por alguns segundos. Então ouço Spencer gritar:

— Pegue-a!

Bem, quanta misericórdia.

Eu me movo mais rápido, ziguezagueando em padrões estranhos para evitar ser atingida. Eu alcanço o tambor e desço, usando-o como abrigo.

Brian me chama.

— Eu te dou cobertura, Brie!

Aceno uma vez e me levanto, cavando o mais rápido e fundo que posso pelo mapa. Balões batem ao meu redor, um espirra nas minhas costas, a água fria encharca.

— Eu fui atingida!

— Está limpa! — Brian avisa de volta.

Meus dedos roçam a borda do plástico e procuram por ele. Assim que o agarro, puxo para trás rapidamente e afundo atrás do tambor.

— Eu consegui, meninos! — eu os aviso.

Todos, menos Timmy, respondem. Espero que isso signifique que ele encontrou o esconderijo de Spencer.

O Brian rasteja até mim.

— Onde está a bandeira?

Olho o mapa novamente, traçando onde estamos e o parque. Um balão atinge meu cotovelo.

— Cuidado — digo a ele, que se abaixa quando três balões voam sobre nossas cabeças em um arco.

Então vejo o local onde está nossa bandeira.

— Está nos balanços.

Nós dois viramos a cabeça para onde está, temos que correr pelo campo aberto.

— E a bandeira deles? — ele pergunta.

Eu leio as pistas e sorrio.

— Está na casa da árvore atrás de nós. Aqui está o que vamos fazer. Vou encher minha bolsa de balões e correr, jogando o máximo de que puder para distraí-los enquanto você se dirige para a casa da árvore. É onde Spencer estará. Assim que você for o alvo, voltarei e encherei as outras bolsas. Diga a qualquer um dos meninos se você os vir.

Cada um de nós tem uma pequena bolsa que pode caber cerca de dez balões de água. Se eu conseguir uma segunda de nosso companheiro caído, então tenho uma vantagem.

Brian está sorrindo amplamente ao partirmos. É como uma cena em câmera lenta de um filme enquanto eu protejo sua corrida louca em direção ao alvo. O garoto é rápido e não é atingido uma única vez.

Vejo Darius assistindo do lado de fora e assobio para ele. Quando ele olha, eu grito em um sussurro:

— Jogue sua bolsa para mim!

Sorrindo, ele corre até onde estou e a entrega.

— Obrigada.

Ele está recuando quando vejo Kendrick se escondendo atrás de nosso outro barril.

— Um bom companheiro de equipe nunca deixa um homem para trás! — ele oferece sua desculpa para ficar para trás, e eu sorrio.

— Obrigada por proteger minha retaguarda. Precisamos que você proteja nossa bandeira, acha que está pronto?

— Você pode contar comigo. — Ele vai correr e depois volta. — Cadê?

— Está nos balanços, se você se esconder na parte externa do parquinho, pode guardá-la sem ser visto.

— Eu vou protegê-la — Kendrick promete.

Coloco o máximo de balões que posso nas sacolas e, em seguida, uso a parte inferior da minha camisa para segurar mais.

Satisfeita por estar carregada ao máximo, vou até a casa da árvore, que parece silenciosa demais. Eu me agacho, certificando-me de que não estou perdendo nada.

Onde ele está?

Brian corre para fora dos arbustos e não dá mais do que alguns passos antes que os balões comecem a voar até ele de todas as direções. Um colorido o atinge nas costas, e alguém soa uma campainha, anunciando que ele foi eliminado.

Merda.

Preciso ser paciente e esperar que os outros garotos façam o mesmo.

No entanto, Timmy não tem calma e sai. Novamente, há balões vindo de todos os lados. É aqui que as meninas também estão. Spencer é inteligente. Ele as escondeu e mandou que jogassem. Ele se aproxima dessa vez, mas também está jogando balões e deve ter acertado uma das garotas.

— Timmy! Você me tirou! — ela reclama.

Então outra garota desce de onde ela estava.

— Estou fora também. Eu odeio água.

Ela não foi atingida com uma cor, mas aparentemente o respingo do balão foi suficiente.

— Taylor! Você não está fora — Spencer sussurra, e eu sorrio porque ele simplesmente desistiu de sua posição.

Então a primeira garota olha para Timmy e ri.

— Você também está fora! Eu atingi você!

Timmy parece ofendido e então vê a mancha verde em sua camisa.

— Mabel!

O orgulho em seu rosto é suficiente para me fazer sorrir, mesmo que ela tenha eliminado meu companheiro de equipe. Eu amo como ela está feliz.

No entanto, agora resta apenas Kendrick, Saint e eu, mas Kendrick não está aqui.

Ando pelos fundos, pegando um vislumbre de sua camisa branca. Ah, ele chegou agora.

Coloco meus balões na minha frente onde posso pegá-los facilmente e procuro a melhor maneira de atingi-lo. Não há muito espaço, mas vou tentar. Jogo dois balões rapidamente e me abaixo.

Eles bateram nele, porque o ouvi xingar.

— Onde você está, Davis?

Eu sorrio. Nunca vou contar. Eu me movo um pouco para a direita, certifico-me de que tenho um tiro certeiro e depois arremesso mais dois.

— Isso foi perto, querida! — ele grita de volta. — Por que você não se mostra para que seja uma luta justa?

Eu reviro os olhos. Okay, certo.

Pego mais dois, pronta para voltar, e o ouço rir.

— Eu vejo você, querida!

Caramba.

É fazer ou morrer. Jogo meus balões rapidamente, pego mais e coloco na minha camisa de novo. Estou reduzida a apenas quatro balões. Estou indo com tudo agora. Eu corro, jogando balões nele, que faz o mesmo. Enquanto faço isso, ouço Spencer soltar um grito longo.

— Não!

Eu jogo outro, acertando-o no peito, e é vermelho.

— Você perdeu! — aviso, muita alegria na minha voz.

Então um balão me atinge, espalhando água verde por toda parte.

— Você também! — Ele ri.

Eu me viro quando Saint aparece.

— Nós vencemos!

E lá está ele, segurando a bandeira acima da cabeça sem tinta na camisa. Spencer está sorrindo enquanto caminha até mim.

— Muito bem.

Rindo, eu pulo em seus braços e coloco minha boca na dele. Sim, isso foi muito bom e o encontro mais divertido que já tive... bem, desde que me lembro.

O resto do nosso encontro é um borrão. Depois da competição, fomos para as atrações e rimos, as crianças contando sobre a disputa de balões mais épica do mundo. Timmy e Spencer conseguiram encontrar um assunto comum quando Spencer revelou seu profundo amor por uma série de livros.

Os dois falaram sobre a probabilidade de nascer de um deus e ter poderes. Estava muito acima da minha cabeça, mas foi legal quando Timmy se referiu a ele pelo nome em vez de "O Velho".

Estou andando nas nuvens. Demos as mãos e até brincamos juntos. Bem, fomos nos carrinhos de bate-bate e os joelhos de Spencer estavam em seu peito, mas foi divertido, e prometemos às crianças que voltaríamos no próximo ano para uma revanche. Eles nos garantiram que as equipes seriam muito maiores porque trariam todos que conheciam.

Jantamos em um *food truck* a duas cidades de casa e foram as melhores empanadas que já comi.

Agora estamos chegando ao meu apartamento e a claridade do dia parece estar ficando atrás de nós. Eu não quero que isso acabe. Quero a diversão que tive hoje. Onde não estou me preocupando com assassinos ou um noivo misterioso que pode bater na minha porta a qualquer minuto. Eu quero viver todos os dias como o que tive hoje.

Olho para Spencer com sua barba espessa e cabelo escuro, nos quais quero passar meus dedos, e suspiro.

— Para o que foi isso?

— Eu tive o melhor dia de todos.

— Eu te disse — fala, com um sorriso.

— Você disse, e foi incrível ver alguns de seus treinamentos operacionais especiais na vida real.

— Sinto que muito do que fizemos no treinamento foi um grande jogo de capturar a bandeira, só que usamos bolas de paintball que doíam pra caramba quando você era atingido.

Eu sorrio.

— Obrigada por isso.

— De nada.

— Estou triste que acabou — admito, olhando para o carro parado à nossa frente. — Só de olhar para isso me lembra que minha vida não é um jogo divertido de capturar a bandeira.

Ele vê o carro, levanta dois dedos como um aceno.

— Quinn é um cara legal.

— Eles ficaram conosco o dia todo? — pergunto.

— Sim.

— Eu não... eu nem os vi.

Spencer dá de ombros.

— É assim que deve ser. Mas eles estão sempre por perto caso você precise deles, mesmo se estiver comigo.

Eu me inclino para trás, olhando para o céu escuro.

— Como essa é a minha vida? Não é com o que pensei que estaria lidando.

Ele aperta minha mão.

— Nós vamos resolver isso.

Eu rio uma vez.

— É por isso que eu estava suspirando.

— O quê?

— Pela primeira vez desde que tudo isso aconteceu, eu estava tão feliz. Tive a chance de sair e apenas me divertir. Nós não falamos sobre memórias ou o passado. Estávamos aqui, vivendo o momento. Imaginei que este encontro poderia... bem, isso poderia ser um prelúdio para algo mais e estou triste que acabou. Estou preocupada que, quando minhas memórias retornarem completamente, eu não queira a vida que estava vivendo.

Spencer se move para que possa pegar minha outra mão.

— Os encontros e a diversão não precisam acabar. Eu estou... quer sair de novo? Estou te convidando, quer sair comigo de novo?

Meus lábios se curvam, e aceno a cabeça rapidamente.

— Claro, mas você não está preocupado com todas as outras coisas?

— Só estou preocupado com isso. Você e eu. — Spencer move sua mão para minha bochecha, segurando-a delicadamente.

— E agora, quero cumprir minha promessa.
Eu me faço de tímida.
— Qual delas?
— Vou te dar um beijo de boa-noite.

Ele se aproxima, o beijo é doce, lento e perfeito. É o beijo que eu desejei, sonhei e nunca vou esquecer.

CAPÍTULO DEZOITO

Brielle

— Sim, Addy, é totalmente seguro — eu a tranquilizo com as mesmas palavras que disse à minha mãe uma hora atrás.

— Eu só me... preocupo.

— Você deveria estar se preocupando menos desde que se afastou daqui.

— Bem, claramente estou falhando.

Eu suspiro.

— Como está Elodie?

— Ela está bem. Está se divertindo brincando com a família de Devney. Minha prima tem um monte de sobrinhas e sobrinhos. Ela está tentando rastejar!

— Oh! Eu gostaria de poder vê-la.

— Vou gravar um vídeo — Addy promete.

— Então, você está confortável na casa de hóspedes? — pergunto.

— Não é uma casinha. — Ela ri. — É uma casa enorme. Quando a vi pela primeira vez, fiquei completamente desconcertada, porque é incrível. Eu estava realmente preocupada em me encaixar, mas suas cunhadas são todas incríveis e estamos confortáveis aqui. Ellie, Brenna e Sydney passam por aqui ou nos fazem ir jantar, e elas são simplesmente... gentis. O marido de Brenna morreu há alguns anos, então foi bom ter alguém que entende o que é ser uma viúva.

Eu odeio que ela tenha que pronunciar essa palavra.

— Estou tão feliz que tem sido bom para você.
— Tem sido bom. Eu realmente precisava disso.
— Quanto tempo você acha que vai ficar?

Ela suspira.

— Não sei. Os Arrowoods me disseram que eu poderia ficar o tempo que quisesse, e como Sean está na Flórida para o início da temporada, estou ajudando Devney a não ficar sozinha também.

Eu tinha essa sensação horrível de que Addy ficaria muito mais tempo.

— Sinto sua falta.

— Também sinto saudade. Eu realmente sinto, mas tem sido muito bom fugir. Eu definitivamente estarei de volta no aniversário dela.

Quatro meses. Excelente.

— Isso não é tão cedo.

— Não, mas esse é o prazo que me dei. Consegui ir a uma loja sem que alguém me parasse para chorar por Isaac. Posso levar Elodie para passear sem olhares de pena. Isso só me permitiu sofrer um pouco sozinha.

— Eu entendo. Realmente entendo.

— Não é que eu não queira estar aí para você ou... algo como isto. Só não quero reviver tudo de novo e de novo.

— Eu realmente entendo.

Também não gostaria. Esta cidade é pequena e intrusiva, embora todos tenham boas intenções. Addison não conseguiu ficar sozinha, porque as pessoas só querem ajudar.

— Diga-me o que há de novo aí.

Eu debato em contar a ela a minha teoria sobre a conexão com o centro juvenil. Não consigo parar de pensar que há uma ligação entre isso e o assassinato de Isaac. A trilha de dinheiro não bate, alguém invadiu meu escritório e não tenho certeza do que exatamente eu poderia saber ou se compartilhei minha preocupação com ele. Se o tivesse feito, ele não teria ficado de braços cruzados. Então, talvez a resposta esteja nisso.

Em vez de dizer algo, sigo um caminho diferente.

— Estive com Spencer e fomos a um encontro.

— Você *o quê?* — ela grita.

Eu estremeço.

— Umm, nós nos beijamos... realmente nos beijamos.

Ela ri.

— Está brincando, né? Spencer, tipo, nosso Spencer?

— O primeiro e único.

— Isso é... bem, eu não sei — ela fala, mas juro que ouço o sorriso em sua voz. — É um pouco chocante, mas, ao mesmo tempo, ele é perfeito para você. Vocês dois sempre foram próximos e ele se importa com você, qualquer um pode ver isso.

— Sim, porém mais como um irmão do que um... namorado.

— Bem, não sei sobre isso, já que vocês dois estão se beijando. E saindo!

— Um encontro, mas ele me convidou para sair novamente. É estranho, porém... o beijo... bem... não estranho de um jeito ruim. É estranho, porque, quando nos beijamos, é como se não pudéssemos parar. Como se não houvesse outra escolha a não ser beijar.

Addison ri.

— Você e Spencer. Uau. Mas e a coisa do anel? E aquele cara?

— O que tem ele? Ninguém sabe quem ele é, e não tentou entrar em contato comigo. Há algo que você sabe e não está me contando?

— Não, eu realmente não sei quem ele é. Juro. — A sinceridade de Addison ecoa em suas palavras. — Eu gostaria, porque, se soubesse, não estaria pensando em todas as pessoas com quem já te vi, tentando descobrir quem é. É chato não saber.

— Ah, você está chateada por não ter informações? — devolvo.

— Desculpe.

Eu suspiro.

— Está bem. Entendo. Tudo por um bem maior. Eu acabei de... como eu poderia amar alguém que me amava tanto a ponto de me dar uma pedra enorme, mas eu não falava sobre ele com ninguém? Como eu poderia amar um homem e beijar outro sem qualquer hesitação? Continuo me perguntando isso, porque não sei como vou seguir em frente depois de beijar Spencer e saber como pode ser um beijo dele.

— Então, foi bom?

— Muito, *muito* bom.

— Eu posso ver isso — diz Addy.

— Você pode?

— Claro! Spencer é um mulherengo. Ele sempre teve arrogância. Sabe, quando tínhamos dez anos, eu tinha uma grande queda por ele. Achava-o *tão* legal. Então um menino me segurou e Isaac o empurrou para o chão, depois disso... eu fiquei apaixonada.

Eu sorrio.

— Ele sempre foi o protetor.

— É por isso que acho que ele morreu tentando protegê-la.

— Acho que sim também.

Addy limpa a garganta.

— Mesmo que o fizesse, não seria sua culpa, Brielle. Não importa o quê. Emmett me ligou ontem e disse que eles tinham uma pista, então se isso der certo, talvez seu testemunho não seja a parte crucial do caso.

— Uma pista? — indago, sentindo-me um pouco esperançosa.

— Não fique muito animada. Quatro outras pistas foram becos sem saída.

Isso é deprimente.

— Ninguém me disse nada.

— Você realmente quer saber? Até que sua memória retorne totalmente, é meio que um ponto discutível de qualquer maneira. Você não pode identificar a pessoa, e agora que aprendi sobre esses tipos de casos, nada se move rapidamente e há mais pistas que não levam a lugar algum do que dicas que dão certo. Mas vamos voltar para o beijo com Spencer.

Eu reviro os olhos.

— Ele estará aqui em cerca de dez minutos, então eu prefiro não.

— O jantar de premiação do Homem do Ano é o segundo encontro?

— Eu não acho. Definitivamente não começou assim, de qualquer maneira. Spencer tem que me dar carona, já que ainda não tenho permissão para dirigir e todo mundo está paranoico sobre eu ir a qualquer lugar sozinha.

— Com razão.

Sim, sim.

— Eu tenho o meu botão de pânico.

— Seu o quê?

Acho que realmente não falei sobre isso, já que é novo.

— Alguns dias atrás, a esposa do proprietário da empresa de segurança esteve envolvida com o meu problema. Ela é incrível, aliás. Acho que ela é uma espiã ou talvez seja uma assassina, não tenho certeza. De qualquer forma, Charlie e eu começamos a conversar, e ela me deu esse botão de pânico que mais parece um chaveiro. Ela disse que, se eu achar que estou em perigo ou puder estar em perigo, tudo que tenho que fazer é pressionar. Eles vão me tirar e me levar para um local seguro, onde ficarei trancada por um mínimo de doze horas enquanto a equipe investiga. É para ter certeza de que estou segura, especialmente com meu cérebro confuso.

— Você já era assim antes — brinca Addy.

— De qualquer forma, estou ainda melhor agora que o tenho, o que me traz de volta ao motivo de não saber se é um encontro.

— Vamos chamá-lo de encontro de qualquer maneira.

— Não vamos.

— Tudo bem, mas é muito um encontro. O que você está vestindo?

Começamos uma discussão sobre meu traje, que ela aprova, e então suspira ansiosamente.

— Você deveria usar os brincos de diamante.

— Eu odeio usá-los.

Eles foram um presente do meu pai no meu aniversário de dezesseis anos. Cada vez que eu os uso, fico toda chorosa.

— Tudo bem, então use a gargantilha de ouro que cai nas costas. Ah, e você é uns quinze centímetros mais baixa que Spencer, então certifique-se de usar os saltos de dez centímetros realmente fofos.

Isso não é uma má ideia. Meu vestido é verde-claro e gruda em todos os lugares certos. A parte espetacular é a parte de trás aberta. Ela cai bem acima da minha bunda. Eu amo este vestido. Comprei para um casamento que fui logo após a formatura.

Mas não amo esses sapatos. No entanto, a altura vai ajudar.

— Meus pés vão me matar depois de uma hora.

— Ser bonita dá trabalho, irmã.

Pego o colar e o coloco, o metal frio deslizando nas minhas costas. É aquela peça de joalheria perfeita que é discreta, mas faz uma declaração ao mesmo tempo.

Fechando a gaveta, vejo a caixa do anel ali. Eu não olhei para ele faz alguns dias. Nos primeiros dias depois de descobri-lo, eu o segurava aleatoriamente na mão, desejando que a memória de como o consegui voltasse. Abro a caixa, vendo o lindo diamante seguro em seu lugar.

— Olá! Terra para Brie!

Fecho a caixa e balanço a cabeça.

— Desculpe. Vou colocar.

— Bom. Você vai me enviar uma foto?

— Claro, vou enviar uma. — Eu rio.

— Perfeito. Obrigada pela sua chamada. Eu precisava disso.

— O quê?

— Esta conversa, pareceu como... os velhos tempos.

Eu sorrio.

— Sim.

— Divirta-se esta noite e não se preocupe tanto. Você é incrível e todos te amam. Além disso, certifique-se de dar uns amassos em Spencer novamente e de que seja tão bom quanto da vez anterior.

Eu rio.

— Você é uma má influência.

— Ei, isso é o que as irmãs fazem.

Meu telefone apita com uma mensagem de Spencer, avisando-me de que ele está subindo.

— Eu tenho que ir, ele está aqui.

— Faça más escolhas! — ela grita e depois desliga.

Suspiro. Eu posso fazer isso.

Estou insanamente nervosa sobre esta noite, porque todos da cidade estarão lá. Estarei cercada por pessoas que me conhecem e algumas que não me lembrarei de ter conhecido. Mais do que isso, preocupo-me que o assassino esteja lá, e não serei capaz de dizer. É horrível olhar para os rostos das pessoas e se perguntar se foram elas que mataram seu irmão e tentaram te matar. Felizmente, os caras da segurança estarão me seguindo o tempo todo, então isso me faz sentir um pouco melhor. Eles são realmente todos legais.

Charlie me informou esta manhã que ela e seu marido, Mark, iriam ao jantar, mas se mantendo em segundo plano. Aparentemente, seria mais fácil se misturar se eles parecessem participar de tudo em vez de agir como minha segurança privada, enquanto Quinn fica e vigia o apartamento.

Quinn Miller veio de Virginia Beach ontem à noite, e eu pude conhecê-lo. Ele é casado e tem um filho, de quem me mostrou um monte de fotos. Criança adorável. Ele e Charlie são meus seguranças esta semana, mas, na próxima, vão trocar com outra pessoa.

Levo café para eles todas as manhãs e, antes de dormir, acendo as luzes da sala para que saibam que vou dormir.

Eu vou até a porta, alisando meu vestido contra meu corpo e checando meu cabelo no espelho na entrada.

Ele bate uma vez e, porque estou uma pilha de nervos, abro a porta em um instante.

— Oi — eu gaguejo, mais do que um pouco atordoada.

Meu Deus. Maldito. Merda. Ele está vestindo um smoking preto com lapelas de seda, e é como se o tecido estivesse se ajustando ao seu corpo.

Cada centímetro dele me deixa com água na boca. Seus ombros largos bloqueiam a luz atrás dele e eu poderia derreter aqui. Seus olhos verdes parecem ainda mais brilhantes esta noite e seu cabelo parece úmido e despenteado. Ele está incrível.

Espero que diga alguma coisa, mas Spencer não fala. Em vez disso, seus olhos fazem uma avaliação muito lenta do cetim verde em volta do meu corpo, do decote que imita as costas com drapeado baixo o suficiente para mostrar o volume dos meus seios. Enrolei meu cabelo em ondas longas e fiz o meu melhor na minha maquiagem depois de assistir alguns tutoriais on-line. É um pouco pesada, mas acho sexy.

— Spencer? — falo, de repente desconfortável e tímida. — Estou bonita?

Seu olhar encontra o meu, e nos encaramos por alguns segundos. Eu vejo o momento em que sua restrição se rompe, e ele entra na sala, chutando a porta atrás de si. Tropeço para trás um passo, mas ele já está lá, empurrando minhas costas contra a parede e me prendendo. Estou tão feliz por ter usado os saltos. Estamos quase da mesma altura e posso ver o desejo nadando em seus olhos. Meu coração para antes de dobrar de velocidade. Ele vai me beijar, e estou muito dentro disso.

— Eu não deveria.

— Você deveria — eu digo. Ele balança a cabeça, esfregando o nariz contra o meu. — Eu quero... por favor, diga-me que você quer que eu te beije.

Eu quero isso mais do que tudo. Movo a mão direita de seu peito até seu pescoço, envolvendo minha mão ao redor dele.

— Eu quero.

Como dois ímãs unidos, colidimos. Sua boca reivindica a minha em um beijo ardente que é infinitamente melhor que o último. Não há restrição em nenhuma de nossas partes. Sem lentidão ou ternura. Este beijo é uma necessidade e um desejo desesperados. Eu me derreto contra ele, precisando de seu calor, que é um completo contraste do frio contra minhas costas. Provo a hortelã em sua língua e inalo sua colônia, o cheiro almiscarado que é todo dele.

Sua boca deixa a minha, e seus lábios e língua deslizam pelo meu pescoço e ao longo do meu ombro.

— Spencer — gemo seu nome, quando ele faz o seu caminho de volta, beliscando minha orelha de brincadeira.

— Você tira meu fôlego. — Sua voz profunda ressoa. — Você é tão linda, e eu te quero tanto.

Lesões na cabeça, eu decidi, não são de todo ruins. Se fazem o seu sonho de ter o homem que você cobiçou por toda a sua vida te querer, então eu estou realmente bem com isso.

— Eu... não sei o que está acontecendo — falo, não tão eloquentemente.

— O que você quer dizer? — Ele olha no fundo dos meus olhos, tornando muito mais difícil juntar as palavras.

— Isto. Você. Beijando-me e... seja o que for. Eu não me importo com mais nada. Isso faz de mim uma pessoa má?

Essa é basicamente a essência da minha confusão. Spencer nunca fez nenhum tipo de avanço sobre mim. Pelo menos não que eu me lembre. Então, por que agora? É por causa da morte de Isaac? Tem alguma coisa que eu não me lembro?

Spencer dá um passo para trás e a perda de calor é imediata. Eu sou uma idiota. Deveria ter mantido minha boca fechada e apenas curtido o beijo.

— Eu queria te beijar, e não levei em conta toda a situação. Porra! — Ele passa a mão pelo cabelo castanho espesso. — Eu sou tão idiota.

— Por me beijar?

— Sim!

— Por favor, sinta-se à vontade para fazer isso de novo — falo, ajustando meus seios de volta para onde deveriam estar. — Sem mencionar, nós nos beijamos algumas noites atrás, e não estávamos chateados com isso na época.

Os olhos de Spencer se movem do meu rosto para o meu peito.

— O que você quer dizer?

— Eu gostei. Quero que isso aconteça e continue acontecendo. Entendo que passamos por muita coisa, e isso provavelmente é uma péssima ideia, mas não tenho coragem de me importar.

Seus lábios se separam e depois se fecham. Eu posso ver que o confundi também.

— Você quer que eu... continue te beijando?

— Sim. Quer dizer, se eu não consigo me lembrar do cara de quem posso ou não estar noiva, não é realmente traição, certo?

Spencer suspira.

— E se você o ama? — Sua voz é baixa, mas eu ouço a pergunta como se ele tivesse gritado. — E se for com ele que você realmente sonha, Brielle? E se esse cara estiver tão apaixonado por você que está morrendo por dentro? E se...

— E se não houver nenhum cara? Inferno, se existe um cara, onde diabos ele está? Faz semanas e nenhum cara misterioso apareceu procurando por mim. Se ele me ama tanto, por que não está aqui? Pelo que sabemos, foi ele quem matou Isaac e tentou me matar, e é por isso que não apareceu. Há um milhão de perguntas pelas quais podemos passar e ainda acabar aqui. —Dou um passo em direção a ele, colocando a mão em seu peito. — Aqui e agora, não há outro cara. Existe você e eu, e quero que você me beije. Quero beijar você. Quero que você seja o cara, Spencer, você não vê isso? Você é o cara para mim, aqui e agora. Quando estou com você, estou segura e feliz. — Suspiro na última parte.

— Você deveria estar segura comigo.

A maneira como ele diz isso, como se sentir e ser fossem diferentes, isso me faz parar.

— Eu não estou segura com você?

O dedo de Spencer se move para minha bochecha, empurrando um fio de cabelo para trás.

— Não, agora você não está.

Pressiono meu corpo um pouco mais perto do dele, desejando seu calor.

— Eu nunca me senti mais segura do que quando você está por perto.

— Você realmente não deveria.

— Talvez não.

Uma porta bate no corredor e nos separamos. Meu coração está batendo do jeito que sempre faz quando há um barulho alto e repentino.

— Brie. — Sua voz está cheia de preocupação.

— Estou bem. Estou bem. — E eu estou. Estou bem, e estou segura. Spencer nunca deixaria nada me machucar. Estou apenas um pouco arisca ainda. Enquanto meu batimento cardíaco se estabiliza, dou um passo para ele, não querendo parar a conversa.

— Estou falando sério, Spencer.

— Eu sei que sim, mas você não sabe tudo o que está acontecendo.

Outro passo.

— Então me diga. Por favor, apenas me diga para que eu possa saber.

Ele encosta a testa na minha antes de pressionar os lábios no mesmo lugar. Spencer solta um suspiro pelo nariz.

— Eu quero, mas não posso.

Outra porta bate, mas, desta vez, eu não pulo. Desta vez, sinto-me calma e segura. Ele está bem aqui, olhando para mim, e procuro algo para explicar por que me sinto assim com ele. Uma batida vem quase um segundo depois, quebrando o momento, mas não me afasto dele até que a pessoa do outro lado bate novamente.

Jogando meu melhor sorriso, abro a porta, e Charlie está lá com um homem de smoking.

— Bom, você ainda está aqui — diz Charlie, parecendo uma supermodelo. — Este é meu marido, Mark Dixon.

Ele estende a mão, e eu a aperto.

— Eu sou Brielle.

— É ótimo conhecer você — ele diz e então vê Spencer. — Cross! Quem diria que você poderia se parecer com outra coisa além de um bundão?

Spencer ri e caminha até ele. Eles apertam as mãos e fazem aquele abraço viril onde há muito tapa nas costas.

— Bom ver você, Twilight. Já faz muito tempo.

— Bem, quando eu soube que estávamos aqui protegendo alguém a seu pedido, achei que deveria vir ver o que está acontecendo... cidade pequena e chata.

Eles riem, e Spencer vira a cabeça para mim.

— Brie conseguiu encontrar o único problema que existe em Rose Canyon.

Dou de ombros.

— Culpada, eu acho.

Charlie sorri.

— Acho que problemas encontram mulheres bonitas.

— Ela saberia — diz Mark, com um sorriso. — A pessoa que pode encontrar problemas onde eles nem existem. Eu juro que ela faz isso apenas para se divertir.

— Sim, porque você é o garoto-propaganda da vida santa — ela repreende.

Mark caminha até ela, envolvendo o braço em suas costas.

— Eu sou divino.

Ela revira os olhos e se concentra em mim.

— De qualquer forma, estamos indo e não vimos vocês saindo do apartamento, então queria verificar as coisas e ter certeza de que estamos todos na mesma página esta noite.

— Eu realmente não acho que algo vai acontecer na premiação de Homem do Ano.

Eu entendo por que preciso de segurança, até certo ponto, mas se algo tivesse que acontecer, já poderia ter ocorrido. Já se passaram mais de três semanas e nem mesmo um pio.

— Às vezes, são os lugares onde achamos que estamos seguros que na verdade não são — diz Mark.

Spencer e eu nos entreolhamos e então desvio o olhar. Eu acabei de dizer quão segura eu me sentia com ele. Ele apenas me avisou que eu não deveria.

Charlie dá um passo à frente.

— Aconteceu alguma coisa?

— Não, por quê?

Ela sorri suavemente.

— Sem motivo, mas se alguém entrou em contato com você e escapou de nossa proteção, você precisa nos dizer.

— Eu diria. Não recebi nenhuma ligação ou mensagem estranha. Ninguém está me seguindo ou me ameaçando.

— Bom. — Mark acena com a cabeça uma vez. — Vamos sair e ver do que se trata essa coisa de Homem do Ano.

Charlie olha para mim.

— Certifique-se de levar suas chaves.

Certo, o botão está no meu chaveiro. Pego-o, jogo-o na minha bolsa e sigo para a porta. Antes de chegar lá, os dedos de Spencer envolvem meu pulso e me param.

— O quê?

— Nós estamos... bem?

Deus, essa pergunta tem tantas respostas possíveis.

— Vamos nos divertir esta noite?

— Espero que sim.

— Você tem balões de água estrategicamente colocados em algum lugar? — pergunto, com um sorriso.

Ele ri.

— Eu gostaria de ter.

Inclino a cabeça.

— Espero que você tenha melhores habilidades de evasão hoje à noite então.

— Você os escondeu? — Spencer pergunta.

Eu me inclino, meus lábios roçando sua orelha.

— Você só vai ter que esperar para descobrir.

Beijo sua bochecha e ele ri.

— Deus, eu amo... estar perto de você.

Ele estende o cotovelo, como o cavalheiro que sempre foi, e eu aceito. Nós trancamos e vamos até onde Charlie e Mark estão esperando, na entrada principal.

— Nós o seguiremos em nosso carro — ela explica.

Spencer coloca a mão nas minhas costas, guiando-me para onde ele estacionou. Quando chegamos à calçada, paro de repente. Pisco de volta as lágrimas que ameaçam se formar.

Na minha frente está o carro esportivo vermelho da minha memória. Aquele que Isaac comprou, mas Addison o fez vender. Eu me viro para olhar para ele.

— Você está com o carro?

— Ele o vendeu para mim e me fez prometer mantê-lo seguro de sua cunhada.

Meu mundo parece estar girando para trás.

— Você é o dono?

— Eu sou.

Ok. Então foi ele quem comprou.

— Há quanto tempo?

Ele dá de ombros.

— Não tanto tempo.

— Quanto tempo?

— Brielle, eu quero te responder, mas nós dois sabemos que essas perguntas nos levam a um caminho muito perigoso.

— Sem mentiras — repito suas palavras.

— Exatamente, é melhor evitarmos falar sobre detalhes, ok? Além disso, importa quanto tempo eu tenho? Eu poderia ter comprado há dois dias e isso não muda nada.

— Alguma vez cheguei a dirigi-lo?

Ele solta uma risada suave.

— Isaac nunca deixou, mas você pode conseguir uma resposta diferente se me pedir.

— Eu vou? Eu posso?

Ele ri.

— Prometo que vou deixar.

— Quando?

— Quando você estiver medicamente liberada para dirigir.

Eu bufo.

— Justo.

Spencer se inclina e beija minha têmpora.

— Temos tempo, querida. Apenas seja paciente.

Isso é fácil para alguém que não tem nada além de tempo.

— Nós dois sabemos que o tempo não é uma garantia. Não para nenhum de nós.

— Não, não é, mas nós dois sabemos que você não tem permissão para dirigir agora, e quem sabe o que vai acontecer enquanto suas memórias continuam ressurgindo.

Levanto a cabeça um pouco mais.

— O que você quer dizer?

— Nada.

Ele claramente quis dizer algo com isso.

— Você descobriu alguma coisa?

— Não. Eu nunca deveria ter dito isso. — Ele olha para o relógio. — Vamos nos atrasar. Vamos lá, vamos beber de graça e ver Emmett fazer papel de bobo.

Coloco a mão na dele e o deixo me levar até o carro, desejando que aquela sensação mesquinha no meu estômago não esteja crescendo e prometendo descobrir o que ele está escondendo.

CAPÍTULO DEZENOVE

Spencer

— Um dia será você, Spence — Emmett diz, me dando um tapa nas costas. — Quem diria que eu receberia esse prêmio?

Eu me pergunto quantas doses ele tomou porque, há alguns dias, não era grande coisa, agora ele está à beira do choro.

— Cara, é um prêmio em Rose Canyon onde você estava contra o filho do prefeito, que jogou seu quadriciclo em uma vala, porque tentou dirigi-lo com o capacete para trás. Não é exatamente um grupo de vencedores.

Ele balança a cabeça e pega sua bebida.

— Eu sou um vencedor.

— Você é alguma coisa.

— Sinto falta do meu amigo — diz ele, olhando ao redor. — Sinto falta de… bem, todos eles.

Emmett estava realmente lá com Addison e Elodie antes que a mãe de Addison pudesse chegar. Assistir Addison desmoronar, sabendo que ele não podia ajudar, e lamentando sua própria perda, não foi fácil para ele.

Eu entendia, até certo ponto, como Addy se sentia, mas enquanto Emmett a ajudava, concentrei toda a minha energia em Brielle. Uma parte de mim não registrou que Isaac estava morto, porque eu não conseguia lidar com nada mais do que o fato de que meu mundo inteiro quase foi tirado de mim também.

— Todos nós sentimos — afirmo e, em seguida, levanto meu copo. — Por Isaac.

— Por Isaac, que realmente foi o homem de todos os anos.

Nós brindamos, e eu examino a sala, procurando por Brielle.

Até agora, a cidade tem feito um ótimo trabalho de seguir as regras. As pessoas que ela conheceu nos últimos três anos ficaram à margem, não fazendo nada que a deixasse desconfortável. Ela está sentada com Jenna, seu sorriso fácil, embora esta noite tenha sido tudo menos isso.

— Ela parece bem — Emmett diz.

Parece que eu não estou indo tão bem escondendo isso.

— Ela parece.

— Vocês estão se dando bem?

Eu me volto para ele.

— Por que não nos daríamos?

— Apenas curioso.

Emmett nunca é qualquer coisa. Ele é inteligente e observador. Está de volta à cidade há seis meses e tem se concentrado em seu novo emprego, mudando-se e arrumando sua vida. É a única razão pela qual eu consegui me safar vendo Brie debaixo do nariz dele também.

Isaac era fácil de enganar.

O que me arrependo agora.

— Sim, estamos bem.

Emmett abaixa seu copo.

— Spencer, você é como um irmão para mim, e eu te conheço muito bem. Tem alguma coisa acontecendo aí.

— Deixe pra lá — aviso.

— Eu faria, mas parte do meu trabalho é garantir que o caso de Isaac não seja descartado.

— E você acha que eu não compartilho de sua preocupação?

Emmett sorri para alguém que passa e depois se vira para mim.

— Eu não disse isso, mas moro do outro lado do corredor e sou informado todos os dias. Posso ver os mesmos registros que você e, se você se lembra, posso ver as mensagens dela.

Eu uso o treinamento de anos atrás para mascarar minhas emoções, mas o pânico está aumentando. Forço uma risada e dou um tapinha no ombro dele.

— Você e eu sabemos qual é a verdade.

Emmett não compartilha da minha risada falsa.

— Sim, Spencer, nós sabemos, e estou te dizendo que se você foder com isso, ela nunca vai ficar bem. Isaac era seu irmão, e ela o amava.

Ela também me ama. O que quer que Emmett pense que sabe, ele não sabe. Não fiz nada que pudesse comprometer este caso.

— Eu nunca disse nada a ela.

— Você também responde a perguntas que não deveria. Olha, tenho uma forte impressão de que há muita coisa de que não estou ciente. Se você e Brie tiveram alguma coisa acontecendo, o que eu acho que tinham, então você perdeu a cabeça, irmão.

Eu não quero ter essa conversa.

— Chega de falar sobre isso agora.

— Sim, depois que eu disser isso, se você continuar indo pela estrada onde está alimentando as coisas dela, então terá que fazer uma escolha.

Minhas costas se endireitam com a ameaça implícita.

— O que exatamente você está dizendo, Emmett?

— Você não pode dar a ela memórias. Não pode contar coisas a ela.

— Eu não vou.

— Ela me disse que você é a única pessoa que responderá diretamente às perguntas que ela fizer.

Sem mentiras.

— Eu não vou mentir para ela. É Brielle. Ela merece mais do que isso. Se ela não fosse a única testemunha do assassinato de seu irmão, teríamos contado tudo a ela e mostrado a vida que ela tinha.

Eu empurro minha raiva, mas Emmett me conhece muito bem. Ele ouve as coisas que não estou dizendo.

— Spencer, ou você interrompe o contato com ela até que isso acabe ou continua mentindo para ela e deixa isso acontecer do jeito que precisa. Se eu estiver certo e você for a pessoa que lhe deu aquele anel... — ele suspira profundamente e passa a mão pelo rosto. — O que vamos discutir quando não estivermos em uma sala com duzentas pessoas, então você tem que fazer a coisa certa. — Ele engole sua bebida, abaixa o copo e descansa a mão no meu ombro. — Não acho que você queira quebrar o contato completamente, mas, se me pressionar sobre isso, você se verá trancado do lado de fora do prédio.

Emmett se afasta, deixando-me atordoado. Afastar-me não é uma opção. Prefiro mentir do que abandoná-la — abandonar-nos. Quando ela se lembrar, e daí? Como explico que tive que me afastar porque não era forte o suficiente para fazer o que precisava? Não posso. Não posso fazer com ela o que fizeram comigo uma e outra vez.

Eu começo a ir em direção a ela, e Jax, um de seus colegas de trabalho, interrompe.

— Ei, Spencer.

— Jax.

Jax é um cara relativamente novo na cidade. Ele se mudou para cá há cerca de um ano e ninguém fala mal do cara, mas sinto uma vibração ruim dele que não consigo explicar. Uma noite, Brie e eu estávamos jantando no meu apartamento, e ela mencionou o nome dele, dizendo que ele sempre a convidava para sair. Ela precisava de conselhos sobre como recusá-lo tranquilamente.

Aparentemente, ele não entendeu a dica, porque ainda estava dando flores a ela uma vez por semana até o incidente.

— Como ela está? — Jax pergunta.

— Ela está melhor.

— Ainda sem memórias?

Nego com a cabeça.

— Não, ainda não. Descobriram quem estava no escritório dela?

Ele nega também.

— Não, é tão estranho. As câmeras externas também foram desativadas, então não há nada.

Eu já sabia disso, mas estava curioso para saber o que ele diria.

— Brielle falou sobre alguém do centro?

— Não.

— Que pena, eu continuo querendo falar com ela, sabe? Tínhamos essa conexão.

Quase rio na cara dele. Não havia conexão. Nenhuma.

— Bem, você conhece as regras.

Ele concorda.

— Sim, as regras. Ela continua olhando por aqui, e espero que se lembre de mim. Seria bom falar com ela. Além disso, realmente quero ajudá-la a voltar ao trabalho. Todo mundo sente falta dela lá, especialmente as crianças. Ouça, uma das garotas do centro está realmente confusa. Brielle era muito próxima de Dianna, ela tem uns oito anos. Brielle ajudou muito a família e eles perguntaram se poderiam vê-la. Sei que ela amava as crianças e talvez isso ajudasse?

Brielle ama essas crianças mais do que tudo. Ela queria ajudar cada uma delas e lhes dava o apoio e o incentivo de que precisavam para alcançar seu potencial. Tudo o que ela fazia era para beneficiá-los, mesmo que não fosse o melhor para si mesma. Ela teve um corte salarial alguns meses atrás para que o dinheiro pudesse ajudar a financiar horas estendidas para um programa pós-escola.

Eu posso imaginar que há muito mais famílias que sentem falta dela.

— Não tenho certeza se é uma boa ideia.

— Sim, eu disse a eles que ainda não, mas todo mundo só quer ajudar. Todos nós sentimos falta dela e queremos que ela volte ao normal.

— Todos nós temos o mesmo objetivo — garanto.

Vejo Jax se endireitar um pouco, e o ar ao meu redor muda. Tudo muda quando ela está perto. Eu me viro e Brielle está ali, segurando seu copo de água.

— Ei.

— Brie.

Ela se vira para Jax, seus olhos se estreitando um pouco.

— Sou Brielle — diz ela, estendendo a mão para ele. — Tenho certeza de que nos conhecemos, mas não me lembro. Então, agradeço que você esteja fingindo para o meu bem.

Jax acena com a cabeça algumas vezes.

— É um prazer conhecê-la — diz ele suavemente. — Eu sou Jax.

Os olhos de Brielle se arregalam e ela dá um passo para trás.

— Jax? Nós... você...

Eu me aproximo dela, sentindo sua ansiedade como se fosse minha.

— Brielle? Você está bem?

Ela pisca algumas vezes e assente.

— Sim, estou bem. — Sua voz muda, e posso ouvir a felicidade em seu tom. — Eu me lembro de você. Você é Jax. Nós trabalhamos... acho que trabalhamos juntos? Você... tinha uma música? Algo assim? Eu acho?

Jax olha para mim e depois para Brie. Eu me intrometo, certificando-me de que esse idiota não diga nada.

— O que você lembra?

Seus olhos azuis-escuros estão nos meus.

— Apenas uma música sobre Jax e o Pé de Feijão? Talvez não seja ele nem nada, mas eu me lembro da tolice.

— João e o Pé de Feijão? — eu pergunto.

— Não, era uma paródia, e só lembro de estar rindo com as crianças. Não soa como uma memória cheia, mas é algo, o que é melhor do que nada.

— Estou certa? — ela pergunta.

Jax sorri.

— Sim, eu a escrevi e cantávamos para as crianças.

A ameaça de Emmett sobre o que aconteceria se eu dissesse a ela qualquer coisa da qual ela não lembrasse sozinha grita na minha cabeça.

— Isso é tudo que você lembra?

Ela acena.

— É uma parte, eu sei, não a coisa toda, mas... é alguma coisa.

— É alguma coisa.

Eu me viro para Jax.

— Por favor, dê-nos licença.

Brielle desvia o olhar para ele, acena, e então se vira para mim.

— Isso foi rude.

— Talvez, mas nunca gostei desse cara.

Ela levanta uma sobrancelha.

— Com ciúme?

— Não. — Sim.

— Lembrei-me dessa música. Lembrei-me e estava certa.

— Você estava. — Eu a paro no centro da pista de dança, estendendo minha mão para ela. — Dança comigo?

Ela olha ao redor.

— É meio difícil dizer não, já que você me trouxe aqui e estendeu a mão.

— Você quer dizer não? — pergunto, quando a música começa a tocar.

— Não quero.

— Bom. — Eu sorrio.

A última vez que dançamos foi duas noites antes do tiroteio. Ficamos em seu apartamento, o anel no seu dedo, e dançamos. Nenhuma música era necessária. Nós apenas balançamos como se soubéssemos cada passo e batida em perfeita harmonia.

Os dedos de Brielle brincam com o cabelo da minha nuca.

— Seu cabelo está comprido.

— Não tive tempo de cortar.

— É estranho, às vezes — diz ela, distraída. — Eu não sei nada sobre sua vida nos últimos três anos. Não sei nada sobre onde você esteve ou o que fez além do que encontrei na internet.

Eu sorrio.

— Você me pesquisou no Google?

— Não seja tão presunçoso.

— Eu não sou presunçoso.

— Sim, você é — ela repreende.

— Certo. Um pouco.

Brielle sorri.

— Eu só quero todas as minhas memórias de volta.

Eu também. Eu também quero, caralho.

Bri suspira.

— Você vai me dizer por que me afastou de Jax?

Porque ele te ama e não pode ter você.

A outra parte é que, quando eu estava falando com ele, os sinos de alerta estavam tocando. Havia algo em sua postura, na estruturação de suas perguntas, que me deixou inquieto. Ele sempre teve uma queda por ela, mas então há algo no meu ser que não alivia. Ele ainda está olhando para ela como se estivesse esperando por algo, e não gosto disso.

— O que mais você lembra sobre ele?

Eu a viro para que ela fique fora de seu campo de visão.

— Por que você não está respondendo minha pergunta?

Eu bufo.

— Porque eu não tenho permissão.

Brielle vira a cabeça.

— Eu sei, mas... tanto faz. Não me lembro dele além do nome e da música. Eu realmente esperava... — Ela para e morde o lábio inferior.

— O quê?

Ela olha de volta para mim, os olhos cheios de tristeza.

— Eu pensei que veria alguém ou algo esta noite que quebraria essa névoa. É por isso que concordei em vir a este jantar ridículo.

— Eu esperava o mesmo.

— Pena que não funcionou. Você sabe, alguns dias, eu gostaria de não me lembrar de nada do meu passado.

Meus olhos se arregalam com essa confissão.

— Por quê?

— Então não seria tão doloroso. Eu não saberia o quão incrível Isaac foi ou quão feliz eu fiquei quando consegui o emprego no qual não posso trabalhar agora. Eu não teria me lembrado de Henry ou me importado com a quem esse anel misterioso pertence. Eu poderia recomeçar. Poderia construir uma vida sem o passado pairando sobre mim como se estivesse pronta para cair a qualquer momento. Os flashes são a pior parte. É como alguém abrindo os olhos para a luz do sol e tendo que fechar as pálpebras quando queimam.

— Não os feche da próxima vez, apenas vire a cabeça e olhe para mim. Eu vou fazer sombra em você para que ainda possa ver.

A tristeza que pesava em seu lindo olhar se foi, mas algo mais está lá. Algo como maravilha e, meu Deus, eu daria qualquer coisa para que ela ficasse ali.

— Spencer, podemos ir?

— Ir aonde?

— Qualquer lugar. Eu só quero conversar, e você é a única pessoa que me faz sentir normal.

Do canto do olho, vejo Emmett nos observando, os braços cruzados sobre o peito. Não me importo com nada além dela. Brie está me pedindo algo e eu nunca vou negar. Sei que vou contar a ela um milhão de mentiras e implorar por perdão antes que possa me afastar.

— Claro. Vamos lá.

É uma bela noite. O céu claro permite que as luzes cintilantes ofereçam promessas de desejos. Enrolo meu casaco nos ombros de Brie e nos encostamos ao parapeito do deck, olhando para o lago.

— Você se lembra da noite em que Isaac pulou no lago em fevereiro? — ela pergunta com uma risada.

— Ele estava tão bravo por perder aquela aposta.

Brielle vira a cabeça com um sorriso.

— Bravo é um eufemismo.

— Assim como dizer que ele estava com frio.

— Isso também. Eu não podia acreditar que você não o deixou escapar.

Não tinha como eu fazer isso. Ele apostou comigo que eu não conseguiria passar três dias sem dizer não. Bem, eu o fiz, e ele teve que pagar por isso. Deus sabe que paguei por todas as coisas estúpidas com as quais tive que concordar.

— Você deixaria?

Ela balança a cabeça, negando.

— Sem chance. Assim como eu não deixei você escapar quando perdeu uma aposta comigo.

— Qual delas?

— Isso importa? — ela pergunta. Não, eu acho que realmente não. Estou feliz por ter perdido cada uma ultimamente. — Você percebe que temos problemas neste grupo com jogos de azar.

— É sempre uma boa diversão.
Seus dedos deslizam contra a corrente de ouro em seu pescoço.
— Algumas são. Outras são muito mais... pessoais.
— Como beijos e encontros?
— Como beijos e encontros — Brielle suspira, seu cabelo loiro caindo para trás enquanto ela olha para o céu estrelado. — Eu gostei quando escreveu aquele artigo para mim para a aula de inglês. Isso definitivamente valeu a pena.
— Eu me esqueci disso.
— Eu tirei A — ela me diz.
— Claro que você tirou... ou, devo dizer, eu tirei.
Brie sorri e olha de volta para a água escura.
— Sabe, eu dei meu primeiro beijo aqui. Foi tão horrível.
— Isaac deu um soco no cara.
O queixo de Brie cai.
— É por isso que ele parou de falar comigo?
— Provavelmente. Ele estava falando com um monte de outras crianças no cinema sobre como ele enfiou a língua na sua garganta e você chorou. Aproximei-me, agarrei-o pela jaqueta e ameacei-o. Antes que eu pudesse socá-lo, Isaac roubou as honras.
Lembro-me de estar chateado por não ter conseguido. Todos aqueles punks mereciam uma surra pela merda que estavam dizendo sobre ela e seus amigos.
— Eu nunca soube que tinha sido você!
— Veja, algumas coisas que posso te dizer.
— Isso não conta como a memória que você deveria me dar.
— Eu sei, já que não é uma de suas memórias. É apenas um lembrete de suas más escolhas com os homens.
Brie se vira para mim.
— Você se inclui nisso?
— Agora sou um dos seus homens?
Ela encolhe os ombros.
— Você poderia ser.
— E o que é preciso fazer para ser considerado para o cargo?
— Primeiro, vou precisar de uma inscrição, uma lista de referências e talvez um artigo sobre por que você deve ser considerado para isso.
Eu me inclino.

— Tenho uma razão muito boa que você vai querer ouvir.
— Oh? Diga.
Nossos rostos estão próximos, tão próximos que sua respiração aquece meus lábios.
— Sou muito, muito bom na cama.
— Essa é uma boa — admite. — Vou ter que manter isso em mente.
Eu me afasto, sentindo o ar frio passar entre nós.
— Faça isso.
Ela sorri e inala, envolvendo minha jaqueta mais apertada. Então seus olhos se arregalam em choque e seus lábios tremem.
— O que há de errado?
— O cheiro de charuto...
Porra. Porra. Eu sou um maldito idiota. Fumei um charuto com Emmett quando cheguei aqui. Aquele que sempre fumamos em ocasiões especiais. Aquele do qual ela se lembra de ter provado e cujo anel tem naquela caixa. Eu deveria ter pensado nisso. Deveria saber que isso a provocaria. Ou talvez Emmett esteja certo, e tudo que eu quero é que esse pesadelo acabe, então continuo fazendo coisas para pressioná-la. Estou sendo egoísta, porque sinto falta da *minha* Brielle. Sinto falta do amor e do toque dela, e de tudo o que temos.
Ela leva as lapelas ao nariz, cheirando de novo. Seus olhos encontram os meus, esperando pela resposta.
Firmo minha voz e finjo não ter ideia do que ela está dizendo.
— Emmett e eu fumamos um quando chegamos. Por quê?
— O cheiro é o mesmo. — Ela se aproxima. — O mesmo cheiro e...
Posso ver o conflito em seus olhos, as emoções conflitantes entre querer pedir mais e saber que não posso dar a ela.
— O charuto? — pergunto.
Brie assente.
— Sim, o mesmo que senti na minha língua. Por quê?
Dou de ombros, como se não fosse grande coisa, quando é.
— Nós os compramos na loja da cidade. Eles só têm duas marcas.
Isso é outra mentira. Estes são de Cuba e definitivamente não são vendidos no Oregon. Tenho um amigo que me deu uma caixa quando voltou de Havana. A última vez que tocamos neles foi na noite em que Elodie nasceu, que foi a primeira noite em que Brielle e eu fizemos amor.
— Certo. Isso faz sentido... é claro. Eu apenas pensei que talvez...

— Você pensou que talvez a memória fosse minha?

Brielle olha para o lago, seu corpo tenso, e solta um suspiro pesado. A tensão está crescendo entre nós, e não sei o que vai finalmente nos derrubar.

O que quer que estivesse pensando, ela encontra sua determinação e seus olhos azuis vêm até os meus, sem vacilar.

— Eu pensei. Continuo esperando e me perguntando, e preciso te perguntar isso... esse anel de noivado poderia ser seu?

CAPÍTULO VINTE

Brielle

Eu me sinto tão idiota. Tão absolutamente ridícula, mas sim. Eu quero que seja verdade. Quero acreditar, só por um minuto, que esse patinho feio se transformou em cisne e pegou o príncipe. Ele sempre foi a luz que eu alcancei na escuridão.

Escolhi minhas palavras com cuidado, certificando-me de que as expressei de uma maneira que esperançosamente o faria responder à pergunta que eu realmente precisava de resposta. Não posso continuar esperando que o que eu quero agora é o que tinha no passado. Que a maneira como me sinto perto dele é porque meu coração é dele. É uma loucura, e preciso saber a verdade, e é por isso que estou tão grata que Spencer não vai mentir.

Preparo meus nervos para qualquer que seja a resposta.

Ele sorri e balança a cabeça.

— Não, não é meu.

Eu quero chorar.

O cheiro daquele charuto era tão forte e tão parecido com o cheiro da minha primeira memória, e acho que só queria que se ligasse a ele.

Em vez de permitir que as lágrimas venham, forço uma risada suave.

— Eu não achava que fosse. Seria uma loucura se estivéssemos juntos e ninguém soubesse.

— Não há uma chance no inferno de que poderíamos ter feito isso.

Não, acho que não. Spencer nunca teria mentido para Isaac. Addy saberia, e ficou genuinamente chocada quando encontrei aquele anel.

Mas, oh, como eu desejo...

Por mais louco que seja, também não é. Spencer é a única pessoa neste mundo que sempre pensei que seria igual a mim em todos os sentidos. É com ele que quero falar todas as manhãs e o homem em quem penso quando adormeço. Ele sempre viveu no fundo da minha mente, mas essa nova versão dele não faz sentido.

Tipo, por que ele me beija assim? Como pode me fazer esquecer toda a minha dor e sorrir quando nunca tivemos esse tipo de conexão? Por que sinto seu olhar em mim em todos os lugares? Lutei contra mim mesma, tentei tanto me livrar disso, mas não consigo parar de pensar que há algo entre nós.

— Fomos mais?

— Por que pergunta isso?

— Porque o que teria mudado no último mês? Por que de repente você me veria diferente?

Spencer encosta as costas no parapeito, olhando para a festa.

— Você sempre foi diferente para mim. Simplesmente não era o momento certo.

— E agora de repente é? Depois de Isaac? Isso não faz sentido.

— Não sei... — ele admite.

O vento sopra, e aperto sua jaqueta com mais força. Spencer se aproxima de mim, esfregando meus braços. Encaro seus olhos verdes, querendo entender.

— É tão difícil saber o que é realidade e o que é um sonho.

Ele olha para mim.

— O que você quer dizer?

Não disse nada ao Spencer, mas ontem falei com o Dr. Girardo sobre os sonhos vívidos. Acordo, com tanta certeza de que meu sonho era uma lembrança. As mãos de Spencer estão no meu corpo, vejo seu sorriso enquanto estamos no sonho. Todos os meus sentidos estão envolvidos, e acordo mais de uma vez, ofegante e desejando por ele.

Dr. Girardo e eu destrinchamos o que levei ontem, e ele apontou que a sequência de eventos nos sonhos não está em ordem. Beijei Spencer em um segundo e briguei com ele no próximo. Ele e eu achamos que poderia ser uma mistura de memória de outra pessoa e estou substituindo essa pessoa por Spencer. Ele disse que, até que isso ocorra comigo acordada, ele concordaria com minha avaliação de que é uma mistura de sonhos, memórias e eventos, mas não está claro qual é qual.

— Eu sonho com você — digo a ele. Suas mãos param de se mover, mas ele não solta. — Sonho conosco juntos na praia como estávamos algumas semanas atrás. Sonho conosco jantando no meu apartamento ou com você saindo de manhã. Eu acordo, com tanta certeza de que é real, mas acho que sou só eu desejando que fosse. — Sua respiração ficou um pouco mais rápida, e miro seus olhos para dizer: — Diga-me, é uma memória ou um sonho?

— Pode ser o futuro — diz ele, movendo as mãos pelos meus braços até o meu pescoço, embalando meu rosto.

Ele se inclina, e esta será a primeira vez que ele me beijará em público. Há centenas de pessoas do outro lado do vidro. Fecho meus olhos, pronta para seus lábios nos meus.

— Brielle! Brie! — Charlie chama e Spencer se afasta, um segundo depois ela vira o corredor. — Aí está você! Eu estive procurando por você em todo lugar. Queria te encontrar aqui também, Spencer.

— Charlie — diz ele e, em seguida, limpa a garganta. — Viemos aqui para tomar um ar.

Charlie ri.

— Claro que sim. Eu não sou idiota. Vocês percebem que há muitas janelas neste estabelecimento, certo?

— Nós não estávamos...

— Eu não me importo com o que vocês dois fazem, só vim aqui para parar antes que *todo mundo* veja vocês dois se beijando. Nós dois sabemos como algumas pessoas reagem às coisas. Então, ria agora da minha piada hilária. — Nenhum de nós ri. Ela levanta as sobrancelhas. — Prossigam.

Spencer e eu sorrimos e fingimos rir.

— Ok.

— Agora, Spencer, entre e pegue a bolsa da Brielle, já que ela está com dor de cabeça. É melhor você levá-la para casa.

Ele acena com a cabeça uma vez e sai.

— Isso é ruim? — pergunto, nervosa.

— Não, nós só tivemos que acalmar Emmett um pouco.

Eu gemo.

— Por que ele está chateado?

Charlie arqueia uma sobrancelha.

— Baby, você não se lembra de uma grande lacuna de sua vida e todo mundo está tentando proteger seu testemunho. Emmett já foi informado de que está em grande desvantagem porque não há evidências apontando para um suspeito. Eles estão depositando todas as suas esperanças em você. Ele não quer dar à defesa nenhuma munição possível.

— O que isso tem a ver com Spencer?

Seu sorriso é suave, mas há um pouco de censura ali.

— Apenas não é o melhor momento. Não quando o promotor já tem problemas com Spencer te ajudando. O protocolo regular seria trabalhar com o Dr. Girardo.

— Pedi a ele para me ajudar.

— E você não é legalmente obrigada a cumprir qualquer que seja o protocolo. Mas você tem uma equipe de pessoas que quer protegê-la e também obter justiça para alguém que todos amam. Além disso, Emmett é um cara que esteve na guerra e viu merda. Ele viu pessoas que amava morrerem, e isso nunca é fácil, mas quando você sai dessa mentalidade de guerra, você não acha que verá seu amigo ser baleado em casa. Acho que todos aqui estão se sentindo inquietos.

— Não há ninguém que queira pegar o assassino do meu irmão mais do que eu. — E assim, estou irritada comigo mesma porque continuo pressionando as pessoas a responderem as perguntas que eu não deveria estar forçando-as a responder.

Como se ela pudesse ler meus pensamentos enquanto eles perseguem minha expressão, Charlie me dá um pequeno sorriso.

— Eu sei. Volte para o seu apartamento, relaxe e deixe a cidade festejar. Amanhã, tudo ficará bem. Além disso, sempre tenha suas chaves. Se algo acontecesse aqui, não teríamos sido alertados até que fosse tarde demais. O botão de pânico deve ir a todos os lugares com você.

Ela está certa.

— Sinto muito.

— Não sinta. O objetivo é protegê-la. Vamos fazer isso. Não temos ideia se o assassino está andando entre nós e queremos que você esteja sempre protegida, não importa o que aconteça.

— Ok.

Spencer volta com minha bolsa.

— Desculpe, eu tive que... conversar com um amigo.

Charlie sorri.

— E suponho que o amigo tinha um conselho?

— Sempre a espiã, Charlie.

Ela se vira para mim.

— Sim, definitivamente foi preciso uma espiã para descobrir isso.

— Preparada? — Spencer pergunta.

Pego seu braço e saímos para o carro sem dizer uma palavra.

A volta para casa não dura mais do que nove minutos, porém parece um ano, porque há um silêncio constrangedor no carro. Minha mente corre com as coisas certas a dizer, mas nada permanece. Charlie está certa. Eu não estou bem. Tenho uma grande lacuna de tempo faltando, e preciso me lembrar. Não posso começar um relacionamento, nem mesmo se for um que desejei toda a minha vida, estando assim ainda.

Quebrada.

Danificada.

Assustada.

Spencer já teve o suficiente disso de mulheres em sua vida. Existe uma possibilidade muito real de que minha memória volte, e eu me lembre do homem que posso ter amado. O que então? Se eu me lembrar de como estava feliz e quiser isso de volta, Spencer terá outra mulher que o abandonará.

Penso no outro cara que pode existir, e ele? Não sei quem ele é ou por que ainda não tentou me encontrar, mas, pelo que sei, há uma boa razão para sua ausência. Quão justo seria para ele se eu continuasse o que quer que tenha com Spencer?

Não seria nada justo.

O carro estaciona e nenhum de nós se move, quase como se soubéssemos que esta noite seguiu uma nova direção.

Eu deveria dizer algo. Eu quero, mas não posso.

— Não sei para onde vamos a partir daqui. — A voz de Spencer ecoa no silêncio.

— Eu também não.

— Eu sei o que quero. Sei o que desejo.

— Desejos e vontades não significam que é a escolha certa, e é isso que importa — afirmo, mas há algo nas palavras que me incomoda. Como se eu as tivesse ouvido. Como se... eu as conhecesse.

Os olhos de Spencer encontram os meus na escuridão. A única luz é a lua atrás dele.

— O quê?

— O quê? — repito a pergunta dele.

— O que você acabou de dizer?

Deus, e se eu estou citando-o? Começo a me perguntar se estou, porque soa como algo que ele diria.

— Já ouvi isso antes.

— Quando? — A pergunta sai de seus lábios como uma bala, rápida e forte.

— Não sei. Eu acabei de... dizer isso e então tive a sensação de que já conhecia.

Ele volta para a estrada.

— Estou me esforçando muito para fazer a coisa certa. A coisa que nós dois sabemos que precisamos fazer. Não podemos continuar fazendo essa dança, Brie. Eu nunca deveria ter permitido nada disso.

— Que dança? Você não entende? Eu nem entendo quais são os passos.

— Essa é a questão! Eu nunca deveria ter deixado nada disso acontecer. Você é... e eu sou... Isaac merece mais. Ele merecia muito mais do que estou fazendo agora.

— Do que você está falando, Spencer?

— Eu nunca deveria ter te beijado. Eu não deveria pensar em você, sonhar com você, encontrar motivos para estar perto de você. Nunca deveria ter feito promessas sobre memórias ou beijos ou encontros. Assim não. Não agora, quando você está lidando com tudo isso. Não quando perdi meu melhor amigo, porra, um mês atrás. Não quando eu sei...

— Você sabe o quê?

Ele não me responde antes de sair do carro, dá a volta ao meu lado e abre minha porta.

Eu já tive o suficiente disso. De tudo isso. Eu me recuso a me mover. Cruzo os braços e permaneço no carro, muito consciente de que pareço uma idiota.

— Saia do carro, Brie.

— Não até terminarmos de conversar.

Spencer suspira pesadamente.

— Terminamos.

— Não, você terminou. Você decidiu, e eu não concordo.

— Saia do maldito carro.

A única coisa que sei é que, não importa o que aconteça, estou segura. Ele nunca vai me machucar. Pode desejar me estrangular agora, mas morreria antes de ferir alguém que ama.

— Você pode voltar ou — alcanço minha bolsa e tiro minhas chaves — pode entrar, se quiser, espere lá até eu decidir que estou pronta.

Ele ri uma vez.

— Você está brincando?

— Eu não estou. Você acabou de falar, mas eu quero que você me diga o que aconteceu entre quase me beijar na premiação e agora.

Ele se aproxima do carro e, a princípio, acho que vai me puxar para fora, mas ele pega as minhas chaves e caminha em direção à minha casa.

— Quinn? Você pode observá-la?

Ouço um som de coruja em resposta.

— Obrigado! — Spencer responde, levantando a mão.

Eca. Aquele homem. Ele vai mesmo me deixar no carro — à noite — sem chaves. Merda! Ele está com meu botão de pânico. Agora sou eu quem vai cometer um estrangulamento.

Saio do carro, bato a porta, esperando que quebre o espelho ou algo assim, e então ouço o bipe da fechadura depois de dar o primeiro passo.

— Spencer! — grito, sabendo que o idiota pode me ouvir. — Eu vou te matar!

Corro para dentro do meu prédio e resmungo o caminho todo sobre todas as maneiras pelas quais vou buscar vingança. Abro a porta do meu apartamento, pronta para liberar a ira sagrada do inferno, mas ele está na sala, esperando, e há algo em seus olhos que me impede.

Essa atração inegável está pulsando entre nós, chamando por mim, e não consigo respirar. Eu preciso dele. Estou com raiva e confusa e todas as outras coisas, porém, mais do que tudo, é o desespero pelo homem parado na minha frente.

Jogo minha bolsa no chão e caminho na sua direção, enquanto ele se move para mim. Nós nos agarramos e nossas bocas batem uma na outra. É demais e não é suficiente. Preciso sentir sua pele, saboreá-lo, respirá-lo em mim para que eu esteja inteira.

Ele me beija mais profundamente, deslizando sua língua quente contra a minha. Suas mãos deslizam pelas minhas costas antes de puxar o zíper para baixo e começo a desabotoar sua camisa. Não me importo que nada disso faça sentido, porque não precisa. É Spencer, e está certo.

— Diga-me para parar, Brielle — ele implora.

— Nunca.

Não dou a ele a chance de me pedir outra coisa, eu o beijo mais forte, tirando o paletó e a camisa de seus ombros, amando a largura e a força de seu corpo. Pensamos demais, e para mim chega.

Ele não tira meu vestido, apenas o deixa aberto, seus dedos espalhados pelas minhas costas nuas, segurando-me contra si.

Eu me afasto, tentando deslizar minhas mãos entre nós, com tanto medo que este momento termine.

— Devagar, querida — diz Spencer entre respirações. — O que você quer que eu faça? O que você quer, Brie?

Quando vou responder, sinto uma dor aguda na cabeça. Eu me afasto, e ele me libera na hora. A pulsação é tão avassaladora e aguda que não consigo ouvir nada. Eu fecho meus olhos, lutando contra a agonia, e então ela desaparece. A névoa é mais leve. Posso ver partes de algo.

Está quente, o sol ainda não está totalmente no céu, mas o calor é constante. Isaac e eu estamos em um estacionamento, conversando e brincando sobre alguma coisa. Posso ouvir sua voz e ver seu sorriso quando saímos do carro.

— Não — falo para mim mesma e possivelmente em voz alta. — Não, não posso.

— O que você quer que eu faça? — Isaac pergunta. — Brie?
— Apenas deixe-me lidar com isso — digo a ele.

Então fica confuso novamente.

Luto para ficar aqui, para ver um rosto ou um nome, mas não consigo conter a náusea ou a ansiedade no peito. Isso é importante. É uma memória, e eu preciso dela.

— Brielle! — Spencer grita, mas eu o ignoro, forçando-me a ficar nessa memória, não importa o quão doloroso seja.

Eu caio, segurando minha cabeça nas mãos, cobrindo meus ouvidos. Meu irmão está contornando o carro, tentando me alcançar. Há um homem. Ele está gritando, mas não consigo entender nada do que está dizendo. Seu rosto está desbotado pela luz do sol, e quanto mais eu tento vê-lo, mais brilhante fica. Mais gritos. Vozes mais profundas, e Isaac implorando, uma arma sendo sacada. O sol brilhando no cano enquanto se move da esquerda para a direita. Dou um passo em direção ao homem desconhecido, mas Isaac agarra meu pulso e chama meu nome. Ele tenta se colocar na minha frente. A dor na minha cabeça floresce novamente, porém ainda luto para ver, para alcançar Isaac, mas então não há nada.

Meu corpo treme, e as lágrimas escorrem pelo meu rosto. A dor de ver o rosto de Isaac nesses lampejos de momentos é demais. Eu estava lá, mas não conseguia ver o que mais precisava. Nem sei em qual estacionamento estávamos.

Lentamente, volto a mim mesma, e novas palavras entram em foco.

— Por favor, querida, fale comigo. — A voz de Spencer está trêmula e é quase um sussurro. Seus braços são fortes, segurando todas as minhas partes quebradas juntas.

— Eu vi! Eu vi... eu vi! — Eu choro, com Spencer me balançando em seus braços.

— Diga-me o que você viu. — Há uma falha em sua voz, e posso sentir seu medo se misturando com o meu.

— A arma. Eu vi a arma. Eu o vi me agarrar e chamar meu nome.

— Você viu quem era?

— Não — eu soluço. — Eu não podia.

— Está tudo bem, Brielle. Tudo bem. Você está segura, e está tudo bem.

Mas não está. Eu estava tão perto. Tive uma memória que me atingiu. O mais importante, e não conseguia me lembrar.

Fico nos braços de Spencer, e tudo que vejo é o rosto de Isaac. O medo e a preocupação quando ele estendeu a mão para mim. Ouço sua voz, a resolução de que ele não deixaria nada me machucar. Eu queria chegar até ele, dizer-lhe para correr, se salvar e estar lá para Addy e Elodie. Lembro-me do pânico de que nunca mais veria as pessoas que amo, de que nós dois morreríamos.

Uma nova onda de agonia me atravessa. Encaro seus olhos, as lágrimas tornando difícil de ver.

— Ajude-me a esquecer — eu imploro.

— Brie...

Nego com a cabeça, não querendo ser rejeitada ou sentir nada além de segura. Envolvo minha mão em sua nuca e puxo seus lábios nos meus.

— Por favor, ajude-me a esquecer. Tire a dor.

Ou eu poderia me afogar nela.

CAPÍTULO VINTE E UM

Spencer

Sua boca está fundida à minha, impedindo que minha recusa escape. Se eu fosse honesto comigo mesmo, poderia impedi-la se quisesse.

Mas eu não quero.

Não quero impedi-la ou impedir isso. Quero me perder em seu toque. Eu a amo tanto que isso está me destruindo.

Emmett esbarrou em mim antes de sairmos, dizendo que teríamos uma conversa em breve. Ele vê o jeito que olho para ela, as coisas que pensei que estava escondendo, mas ele não tem ideia de que Brielle é a primeira coisa em anos que me faz sentir vivo e digno de novo.

Ela não me vê como um homem com um prêmio ou um salário. Ela vê as rachaduras e pedaços quebrados e me ama ainda mais por eles.

Agora é ela quem está quebrada, e posso não ter permissão para ajudá-la a se recompor como ela fez por mim, mas posso fazer isso. Posso dar o que ela está pedindo, que é o que nós dois precisamos, e então vou direto para o inferno.

Suas pequenas mãos estão no meu peito, empurrando-me para o chão. Eu caio para trás, e ela está em cima de mim.

— Brie — eu digo, pedindo mais e parando.

— Sem falar. Por favor. Não...

Empurro minha mão em seu cabelo, segurando as mechas loiras e sedosas em meus dedos. Puxo sua boca de volta para a minha e ela geme. Eu a deixo liderar, dando a ela o controle que sei que está procurando.

Quando voltei da última missão, estava do mesmo jeito. Não sabia mais quem eu era ou como processar tudo o que via, e precisava ter algo — alguém que pudesse me dar isso. Era ela. E agora, farei o mesmo.

Eu a beijo mais fundo e mudo seu corpo um pouco para que possa sentir seu calor. Ela geme quando me levanto, atingindo o ponto onde sei que ela precisa de mim.

— Spencer. — A voz de Brielle flutua sobre meu nome.

Agarro seus quadris, suas mãos se movem para o meu peito, então ela está sentada como uma maldita rainha em cima de mim. Seus olhos estão nos meus, a cor safira se tornando líquida de desejo. Puxo seu vestido para cima, deslizando os dedos sobre sua pele macia.

— Qualquer coisa que você quiser, eu vou te dar — prometo.

— Você, eu quero você.

Ela nunca tem que pedir. Eu sou dela, e sempre serei. Eu a amo com tudo o que sou. Nunca vou negá-la, malditas sejam as consequências.

— Então pegue o que você quer — eu a encorajo.

Ela se mexe, puxando minha camiseta para cima, e solto seus quadris o suficiente para removê-la. Não importa que tenhamos feito amor centenas de vezes porque, agora, é quase como a primeira vez de novo.

Lembro-me da sensação maravilhosa que ambos sentimos. Como nós dois queríamos e estávamos apreensivos ao mesmo tempo. Isso não deveria acontecer, Brielle e eu. Não fomos uma conclusão precipitada. Não, éramos amigos que se tornaram muito mais.

Empurro o cabelo loiro atrás de sua orelha.

— Isso é tudo? — pergunto.

Ela balança a cabeça com o lábio inferior entre os dentes.

— Não? O que mais?

Brielle me dá um sorriso tímido, e então estamos cara a cara e seu cabelo cria um véu em torno de nós. Seus lábios estão nos meus e suas mãos se movem dos meus ombros para os meus braços até que ela tenha nossos dedos entrelaçados.

Estou à mercê dela. Assim como estou há muito tempo.

Muito cedo, ela se levanta e rola de cima de mim para o lado dela.

— Tire sua calça — ela exige.

— E você? Vou ficar nu enquanto você ainda está com esse vestido.

Ela se levanta, e eu faço o mesmo. Abro meu cinto, o botão e então deslizo o zíper para baixo. Não lhe dou exatamente o que me pede ainda.

Eu quero vê-la. Preciso vê-la. Eu perdi tudo isso. A ludicidade que temos. A confiança que compartilhamos, sendo completamente descarados um com o outro.

— Você ainda não tirou — diz Brielle.

Minha calça está pendurada em meus quadris, mas não me movo para tirá-la.

— Não tirei.

— Por quê?

— Eu acho — falo baixo e rouco, dando um passo em direção a ela — que posso precisar de ajuda.

— Você? — Brie pergunta, com um sorriso.

— Eu penso que sim. Você acha que poderia... — Roço meu dedo de sua garganta para o topo de seus seios.

— Poderia o quê?

Sua voz está tremendo, e eu gosto disso.

Eu me inclino mais perto, meus lábios contra sua orelha.

— Ajudar-me a removê-la?

Suas mãos estão lá um momento depois, o polegar enganchado na faixa da minha cueca boxer. Então não há mais roupas, apenas ar fresco.

Brielle dá um passo para trás, seus olhos se movendo pela minha pele, descendo lentamente para o meu pau.

— Você gosta do que vê? — pergunto.

— Muitíssimo.

— Agora, tire seu vestido — peço. Seus dedos se movem para as alças, mas eu mudo de ideia. — Pare.

Seu olhar encontra o meu em um flash.

— Eu quero fazer isso — explico. — Deixe-me te despir, desnudar e ver cada centímetro glorioso de você.

— Spencer.

Meu nome em seus lábios é como o céu.

— Eu vou fazer você esquecer tudo neste mundo, menos eu, entende?

Ela acena.

— Bom.

Porque se isso é tudo que teremos de novo, então vou fazer valer a pena.

CAPÍTULO VINTE E DOIS

Brielle

Meus membros estão tremendo, mas travo os músculos para que ele não veja. Spencer se move em minha direção como se eu fosse sua presa. Ele é forte, sexy, e enquanto eu pensava que tinha o controle, está claro que isso se foi agora.

É o que eu preciso.

Não quero mais pensar. Quero sentir e me perder, porque ele é o que me ancora de qualquer maneira.

Seus polegares se movem contra minha clavícula, brincando comigo por alguns segundos.

— Você está nervosa, querida?

— Não. — É mentira, mas não quero que isso pare. Estou nervosa, mas não por estar com ele. Estou nervosa por ele achar que falta algo em mim. Não sou as modelos que ele está acostumado. Meu corpo está longe de ser perfeito. Tenho caroços e cicatrizes. Tenho estrias nos quadris desde o verão antes do primeiro ano do ensino médio, quando cresci cinco centímetros. Não sou perfeita. Eu sou falha.

— Sem mentiras — diz, ecoando a promessa que compartilhamos.

Minha frequência cardíaca salta quando sua mão desliza a alça do meu ombro direito.

— Eu não estou… nervosa, só quero ser boa o suficiente. Quero que você goste do que vê.

Isso faz com que ele pare. Suas mãos estão segurando meu rosto com ternura.

— Você é perfeita. Está me ouvindo? Sou eu que não sou bom o suficiente para você, Brielle. Você é Eva, e eu vim para o jardim quando não deveria. Estou aqui, pronto para cortar a árvore inteira, sabendo que a tentação não é a maçã, mas você. Você não vê, sou quem não merece este momento.

— Se eu sou Eva, então você deveria saber que não quero a maçã de qualquer maneira. Quero você. Quero a cobra, o pecado e a promessa de futuro.

O polegar de Spencer se move contra meus lábios.

— Eu quero a maçã. E se eu puder sentir este gosto esta noite, então Deus me ajude, porque nunca mais serei o mesmo.

Minhas mãos se movem para seus pulsos para que eu possa segurá-lo como ele me segura.

— Então pegue o que é oferecido, e nos preocupamos com o resto depois.

Suas pálpebras se fecham e ele pressiona a testa contra a minha. Ele me dá um beijo suave, e envolvo meus braços ao redor de seu pescoço, enquanto me pega e me leva para o quarto. Spencer me coloca de pé na frente da minha cama.

Sem dizer uma palavra, ele puxa as duas alças, deslizando-as pelos meus braços, até cair no chão.

Eu saio dele, ainda com meus saltos.

Ele levanta meu queixo.

— Nem preciso olhar para saber o quão deslumbrante você é. Eu gosto de cada parte de você. Cada sarda, cada cicatriz, cada imperfeição que você vê, eu vejo beleza.

Acho que posso ter morrido um pouco.

Eu me empurro para cima e o beijo, porque não há palavras que se comparem a isso. Ele me beija ao me levar de volta para a cama e solta meu sutiã sem alças e o joga no chão.

— Quero você nua, Brielle.

Empurro minha calcinha para baixo, balançando até que elas estejam fora e seu desejo seja atendido.

Spencer agarra minhas coxas, puxando-me para seus braços novamente, e me deita na cama. Ele fica alto, sua ereção se projetando, e olha para mim. Luto contra a vontade de me cobrir, mas não posso negar a luxúria em seus olhos se eu quisesse. Ele está faminto, e eu sou o que está no cardápio.

Graças a Deus.

— Da próxima vez, quero que você mantenha os sapatos. Hoje à noite, porém... — Ele remove meu salto e beija meu tornozelo. — Quero você confortável. — O outro sai e ele passa o polegar pela minha panturrilha. Eu poderia morrer de prazer. Minha perna cai e ele rasteja em minha direção. — Penso neste momento há semanas — confessa. — Eu te imaginei nua para mim, querendo que eu te tomasse, te amasse, te desse tanto prazer que você não poderia fazer nada além de tomá-lo. Você quer isso, amor?

Eu concordo.

— Muitíssimo.

— Sente-se contra a cabeceira da cama — ordena. Uma vez que faço o que manda, ele sorri. — Quero que você assista. Quero que veja tudo. Não há escuridão aqui, apenas luz.

Eu quero chorar. Meu coração está batendo tão alto, porque ele está me dando tudo. Não apenas o sexo, para o qual estou tão pronta pra caralho, mas também a coisa que tem me assombrado. Eu só vejo a névoa escura em torno de minhas memórias. Mas nisto, não há neblina e nenhuma batalha para levantá-la. Ele está me dando minha visão.

Ele afasta meus joelhos, beijando a parte interna da minha panturrilha, depois meu joelho e depois minha coxa. Lambe a pele sensível antes de soprar suavemente ali. Em seguida, centímetros mais alto, o tempo todo se certificando de que estou olhando para ele. Se eu não tivesse o apoio atrás de mim, teria derretido na cama quando sua língua deu seu primeiro golpe.

Gemo seu nome, meus dedos deslizando em seu cabelo, segurando-o lá. Spencer lambe e circula meu clitóris com vários níveis de pressão. Eu sou incapaz de fazer qualquer coisa, apenas deixá-lo assumir o comando do meu corpo ao me deixar louca de prazer. Meu Deus, vê-lo é inebriante. Quando seus olhos verdes encontram os meus, eu poderia ir direto para lá. A intensidade de seu olhar me deixa selvagem.

Ele move a cabeça de um lado para o outro, lambendo e chupando, movendo a língua ao redor. Não aguento muito mais. A intimidade de tudo isso é exacerbada. Parece bom demais.

— Estou tão perto — murmuro. — Tão perto.

— Deixe ir, eu estarei aqui para mantê-la segura.

Seu dedo desliza em mim e ele trava a boca no meu clitóris, balançando, chupando e lambendo mais forte. Eu quero deixar ir. Quero desmoronar em seus braços, porque isso é o que sempre desejei. Que fosse ele quem me pegaria.

Minhas pernas começam a tremer, e o clímax se aproxima. Não posso lutar contra isso, não *quero* lutar contra isso, então o deixo me empurrar para uma queda livre. Onda após onda de prazer passa sobre mim, lavando toda a tristeza e ansiedade e me deixando crua e saciada.

Ele puxa meus quadris para que eu fique deitada na cama e se apoia em mim.

— Você é tão linda quando goza.

— Você me faz sentir bonita.

— Olhe para mim, Brielle. — Viro a cabeça de volta para ele. — Eu quero fazer amor com você, mas preciso que me diga que é o que você quer.

Que pensamento bobo. Isso é tudo que eu quero. É cada fantasia que eu já tive se tornando realidade.

— Mais do que tudo.

Ele estende a mão para a gaveta esquerda, pega uma camisinha e a veste. Quando se acomoda em cima de mim novamente, avança um pouco. Eu não quero esperar. Não quero hesitação. Envolvo minhas pernas ao redor dele e levanto meus quadris.

— Spencer. Agora.

Ele desliza profundamente em uma estocada. Nós dois suspiramos, e me aperto em torno dele. Ele é tão bom nisso. Eu nunca poderia imaginar o quão perfeitamente ele se encaixaria dentro de mim, como se fosse feito para mim.

— Jesus Cristo — ele murmura. — Foda-se, você... isso é...

— Perfeito — termino a frase.

Ele toma minha boca em um beijo ardente, e não há mais palavras entre nós. Estabelece um ritmo que não deixa espaço para qualquer conversa. Os únicos sons são nossas respirações irregulares e pele encontrando pele. O suor brota em sua testa, e posso ver a tensão dele lutando de volta, querendo que isso continue para sempre.

Empurro contra seu peito, querendo o controle novamente. Eu quero ser o que o faz finalmente se perder. Ele vira de costas, levando-me junto, então estou em cima, deslizando para baixo em seu pau. Descanso as mãos em seu peito, movendo-me lentamente, e a fricção no meu clitóris começa a construir outro clímax.

Os dedos de Spencer cavam em meus quadris e ele me incentiva a montá-lo um pouco mais rápido. Uma vez que estou no ritmo que quer, ele move as mãos para meus seios. Seus dedos experientes me tocam da maneira certa, amassando antes que se mova para meus mamilos, beliscando e puxando de brincadeira.

— Por favor — consigo dizer. — Por favor, não pare.

— Você está perto. Sua boceta quente está apertada em volta do meu pau. Você quer gozar de novo. Seu corpo sabe...

— Sim — eu gemo.

Ele se move para enfiar o dedo entre nós e começa a esfregar meu clitóris novamente. É incrível e doloroso. Estou torcida e sobrecarregada. É demais. Eu não posso fazer isso de novo, mas Spencer está determinado.

— Monte-me, Brielle. Tome a liberdade que você quer. Leve tudo, porque é seu. Pegue, amor. Pegue o que você precisa.

Eu grito, incapaz de me conter, outro orgasmo disparando através de mim. Eu caio para frente, mas ele está lá, segurando-me contra si. Seus quadris empurram para cima, fodendo-me até que está gemendo meu nome no meu cabelo, e ele pulsa dentro de mim.

Deito-me contra seu peito, incapaz de me mover mesmo se eu quisesse, e eu não quero.

Essa foi a coisa mais incrível que já experimentei.

Ele move meu cabelo para o lado e beija meu nariz.

— Você está bem?

— Huh?

Ele ri.

— Vou tomar isso como um sim.

— Uh-hum.

Aparentemente, tudo o que sou capaz é de falar em sons.

Os dedos de Spencer percorrem minha espinha.

— Eu tenho que limpar.

— Eh.

Eu não quero me mexer. Quero ficar assim para sempre.

Ele ri novamente e então me rola para o lado. Eu caio, meus membros não estão realmente cooperando. Fecho os olhos por um segundo, absorvendo tudo o que aconteceu, mas não consigo pensar muito porque, de repente, tudo está escuro e quieto.

A primeira coisa que noto é que estou com calor. Muito calor. Como se tivesse deixado o ar desligado e as janelas abertas no sol do verão.

Então percebo que estou nua.

Estou nua porque fiz sexo. Sexo incrível. Sexo realmente incrível com Spencer.

Na noite anterior, a dança, a memória, as horas incríveis depois disso foram preenchidas com todas as coisas de Spencer Cross.

Devo ter desmaiado logo depois, mas ele me aconchegou e depois se acomodou ao meu redor. Não sonhei nem acordei dez vezes ontem à noite. Eu dormi, e agora sei que foi porque ele estava aqui, mantendo os demônios longe.

— Bom dia. — Sua voz é profunda e rouca em meu ouvido.

Eu sorrio e me viro para vê-lo.

— Bom dia.

— Você dormiu?

— Sim, e você?

— Como um bebê — ele responde e empurra meu cabelo para trás. — Você está bem?

— Você diz por causa da noite passada?

O canto de seu lábio se levanta.

— Sim.

— Qual parte? O sexo ou a memória?

— Ambos.

Solto um suspiro baixo e dou de ombros.

— Estou processando tudo. Ainda estou um pouco sobrecarregada com a memória, mas também estou muito determinada. Quanto a nós, estou igualmente feliz e aterrorizada.

— Eu não quero que você tenha medo.

— Tenho mais medo de que nunca mais aconteça. Que as memórias voltem e apaguem o que eu quero agora. — Faço uma pausa e espero por alguma garantia, porque continuo expondo meu coração, mas não sei como ele se sente. Quando ele não fala nada, peço: — Por favor, diga alguma coisa.

— Não tenho certeza do que dizer.

Não é isso, eu quero dizer a ele.

— Ok.

Spencer nega com a cabeça.

— Estou processando tudo também. Isso é tudo. Precisamos dar um passo de cada vez.

— Certo... eu sei o que você está dizendo. Você tem razão.

Eu sou tão estúpida. Começo a sair da cama, mas ele me alcança.

— Brie. Pare. Estou dizendo que não vou te pressionar. Não vou pedir que você faça promessas ou concessões até que saiba o que está em seu passado. A noite passada foi incrível, a parte do sexo.

Libero minha respiração.

— Ok. Você tem razão. Quero ligar para o Dr. Girardo e ver se o encontro. Ele disse que às vezes, quando o cérebro tem esses vislumbres, é bom ir até ele o quanto antes. Ele pode ser capaz de abrir mais.

— Ligue para ele, e nós vamos agora. — Ele sai da cama, e levo um segundo para admirar seu corpo.

Querido Deus, obrigada por isso.

Ele me pega olhando, e eu me afasto, o calor enchendo minhas bochechas enquanto deslizo da cama. Ligo para o Dr. Girardo, que me diz para encontrá-lo no consultório em trinta minutos, então Spencer e eu tomamos banhos rápidos e nos vestimos; tento não rir por ele ter que colocar o smoking de volta.

Sim, isso será estranho, mas não temos tempo para ir à casa dele para que possa se trocar.

Saímos do apartamento, sua mão na minha, e Emmett está andando em nossa direção, também ainda em seu smoking da noite passada.

Ele para.

Nós paramos.

Ele olha para Spencer.

— Você passou a noite?

— Não que seja da sua conta — responde Spencer.

As narinas de Emmett se dilatam, e ele nega com a cabeça.

— Eu não posso acreditar que você arriscaria o caso do seu melhor amigo. Que você se importa tão pouco com Isaac, Addy e Elodie, que não pode fazer a coisa certa. Acha que isso está certo? Você arriscaria tudo, por quê?

Eu suspiro.

— Emmett, pare. O que há de errado com você agora?

Ele se vira para mim.

— Você é a única testemunha ocular, Brielle, e Spencer sabe que o que ele está fazendo pode comprometer seu testemunho. Tivemos quatro pistas, e cada uma delas foi um beco sem saída. Trabalhamos em todos os ângulos, todas as câmeras, todas as evidências, e não encontramos nada. Então, se eles pensarem por um segundo que sua memória não é real, ferrou.

Spencer solta minha mão e caminha em direção a Emmett.

— Você não tem que adicionar mais pressão a ela do que ela já fez. Todo mundo está ciente do que está acontecendo, mas Isaac está morto. Ele amava sua irmã e nunca iria querer que ela sofresse... nem mesmo por ele.

Lágrimas enchem meus olhos ao ver os dois brigarem.

— Parem com isso — grito. — Spencer ficou comigo ontem à noite porque eu precisava dele. Eu estava quebrada depois que tive uma última memória. Eu estava com medo, e ele estava lá por mim. O que decidimos sobre nós não é sua escolha, Em. Somente minha e dele. Sei que não é o ideal para o caso, mas eu não sou o caso. Estou lidando com minha própria vida e não posso estar em uma bolha. — Viro-me para Spencer. — Ele é seu melhor amigo. Ele também está de luto. Todos nós estamos. Vocês dois têm que entender isso e não agir assim.

Emmett esfrega o rosto.

— Eu só quero resolver.

— Eu sei que você quer. Todos nós queremos, mas vocês não podem brigar um com o outro.

— Você disse que teve uma memória? — Emmett pergunta, mas ainda não consegue olhar para Spencer.

Homens são tão teimosos.

— Sim, eu vi o assassinato, mas não consigo me lembrar do rosto da pessoa. A memória estava confusa, mas... eu não estava bem. Ainda não estou.

Isso me sacudiu até o interior. Eu estava bem ali. Vi tudo e nada ao mesmo tempo. Eu estava com tanto medo. Podia sentir meu coração no peito, batendo quando a arma foi levantada. A dor quando a ponta dela atingiu meu crânio. O som do tiro.

Minhas mãos estão tremendo como se estivesse acontecendo agora. Spencer fica na frente de Emmett.

— Ela já passou por bastante coisa. Não precisa de nenhum de nós agindo como idiota.

— Eu sei, você está certo. — Emmett se aproxima. — Brie, sinto muito.

— Está bem. Sei que você quer o meu bem. Vamos ao médico agora, mas falarei mais quando voltarmos, ok?

— É claro.

Spencer coloca a mão nas minhas costas, e nós caminhamos para o carro. Antes que ele faça qualquer movimento para ligar o motor ou sair da vaga, ele se vira para mim.

— Ele está certo, você sabe.
— Certo sobre o quê?
— Eu perderia tudo por você.

CAPÍTULO VINTE E TRÊS

Brielle

— É um prazer conhecê-lo — diz o Dr. Girardo para Spencer. — Brielle me disse que você tem sido fundamental para ajudá-la nas últimas semanas.

— Eu?

Ele sorri.

— Sim, pode notar, a maioria das memórias dela são recuperadas quando você está perto.

Spencer olha para mim, e dou de ombros.

— Ele diz que é porque me sinto segura perto de você, o que você já sabe.

— Sim, mas...

— É uma coisa boa — diz o doutor, nos levando de volta para a sala. — Gostaria que mais dos meus pacientes que experimentam um tipo de perda de memória tivessem algo ou alguém que pudesse desencadear a lembrança.

Estendo a mão e pego a de Spencer.

— É uma coisa boa.

— Bem, se eu puder ajudar, todos nós queremos a mesma coisa para ela.

Dr. Girardo acena com a cabeça.

— Sim, e hoje vamos fazer as coisas um pouco diferentes. Eu gostaria de tentar um tipo de hipnose com meditação. Começaremos com uma meditação profunda, para deixá-la relaxada e focada. Então vou tentar hipnotizá-la. Como a memória é muito recente, pode ser bem mais fácil ressurgir.

Claro, isso não é uma garantia, mas tive algum sucesso no passado e acho que você seria uma boa candidata.

Spencer aperta minha mão.

— Você não precisa.

Não, eu não, mas estou cansada disso. Quero saber quem matou meu irmão. Quero ser capaz de viver minha maldita vida. Se eu puder me lembrar disso, talvez todas as outras coisas possam finalmente ser explicadas.

— Eu quero fazer isso — informo. Dirijo-me ao Dr. Girardo. — Preciso de respostas e estou cansada desses pequenos momentos que não posso controlar.

— Podemos não ser capazes de controlar isso, Brie.

— Não, mas vale a pena tentar.

Dr. Girardo faz sinal para o sofá.

— Spencer, vou pedir para você esperar ali. É importante que não fale a menos que eu acene para você. Quero avisá-los de que isso pode dar errado. Você pode entrar em pânico, ter dor de cabeça ou ver uma memória falsa que pode parecer muito real. Tonturas e sonolência também são possíveis. Tem certeza de que deseja continuar?

— O que você quer dizer com memórias falsas?

Isso é o que eu realmente não quero que aconteça.

— É possível que sua mente misture memórias e crie falsas. Portanto, qualquer coisa que você diga sobre isso pode não ser precisa. Estamos trabalhando para tentar fazer com que sua mente coopere com você para levantar essa névoa que você descreve, e às vezes as coisas podem se encaixar.

Eu suspiro. Não quero memórias falsas. Quero as que eu tinha. Quero a verdade.

— Como vamos saber?

Seus olhos estão cheios de compaixão.

— Nós não vamos até que tenhamos mais de sua memória recuperada.

Spencer se levanta, movendo-se em minha direção.

— E isso não vai afetar o motivo pelo qual todos nós a protegemos?

— Você quer dizer o caso? — ele pergunta.

— Sim.

Dr. Girardo me dá um sorriso suave.

— Tudo isso vem de você. Nós não vamos orientá-la, então isso não vai prejudicar o caso. Pelo menos é o que eu diria se fosse chamado para testemunhar. O que estamos fazendo é permitir que o cérebro se mova sem medo.

Desde que não haja risco para o caso, então não vejo o mal.

— Ok. Acho que devemos fazer. Quero tentar.

Spencer pega minhas mãos nas dele e então beija meus dedos.

— Eu estarei lá. Não vou sair.

— Eu sei. — E sei mesmo. Ele não vai me abandonar. Nunca abandonou.

Ele se inclina e beija minha testa antes de se afastar.

— Fique confortável. Você pode se deitar se quiser.

Faço isso porque é a posição mais confortável para mim, e começamos. Não demoro muito para me acostumar com a cadência lenta da respiração que ele me ensinou a usar ao meditar. Uma vez que estou bem e relaxada, ele começa a falar. Verbalmente me guia através de uma série de imagens mentais que lentamente se tornam meu foco, até que finalmente estou no banco do passageiro de um carro, o sol iluminando o horizonte com um novo dia.

— Você vê isso? — A voz do Dr. Girardo muda.

Eu olho em volta.

— Vejo o quê?

— O estacionamento. Vê onde está localizado? — Olho em volta e encontro Isaac. Estamos rindo e saindo do carro.

— Ele está aqui — digo a ele.

— Onde é aqui?

Estou do lado de fora da memória olhando para ela dessa perspectiva. Vejo meu sorriso, brilhante e despreocupado, enquanto meu irmão fala. Saio do carro, olhando para a placa no prédio.

— Rosie's.

— E o que você está fazendo aqui?

— Queríamos café. Eu queria falar com ele sobre algo importante.

— Bom. Quem mais está aqui?

— Apenas Isaac. É cedo e não tem ninguém.

Dr. Girardo fala novamente.

— O que acontece agora?

— Nós... nós paramos. Ele está na porta e eu acabei de sair, mas tem alguém chamando meu nome.

— Concentre-se no rosto dele, Brielle. Concentre-se em afastar o nevoeiro — incentiva o Dr. Girardo. — Você está segura. Diga-me o que vê.

— Isaac está me dizendo para ficar aqui — conto. Começo a avançar, mas não há nada de novo. — Eu não posso ver...

Minha respiração começa a acelerar, e sinto gotas de suor em meu couro cabeludo. Estou assustada. Sei que isso é ruim e não consigo ver o rosto dele. Ele está aqui e vai nos matar.

— Você pode fazer isso, Brie, estou aqui. — A voz de Spencer está baixa no meu ouvido. — Ninguém pode te machucar. Ninguém vai chegar perto. Eu vou mantê-la segura.

Imediatamente, relaxo um pouco e a neblina se dissipa. Só que não estou no estacionamento com Isaac.

— Eu posso... o nevoeiro se foi.

— O que você vê? — Spencer pergunta.

— Você.

— Onde estamos?

Eu sorrio, olhando para a cena diante de mim. Ele e eu estamos no meu apartamento, assim como ontem à noite. Seus braços estão ao meu redor e ele está me segurando contra si. O cabelo de Spencer está um pouco mais curto do que agora.

— Estamos sorrindo.

A voz do Dr. Girardo se intromete.

— Você está feliz?

— Eu estou. Sinto essa vibração no meu peito. Spencer está sorrindo para mim enquanto pega minha mão e me leva para o quarto. É como ontem à noite, mas... — Não estamos de smoking ou vestido desta vez.

— O que você está vestindo?

— Jeans. Vestimos jeans — Isso é estranho, por que iríamos para o meu quarto?

— Bom, Brie, você pode ver mais alguma coisa?

A cena muda novamente, e estou revivendo a noite passada.

— É diferente... isto é ontem à noite — eu digo.

— Descreva a cena.

— Spencer em cima de mim, pegando a camisinha na gaveta.

Mais uma vez, tudo muda, e estou de volta ao estacionamento. Desta vez, passamos dos gritos.

— Ele tem uma arma! Isaac! Por favor! — grito, o pânico fazendo meu coração bater tão forte que deve estar machucando meu peito. — Não! Não!

— Você está bem, querida, ninguém está aqui. Apenas me diga o que vê — Spencer diz, suas mãos em meus ombros. — O que você vê?

— Ele está apontando a arma para mim, mas Isaac está tentando chegar até mim do lado do motorista. Eu digo a ele para ficar ali. Sei que posso lidar com isso. Tenho que lidar com isso. — Olho com mais atenção, querendo ver quem é. Eu o conheço. — A voz dele... eu já ouvi antes.

— Como soa? — pergunta o Dr. Girardo.

— Brava. Ele está muito bravo. Está dizendo que não tenho o direito. — Então Isaac está tentando se mover em minha direção novamente. — Ele está gritando com Isaac para ficar para trás.

O homem move a pistola de mim para Isaac. Ele diz ao meu irmão para ficar onde está ou vai me matar. Ele fala mais alto agora.

— Você pode descrever a voz dele? — pergunta o Dr. Girardo.

— É baixa. Eu sei isso. Já falei com ele muitas vezes.

Dr. Girardo pede novamente.

— Fique na cena, Brielle. Você está indo bem. Respire fundo três vezes e descreva o que acontece a seguir.

Faço o que ele diz, deixando minha respiração me acalmar. Só que ao tentar voltar, tudo se foi. Não há nada. Sem sons. Sem vozes. Apenas escuridão.

De repente, estou sendo sacudida.

— Brielle! Acorda! Droga, de novo não! Acorda!

Abro os olhos, e Spencer está aqui, sua respiração rápida e o pânico em seus olhos.

— O que aconteceu?

Ele solta um suspiro profundo e me aperta contra seu peito.

— Jesus Cristo. Eu estava... porra. Você está bem.

Eu me afasto dele, sentindo-me envergonhada.

— Estou bem. O que aconteceu?

Dr. Girardo pigarreia.

— Você desmaiou. Foi muito difícil te acordar.

— Oh. — Não me lembro de nada além das memórias terem desaparecido. — Tudo desapareceu — explico.

Ele concorda.

— Seu cérebro ainda está se recuperando do trauma de sua lesão. Podemos ter te empurrado um pouco longe demais.

— Não, eu precisava disso. Eu sei... conheço a voz dele e a ouvi há pouco tempo. — Eu me viro para Spencer. — Nós ouvimos.

Ele olha entre mim e o médico.

— Quem?

Minha voz treme.

— Jax.

CAPÍTULO VINTE E QUATRO

Spencer

Estou de pé no chuveiro, água escorrendo pelo meu rosto, tentando conciliar tudo o que ela disse.

Jax.

A voz que ela ouviu antes de seu irmão ser morto é a de Jax.

O Dr. Girardo me puxou de lado antes de sairmos e explicou que isso não significa que ele seja o assassino. Que a memória dela pode ser emendada, o que já sabemos que já aconteceu algumas vezes.

Como quando ela se lembrou de nós fazendo amor em seu apartamento, o que se misturou com outra memória recente, como se ela juntasse as duas.

Mas, ainda assim, não significa que eu não vou olhar mais profundamente para isso.

Inclino minha cabeça para trás mais uma vez, esperando que a água lave a raiva antes de eu voltar para Brie. Quando isso não acontece, desisto e vou para ela de qualquer maneira.

Uma vez vestido, sigo para a sala e a encontro sentada no chão, com todos os papéis da nossa investigação espalhados ao seu redor.

— O que você está procurando?

Brie pula com a minha voz e depois sorri.

— A resposta está nisso.

— Os extratos bancários?

Ela acena.

— Lembrei-me de Jax. Quando nos encontramos na festa, por algum motivo, parecia importante. Então, acho que me senti assim por uma das duas razões.

— E elas seriam? — pergunto, já capaz de adivinhar o que ela vai dizer.

— Ele é o cara do anel misterioso e o assassino.

Bem, ela está errada em pelo menos uma delas.

— Então, por que os extratos bancários? — pergunto, agachando-me ao seu lado.

— Você disse que temos que começar do começo. Talvez o começo seja meu trabalho. Só me lembrava até ser contratada no centro juvenil. Eu conheci Jax lá, comecei a namorar com ele e descobri algo ilegal. Devo ter arquivos dele no meu escritório. Ele sabia que o anel era a chave, então o procurou, mas eu o tinha em casa. Tudo se encaixa. Ele é o assassino e vou encontrar as respostas aqui. Jax está envolvido, agora tenho que provar isso.

Quero agarrá-la pelos ombros e dizer o quanto ela está errada, confessar que sou aquele por quem ela está apaixonada. Jax não merece respirar o mesmo ar que ela, e que Deus o ajude se foi ele quem a machucou e matou Isaac. Não haverá um buraco grande o suficiente para aquele homem se esconder.

Aperto minha mandíbula e conto até cinco antes que eu possa responder.

— O que encontrou nas declarações?

Não há nada aqui. Eu sei disso, porque li tudo sobre elas. Procurei em tudo, tentei rastrear o dinheiro de volta, e é tudo beco sem saída. Até Mark mandou um de seus técnicos investigar as transferências eletrônicas, mas não encontraram nada suspeito. Eles estão fazendo uma escavação diferente, mas quem está por trás disso é muito bom em cobrir seus rastros. Nós pelo menos sabemos que nada leva a Jax, mas eu ainda enviei tudo de hoje antes de pular no chuveiro.

Charlie está falando com seus contatos para ver se descobre alguma coisa, e os caras da Cole Empresa de Segurança estão fazendo o mesmo.

— Ainda não encontrei nada.

— Você deveria descansar — falo, juntando os papéis. — Você teve um dia difícil.

Ela pega a pasta de mim.

— Estou bem. Tenho que fazer isso.

— Você não... Passamos por isso uma dúzia de vezes. Não há nada aqui.

— E se perdemos alguma coisa?

— Nós não perdemos.

Ela se levanta e caminha para o outro lado da sala.

— Você não acha que é Jax?

— Não sei o que pensar.

— Por que você continua dispensando-o? Por que acha que ele não é o cara com quem eu estava? Eu vi como ele olhou para mim. Ele e eu estávamos namorando ou ele gosta de mim. O que você tem de tão confuso? — Brie pergunta, com frustração percorrendo suas palavras.

O grande volume de coisas que estou escondendo dela é esmagador.

— Eu não posso responder a isso.

— Não pode ou não quer?

— Existe alguma diferença? — jogo de volta.

— *Não posso* é muito diferente.

Dou um passo em direção a ela, minha própria frustração crescendo. Isso não é fácil. Esta é a pior coisa que já passei. Dei a porra do meu coração a ela, e ela não se lembra de mim. Tive que vê-la lutar pensando que estava com Henry, e agora ela pensa que Jax é seu noivo? Jax, o idiota do caralho para quem ela não daria nem cinco minutos?

Não. Já chega.

Estou desesperado para que ela apenas veja a verdade na frente dela. Eu a amo. Eu a amo muito, e estou desesperado por ela. Para tê-la, tocá-la, amá-la e, no entanto, ela ainda não pode voltar para mim.

Meu coração está acelerado e eu me aproximo.

— Não posso, Brielle. Eu quero. Quero te contar tudo. Quero colocar toda a porra da verdade na sua frente, mas não posso. Isso não é fácil para nenhum de nós. Ninguém está gostando disso. Ninguém quer guardar segredos, mas nos disseram que literalmente não podemos contar a verdade. Então, aqui estou eu, fazendo o meu melhor para manter minha promessa para você e me certificar de que eu não estrague tudo. Não importa o que eu diga a Emmett, ele está certo em estar chateado! Vou estragar tudo isso, e depois? O que acontece quando você me odiar?

Seu olhar cai.

— Estou fazendo o meu melhor para entender isso. Eu acabei de... Deus, eu sei! Sei o que está no meu coração. Você e o Dr. Girardo disseram que assim que eu conseguir juntar as peças, vou ver com clareza. Bem, estou vendo claramente. O assassino faz parte disso. Ele faz parte da minha vida e acho que tem a ver com o meu trabalho. Lembro-me de pessoas e coisas que importam.

— Seu coração diz que você está apaixonada por Jax?
Ela balança a cabeça.
— Não sei! Eu sei que ele é importante. Faz mais sentido.
Não faz sentido, porra, e não posso me segurar.
— Por quê? Porque ele olhou para você, isso deve significar que você está apaixonada por ele e ele é o assassino? Você está tão desesperada para que ele seja o homem por trás do anel que está tentando encontrar respostas onde não há nenhuma.
— Você não sabe disso!
— E você também não! Não há literalmente nenhuma prova de que Jax esteja envolvido em sua vida de alguma forma! Tudo que eu quero é que você... — Eu paro. Eu ia dizer isso, e não posso.
— O quê?
Seus grandes olhos azuis estão olhando para mim, e quero cair de joelhos.
— Nada.
— Não, o que você quer? O que estamos fazendo?
Eu não digo uma palavra porque não tenho mais nada. Explicar isso não fará sentido para ela. Nós dois estamos lutando para vencer, mas não estamos no mesmo campo.
— Você não usa jeans — Brielle diz baixinho.
Ela está tendo outro episódio?
— O quê? — eu pergunto.
Seus dedos tocam sua boca e depois caem.
— Você não usou jeans uma única vez no último mês.
— Ok, não sei aonde você quer chegar.
Jeans? O que ela está... porra.
— Lembrei-me de nós no meu apartamento, mas não éramos assim. Estávamos vestindo jeans, eu estava com meu cabelo em um rabo de cavalo e usava um casaco. Meu casaco de inverno. Você pegou minha mão e estávamos rindo enquanto você me puxava para dentro do quarto. Eu juro que foi... não sei. Não faz sentido, porque não somos um casal.
Ela está se lembrando de quando decidimos que *éramos* um casal e não apenas brincando. Lembro-me de tudo e, mais uma vez, tenho que fazê-la pensar que está errado porque ela não confia na memória.
— O médico lhe disse que sua memória poderia fazer uma narrativa falsa.
— Alguma vez fizemos sexo antes de ontem à noite?

Ela está me perguntando, e odeio cada porra de segundo disso.

— Não.

— Então por que eu continuo vendo você em meus sonhos? Por que eu te quero tanto?

— Porque você sempre teve uma queda por mim.

Ela dá um passo para trás.

— É claro. Acho que você está certo — Brie diz com uma respiração trêmula.

— Sobre?

— Que isso tem sido muito por um dia. Pode me levar para casa?

É a última coisa que eu quero fazer, mas aceno.

— Ok. Eu acabei de… posso usar o banheiro?

— Segunda porta à direita — eu digo.

Ela me olha com lágrimas nos olhos, mas não me deixa vê-las cair. Ela se vira e vai embora, deixando-me me sentindo pior do que nunca.

Mando uma mensagem para Emmett e depois largo meu telefone, sem dar a mínima para qual será a resposta dele.

> **Eu:** Cansei de mentir. Tudo o que você pensa que sabe sobre nós, você não sabe. Não posso mais fazer isso, e não vou. Foda-se o seu caso. Encontre o assassino sem Brielle. Estou contando tudo a ela.

Eu me afundo no sofá com a cabeça nas mãos e tento descobrir como iniciar o processo de contar a ela a verdade sobre nós sem estragar tudo.

CAPÍTULO VINTE E CINCO

Brielle

Não consigo parar de sentir que Spencer está mentindo. Ele não disse mentiras, e eu acredito nele, mas do jeito que ele tem estado desde que fizemos amor, a suspeita se enraizou dentro de mim.

Saio do banheiro silenciosamente e volto para o quarto dele, atraída pelo espaço.

Meus dedos envolvem a maçaneta e uma memória pisca.

Spencer está tirando minhas roupas, jogando-as ao redor do quarto com um sorriso.

— Eu quero você nua.

— Aposto que quer.

— Vou te foder tão forte. — Suas mãos agarram minha bunda, puxando-me contra ele.

— Estou ansiosa por isso.

— Você deve.

Eu rio quando ele me joga na cama, e então abro meus braços e sorrio.

— Estou esperando.

A memória se afasta e outra aparece.

— Não quero contar a ele. — Estou nua com o lençol enrolado em volta de mim.
— Nós vamos ter que contar em algum momento — diz Spencer, voltando para a cama comigo. Imediatamente, eu me aconchego ao seu lado, descansando a cabeça em seu peito.
Não quero contar ao Isaac nem a ninguém. Estou feliz assim. A bolha que criamos é perfeita e, quando estourar, seremos forçados a lidar com as opiniões de todos. Estamos felizes como somos, e mesmo que nunca nos tornemos nada mais do que isso, de maneira egoísta, quero manter esses momentos imaculados pelo mundo exterior.
Eu suspiro, descansando o queixo na mão.
— Não, nós não. Somos adultos e não é da conta de ninguém o que fazemos.
— Você não pode querer isso, Brie. Você não é uma conexão aleatória.
— Não sou? — eu desafio. — Porque é isso que é.
Os olhos verdes de Spencer me encaram.
— Você nunca poderia ser aleatória.
— Mas nunca poderemos ser mais.
— Por quê?
Deito a cabeça para trás em seu peito, amando a sensação de estar assim.
— Porque eu me apaixonaria por você, e então você partiria meu coração.
Ele ri.
— Você tem razão. Eu partiria.

Sou jogada de volta aqui, olhando para a cama, lembrando como seus lençóis eram macios contra a minha pele. Eu estive com ele. Muitas vezes. Eu dormi nesta cama — com ele. A noite passada não foi a primeira vez, e ele mentiu.

Entro no quarto, querendo que mais memórias apareçam. Olho em volta, sem ter certeza se o que acabei de ver realmente aconteceu. Eu deveria sair, falar com ele, dar-lhe uma chance de me dizer a verdade, mas preciso *de provas* de que o que acabei de ver era real.

Em vez de ser saudável, abro uma gaveta e depois outra e então, quando começo a pensar que sou uma completa idiota, encontro uma moldura. Aqui estamos. Estou envolta em seus braços, ele está sorrindo para mim, e minha mão está pressionada contra sua bochecha — com um anel de diamante no meu dedo. O que está na minha caixa de joias. Aquele que ele disse que nunca me deu.

Que ele me disse, à queima-roupa, que não era dele.

Mas era.

Como se a neblina não estivesse mais na minha mente, mas na minha frente, saio para a sala e paro quando o encontro sentado no sofá.

Ele fica de pé.

— Brie? Você está bem?

Nego com a cabeça.

— Você mentiu.

— O quê?

— Você mentiu para mim. Eu lembro. — Ele vem em minha direção, mas levanto a mão. — Você quebrou todas as malditas promessas que fez. Você me disse que nunca mentiria, e todas as merdas foram exatamente isso… besteira.

— Não, nem tudo.

Eu rio.

— Não, apenas o fato de estarmos juntos e aparentemente noivos. — Eu lanço o retrato para ele, que o pega antes que ele caia no chão.

— Brielle, deixe-me explicar.

— Explicar? Explicar que você é um mentiroso? Explicar que eu perguntei a você... literalmente perguntei se você foi quem me deu aquele anel, se já estivemos juntos, e você disse que não.

— Eu não tive escolha, porra!

— Não, você teve uma escolha. Você escolheu mentir.

Meu mundo está implodindo. Tudo o que eu achava que sabia está desaparecendo diante dos meus olhos. O que mais é verdade? Ele tem sido minha constante e a única pessoa que pensei que poderia confiar para ser honesto comigo, mas ele escolheu esconder nosso passado. Agora, eu não tenho a menor ideia de qual é a minha realidade.

Ele bufa.

— Sim, eu tive uma escolha. Tive que escolher entre deixar você se lembrar, sabendo que o resultado poderia ser esse, ou contar, possivelmente arruinando qualquer chance de você testemunhar contra a pessoa que matou seu irmão. Eu tive que sentar e assistir você falar sobre Henry, o merda que não pôde nem estar lá para você no funeral quando estava tentando voltar com você. Escolhi ver você se convencer de que estava com Jax. Escolhi passar cada minuto que pudesse com você e lhe dar o que você precisasse. Ouvi você me dizer que queria esquecer o homem que lhe deu aquele anel porque ele deve ser o que está errado em sua vida.

Estou noiva de Spencer.

Spencer, que sempre foi algo abstrato.

Spencer, com quem pensei que estava construindo um futuro.

Spencer, que me disse que nunca mentiria.

Spencer, que me deu verdades que outros não deram.

Spencer, que é o maior mentiroso de todos.

Então, sobre o que mais ele está mentindo?

— E como eu sei que isso não é mentira agora?

Ele pisca, seus olhos arregalados.

— O quê?

— Você me ouviu. Como eu sei que você não é o que está errado na minha vida? Como posso entender tudo isso?

— Você realmente acha que eu sou o que você está tentando esquecer?

— Não sei. Como eu poderia querer passar minha vida com alguém que, nem mesmo algumas horas atrás, me olhou nos olhos e mentiu?

— Porque eu nunca planejei. Nunca quis.

— Mas você fez! — eu grito, a raiva ressurgindo. Eu me viro e me afasto dele. Quando ele está perto, não consigo pensar direito. O buraco no meu estômago cresce, tornando difícil respirar. — Como você pôde fazer isso?

— Fazer o quê?

Pego a moldura de sua mão.

— Isto! Como você pôde me amar e fazer isso? Como eu sei que isso é real?

Spencer dá dois passos em minha direção, e eu recuo. Ele para, levantando ambas as mãos no ar.

— Você está com medo de mim?

Eu nunca pensei que seria possível, mas agora estou com medo de tudo, incluindo ele. Não tenho nada real para segurar. Não há uma única memória que fiz nos últimos três anos que seja concreta. Nenhuma verdade, porque não posso confiar que qualquer coisa que estou lembrando é real. Parece que estou vivendo em um espelho quebrado que está refletindo imagens distorcidas e estilhaçadas e me cortando toda vez que me movo.

— Estávamos juntos quando tudo isso aconteceu?

— Claro que estávamos.

Nego com a cabeça.

— Você diz isso como se eu devesse saber, mas Henry mentiu sobre isso, então não aja como se eu fosse louca por te perguntar.

Sua voz é suave, e meu coração dispara quando ele abaixa as mãos.

— Começamos como apenas... não sei. Nós dois concordamos que era apenas sexo. Apenas esta atração em que cedemos. Era para ser uma noite, mas não havia a menor chance de eu parar por aí. Não depois de descobrir como éramos incríveis juntos.

Eu não quero ouvir isso, mas preciso.

— E depois?

Spencer fica como uma estátua, respondendo minhas perguntas.

— Nós nos apaixonamos. Nenhum de nós planejou, e é por isso que não contamos a ninguém.

Isso não faz sentido.

— Por quê? Por que manteríamos isso em segredo?

Ele empurra seu cabelo grosso para trás.

— Mudava cada vez que falávamos sobre isso. Tínhamos todas as desculpas possíveis. No começo era sexo, então não tínhamos motivos para contar a ninguém. Foi divertido e emocionante nos esgueirar por aí.

— Isso não soa como eu, Spencer. Eu nunca esconderia algo como estar noiva de Isaac, especialmente de seu melhor amigo. Foi isso que aconteceu? Ele descobriu?

— Isaac nunca soube. Ninguém mais.

Não, isso não é a verdade. Eu não mentiria para o meu irmão. A única coisa que eu tinha nele era honestidade.

— Eu não acredito em você.

— E daí? Você acha que ele sabia, e é por isso que ele morreu?

Meu coração está batendo quando tudo começa a se conectar. Sempre achei que a morte dele estava ligada a mim. Algo que eu sabia ou disse desencadeou os eventos que o levaram a ser morto. Tive essa sensação horrível de que tudo se voltava para o homem que me deu aquele anel. Eu só não sabia que ele estava ao meu lado esse tempo todo.

Spencer é treinado para matar. Ele mesmo disse que foi um SEAL e às vezes precisava se proteger.

Não é impossível que ele pudesse ter feito isso. Ele poderia estar com raiva de Isaac ou de mim.

— Acho que tudo é possível neste momento.

Ele se aproxima novamente e meu corpo começa a tremer. Oh, Deus, eu não consigo respirar.

— O que isso significa?

— Isso significa que eu... não posso... não... — Não posso falar. Meu peito está apertado, e o pânico está começando a tomar conta dos meus pensamentos.

— Brielle, relaxe.

— Eu não vou relaxar! Tudo o que sei desde o início é que alguém matou meu irmão. Alguém tentou me matar. Eu disse que achava que era o homem da minha vida. Que meu escritório foi destruído, o anel, o rastro de papel que você me deu, estava tudo conectado. Agora descubro que essa pessoa é você?

— Você acha que eu poderia matar a porra do meu melhor amigo? Alguém que eu nunca machucaria? Que eu destruí seu escritório? Que possível razão eu teria para fazer isso? Você está brincando comigo? Eu te amo! Eu morreria por você! Estive aqui por você todos os malditos dias, garantindo que você se sentisse e estivesse segura. Jesus! Você não pode realmente acreditar nisso!

Tudo o que ele está dizendo faz todo o sentido e é exatamente o que alguém que não queria ser pego diria. Não há testemunhas, exceto por mim. Então, que melhor maneira de ter certeza de que ele saberia no segundo em que me lembrasse do que aconteceu do que passar todos os dias comigo?

Nós dois nos encaramos, e então seus ombros caem.

— Brielle, preciso que você me ouça. Eu não queria mentir. Eu tinha duas opções, fazer o que fosse preciso para proteger qualquer caso que eles possam construir ou ficar longe de você. Eu não poderia fazer isso. Eu não podia não... não podia.

— Eu não posso acreditar em nada que está saindo da sua boca. Eu n-não me lembro de tudo. Não tenho noção do que é real.

— Olhe para a foto — diz ele. — Olhe para o seu sorriso. Você está usando esse anel porque, quando te pedi em casamento, você disse sim, Brielle.

— Essa não é a nossa realidade agora.

— Por quê? Você não me ama? Não ansiava por estar perto de mim? Sentia-se segura em meus braços e em todos os sentidos?

Balanço a cabeça.

— Você não entende, Spencer! A segurança vinha de saber que você era a única pessoa em quem eu podia confiar. Eu podia compartilhar a mim mesma, meus medos e meu coração, e estava protegida. Agora, eu tenho um milhão de perguntas e não posso perguntar, porque não posso ter certeza de que você está me dando respostas honestas. Como posso confiar em você?

Ele afunda na minha frente, pegando minhas mãos nas suas.

— Eu vou te contar tudo. Não pouparei nada, se é disso que precisa.

Há semanas venho pedindo isso, e aqui está.

— Certo. Há quanto tempo estamos juntos?

— Nove meses antes do assassinato.

— E quando ficamos noivos?

— Três dias antes.

Eu pisco.

— Ficamos noivos por três dias antes de eu ser atingida por uma arma e meu irmão ser baleado? — Puxo minhas mãos para trás, mais certa do que nunca de que meus pensamentos estavam corretos.

— Sim. Nós nem tínhamos contado a ninguém ainda. Nem uma porra de alma sabia que estávamos namorando. Talvez seu vizinho tenha percebido uma semana antes, mas é isso. Concordamos que queríamos contar a Isaac primeiro.

Seu nome é como um golpe baixo no peito. Isaac nunca soube. Menti para ele por nove meses e, aparentemente, achei que estava tudo bem. Eu nunca vou me perdoar por isso.

— Não é à toa que eu me protegi.

Spencer se encolhe.

— O que isso significa?

— O porquê de ter esquecido. Eu sabia que estava errada.

— Não, você esqueceu porque algum maníaco te agrediu. — Ele levanta-se. — Você era feliz. Você e eu... estávamos felizes, porra. Nada sobre o que fizemos estava errado.

— Nós somos mentirosos! Nunca dissemos ao meu irmão. Nós nos esgueiramos pelas costas dele. Addy, minha mãe, Emmett... escondemos isso de todos, e para quê? Se não estava errado, então por quê?

— Porque amamos um ao outro! — Ele agarra meus ombros. — Não queríamos que nada tirasse isso.

— Bem, aconteceu.

Eu estava noiva do homem que tentou me matar.

E então me lembro do cara que jogou balões de água. Aquele que dançou comigo, que me segurou, que me protegeu.

Qual é a verdade?

Estou perdendo a porra da minha mente. Estou louca e irracional, mas literalmente não consigo distinguir uma verdade de uma mentira. Não sei se o que vi no quarto é outra memória emendada ou se estou ficando louca. É como se as pessoas nessa foto fossem estranhas, vivendo uma vida totalmente separada da minha. Não tenho ideia de quem é essa garota, mas sei que ela não sou eu.

— Não diga isso. — A voz de Spencer muda, notando o pânico. — Não diga que acabou.

Eu não posso fazer isso.

Lágrimas escorrem pelo meu rosto, e tudo que eu quero é ficar sozinha e me sentir segura novamente.

Eu gostaria de nunca me lembrar de nada.

Quando aperto meu suéter em volta de mim, as chaves no meu bolso parecem ficar mais pesadas. Eu preciso sair daqui.

Ele se aproxima, e já estou recuando em direção à porta.

— Pare. Pare, por favor. Você está me afogando, e não consigo respirar.

O olhar em seus olhos me rouba o fôlego. A dor que açoita seu rosto me diz que o machuquei.

Eu preciso ir. Eu preciso de... eu tenho que pegar... não posso... isso é demais. Minha visão está ficando embaçada e sei que estou prestes a perdê-la e ter um ataque de pânico total. Ou isso ou estou morrendo.

Só há uma saída.

Enfio a mão no bolso e aperto o botão, sabendo que as pessoas contratadas para garantir minha segurança passarão por aquela porta em um momento.

E, exatamente como prometido, alguns segundos depois, a porta se abre e estou sendo carregada, para longe do homem que eu achava que confiava e por quem me apaixonei, mesmo depois de ter esquecido.

CAPÍTULO VINTE E SEIS

Spencer

— Você conhece as regras, cara. — Quinn empurra contra o meu peito enquanto tento passar pela porta de Brielle.

"Pare. Pare, por favor. Você está me afogando, e não consigo respirar."

— Preciso falar com ela!

"Pare. Pare, por favor. Você está me afogando, e não consigo respirar."

— Você não pode.

"Pare. Pare, por favor. Você está me afogando, e não consigo respirar."

Repetidas vezes ouço como um disco que continua arranhando e me forçando a começar do mesmo ponto.

"Afogando. Estou me afogando, Spencer. Você está tirando tudo de que preciso."

Só que esta última é a voz da minha mãe. Ela disse isso da última vez que a vi, logo depois que o pedaço de merda que ela estava namorando foi embora porque ela tinha um filho. Ele não gostava de crianças.

Nenhum deles gostava.

Então, ela me deixou.

Pare. Pare, por favor. Você está me afogando, e não consigo respirar.

Eu não vou deixá-la. Não sou mais um garotinho assustado. Vou lutar para que ela veja que não a estou afogando, vou pisar na água por nós dois para não afundarmos.

— Ela entendeu tudo errado — eu digo, sentindo a frustração crescer. Ela apertou a porra do botão de pânico. Estava com medo de mim. De mim. O homem que faria qualquer coisa por ela. Respiro fundo e tento novamente. — Apenas me deixe falar com ela. Todos vocês podem estar lá.

— Spencer, eu entendo. Eu estive onde você está.

— Sério? — Eu poderia socá-lo por tentar fingir que ele conhece esse inferno absoluto. — Você esteve aqui, precisando falar com a mulher que ama, mas ela perdeu a porra da cabeça pensando que você é a causa de sua dor?

Ele concorda.

— Sim. Eu tenho certeza. Minha história com Ashton também não é moleza. Tínhamos muita merda para trabalhar, e nada disso correu bem. A única coisa que vou dizer é que, se uma mulher usa seu botão de pânico, isso significa que ela precisa de espaço. Deixe-a ter.

— Espaço é a última coisa que ela precisa. Ela está convencida de que eu poderia ser a pessoa que matou Isaac e tentou matá-la.

Quinn dá um passo à frente, forçando-me a recuar.

— Sinto muito, irmão. Sei que você quer falar com ela e tentar resolver isso, mas você não vai conseguir chegar lá. Se Brielle acha que está em perigo, e a única coisa na qual confia é sua equipe de segurança, então não importa o que aconteça, não vamos trair isso.

— Fui eu quem montou sua equipe — falo, com os dentes cerrados.

— Mais uma razão para você honrar os termos de sua proteção. Pense no que faria se eu deixasse você ir até lá. Isso mostraria a ela que nada do que foi prometido é verdade e, pelo que você está dizendo, ela já está questionando as coisas.

Isso é surreal. A última coisa que quero fazer é dar-lhe tempo para se convencer ainda mais de que tudo o que ela acabou de dizer é verdade. Deus, eu fodi com tudo. Deveria ter dito a ela no minuto em que ela abriu os olhos. Deveria ter dado a ela as respostas que precisava quando pediu.

Eu afundo, descansando em meus calcanhares.

— Como faço para corrigir isso? — pergunto.

— Você pode fazer o que eu disse e deixá-la se acalmar o suficiente para ver que nada do que ela está dizendo a si mesma faz sentido. Ou você pode fazer o que pensei que deveria estar fazendo desde o início disso.

Eu olho para cima.

— O quê?

— Encontre a porra do assassino. Você é Spencer Cross. O homem que descobriu o paradeiro de Aaron quando o mundo inteiro, incluindo nossa própria equipe, pensou que ele estava morto. Você encontrou aquele grupo terrorista subterrâneo e os expôs. Não acredito nem por um segundo que você não tenha sido capaz de encontrar uma única pista que o levaria ao assassino.

Se ele não acha que eu tentei, então ele é um tolo.

— Não encontrei nada.

— Então talvez você não esteja olhando com a parte certa de si mesmo.

Nego com a cabeça.

— Eu nem tenho certeza do que isso significa.

— Significa que você está pensando com o coração. Olha, eu não tenho que ser convencido de que não foi você. Não há a menor chance de você ter feito isso com o irmão dela. Você não é um assassino frio, e qualquer um pode ver que você ama aquela garota.

— Ela não pode.

— Ela pode, está apenas sofrendo, e quando as mulheres se machucam, ficam um pouco loucas. Confie em mim, sou casado com uma garota de Jersey que por acaso é uma italiana ruiva. Ela é mais louca que a loucura. Aquela mulher envergonharia Brielle.

Minha respiração sai com dificuldade.

— Brielle não é assim. Ela é racional e não perde o controle.

— Isso foi antes que a vida que dela fosse arrancada. Você está tentando entender uma situação que literalmente não faz sentido. Ela não conhece sua própria mente. Imagine como é isso. Eu estive lá. Quando fui sequestrado e detido, não sabia o tempo. Não conseguia ver a luz ou a escuridão. Tudo parecia um único dia, mas pelo menos eu conhecia minha vida. Se isso tivesse sido retirado, então não tenho certeza de qual teria sido o resultado.

Ele tem razão. Eu sei disso, mas ainda quero falar com ela.

— Quando posso vê-la? — pergunto.

— O protocolo diz pelo menos doze horas, mas se Charlie não achar que ela está pronta, pode reter qualquer visitante por mais vinte e quatro.

Eu não posso esperar tanto. Vou perder a cabeça.

— Isso não funciona.

— Isso não importa para nós. Vá para casa, Spencer. Ou, melhor ainda, use o talento que lhe foi dado por Deus e investigue isso... não como o homem que quase perdeu a mulher que ama, mas como um repórter que está procurando o que a polícia perdeu. Você tem doze horas para provar algo a ela, não as desperdice.

Minha casa está um desastre. Os papéis estão por toda parte, e minha porta da frente está lascada e não fecha direito.

Nem me importo se alguém me roubou às cegas neste momento. Eles podem ter tudo, porque perdi a única coisa que importa.

Começo a juntar os papéis, mas fico tão frustrado que os jogo de volta no chão.

Foda-se isso.

Foda-se a pessoa que a tirou de mim e está fazendo isso de novo.

Então vejo a foto no chão com uma rachadura no vidro, bem no meio. Guardei-a em segurança, escondida naquela gaveta, e só a tirei quando estava sozinho e com a certeza de que ela não a veria.

Eu já sinto falta dela.

Sinto falta de sua voz e sorriso. Sinto falta do jeito que ela diz meu nome ou olha para mim. Sinto falta de estar perto dela.

Tudo se foi. Ela se foi.

Não, ela nem se foi. Ela estava com tanto medo de estar perto de mim que ela foi levada.

Pego a moldura e a jogo na parede o mais forte que posso. Ela se estilhaça ainda mais, vidros voando por toda parte e a estrutura se quebrando nas juntas.

Bom. É assim que me sinto por dentro.

Enquanto olho ao redor, continuo ouvindo as palavras de Quinn na minha cabeça. Se eu pudesse provar a ela que não sou o assassino de jeito nenhum, então talvez possamos encontrar uma maneira. Talvez eu possa mostrar a ela que a única coisa sobre a qual eu nunca menti é o quanto me importo com ela.

Eu poderia devolver a ela o passado, mostrando a verdade. Não há outra maneira que eu possa ver para consertar o que foi quebrado entre nós. Brielle precisa saber, sem sombra de dúvida, que o que temos é real e perfeito.

Isso significa que tenho pouquíssimo tempo para fazer o meu trabalho.

Entro no cômodo no qual não venho há muito tempo... meu escritório.

Sento-me à minha mesa, passando as palmas das mãos sobre a madeira fria que não é tocada há meses, e então abro meu laptop.

— Eu preciso de ajuda — falo para o quarto, e então olho para a foto onde estamos Isaac, Holden, Emmett e eu no casamento de Isaac. — Preciso que me ajude, Isaac. Ajude-me a ver e ajude-me a fazê-la feliz.

Com as mãos pairando sobre o teclado, faço exatamente o que disse a Brielle. Volto ao início e escrevo pela primeira vez em um ano.

CAPÍTULO VINTE E SETE

Brielle

Finalmente parei de chorar. Levei mais de uma hora para me acalmar o suficiente para contar a Charlie o que aconteceu. O tempo todo que eu estava falando, ela se sentou e ouviu sem julgamento.

— Você fez a coisa certa — ela diz, pela quinquagésima vez.

— Eu?

— Você estava com medo?

Concordo.

— Então sim. É exatamente para isso que esse botão se destina. Você estava em pânico, o que todos nós vimos, e nosso trabalho era levá-la para um local seguro.

— E ele não pode vir aqui? — pergunto novamente.

— Não. Ninguém pode, até que você esteja realmente pronta — Charlie me assegura.

Quão louco é isso? Tenho medo do homem que nunca pensei que poderia ter. Nada na minha vida está certo, mas eu ainda daria qualquer coisa para que fosse um pesadelo. Pelo menos então, estaria acabado quando eu acordasse.

Mas esta é a minha vida, e não há fim para mim até que eu realmente tenha minha memória de volta e saiba o que é verdade.

É como se houvesse um buraco no meu peito onde meu coração deveria estar, e o pensamento de ficar nesta cidade por mais um segundo me faz querer rastejar para fora da minha pele.

— Eu quero ir para a minha mãe — digo a ela.

— Você quer partir?

— Você disse um local seguro, certo?

— Sim, mas...

— Bem, minha mãe está na Califórnia, e ela absolutamente não é a assassina. Eu não posso estar aqui. Não estou segura e não posso... não posso estar na mesma cidade que ele agora.

Ela pega minha mão.

— Estamos aqui para protegê-la, Brie. A equipe está em alerta máximo, e ninguém está passando por aquela porta, ok? Você *está* segura.

— E quando isso acabar? O que vai ser? Sei que isso soa incrivelmente infantil. Eu entendo, mas quero minha mãe. Quero estar com alguém que eu sei que me ama lá no fundo. Eu... pensei... achei que tinha controle da situação. Eu preciso disso, ok?

Se Addy estivesse aqui, teria sido ela, mas ela se foi. Minha mãe está perto o suficiente para que possamos chegar lá em algumas horas, e só preciso que ela me diga o que diabos está acontecendo na minha vida.

— Ok. Nós vamos fazer arranjos agora. Não posso fazer a viagem com você, porque preciso voltar para a Virgínia, mas Quinn estará com você a cada passo do caminho, e eu também chamarei Jackson, que é o proprietário. Nós vamos lidar com isso.

Um soluço de alívio e tristeza sai do meu peito quando ela não me diz que estou louca. Charlie me envolve em um breve abraço antes de se afastar.

— Vá fazer as malas para que você esteja pronta para sair quando tivermos tudo resolvido. Deve levar apenas uma ou duas horas.

Eu fico de pé, limpando minhas bochechas.

— E Spencer saberá?

Charlie me dá um sorriso triste.

— Não, a menos que você queira.

Uma parte de mim quer dizer a ela para ligar para ele, deixá-lo entrar aqui para que eu possamos conversar. A outra parte de mim não confia nisso. Estou muito crua para lidar com ele. Spencer vai me convencer de que nada do que eu acho é verdade ou eu vou me convencer de que ele está mentindo. No momento, não tenho certeza se acreditaria na verdade se alguém mostrasse uma prova em vídeo disso. Mesmo que meu coração diga que não há como ele machucar a mim ou a Isaac, minha cabeça não está se alinhando com nada.

— Não até que estejamos na estrada.

— Tudo bem.

Em menos de duas horas, a Cole Empresa de Segurança está pronta. Quinn estará comigo o tempo todo, o que, segundo Charlie, é mais do que suficiente, e Jackson nos encontrará na casa da minha mãe.

Ela e Mark pegam minhas malas e, quando chegamos à porta, meu coração aperta. Emmett está lá, seus olhos cheios de confusão. As mãos de Charlie agarram meus ombros.

— Você não precisa...

— Está tudo bem — eu falo e me movo em direção a ele. Envolvo meus braços ao redor de seu pescoço, e ele me esmaga contra si. — Sinto muito.

— Eu sei.

— Tenho que ir.

— Eu sei disso também — diz ele, apertando-me um pouco mais.

Quando me solta, as malditas lágrimas voltam com força total.

— Você vai até ele?

Ele concorda.

— Vai me dizer o que aconteceu para você estar correndo?

— Não posso viver em um lugar onde nada faz sentido. Até que isso aconteça, é melhor eu ir para a única pessoa que resta que é uma constante.

Os lábios de Emmett formam uma linha apertada.

— Eu vou te avisar se encontrarmos alguma coisa.

— Eu vou te avisar se minha memória retornar e eu puder nos dar respostas.

Ele pisca, e me viro para Charlie. Eles me conduzem pelo corredor até o carro. Ela me dá um grande abraço e recua um passo.

— Obrigada — falo, antes de entrar no carro.

— Cuide-se, Brielle. Ligue se precisar de alguma coisa.

Quinn bufa uma risada.

— Você nem trabalha para a empresa e faz mais do que seu marido, que é dono da metade.

Ela revira os olhos.

— Agora eu sei por que Ashton ofereceu você para esta missão.

Ele entra no carro, rindo.

— Preparada?

Olho para o meu apartamento, o prédio que parecia tão diferente há menos de vinte e quatro horas. Eu estava feliz, esperando por Spencer em um lindo vestido. Havia tanta esperança para o que poderíamos ter sido e agora tudo que vejo é escuridão.

Viro-me para ele.

— Sim, estou pronta.

Com meus fones de ouvido, fecho os olhos, não querendo ver isso escapar de mim, e adormeço ao som de uma música sobre perder o amor da sua vida.

Estamos a cerca de quatro horas da casa da minha mãe, e Quinn olha para mim pela décima vez.

Desde que decidi mudar de local, a equipe teve que se reajustar completamente, e Jackson está nos encontrando fora dos limites da cidade. Sinto-me horrível e boba, mas também sei que essa é a única opção com a qual posso lidar. A cada quilômetro que percorremos, meu coração e minha cabeça se acalmam um pouco mais. Eu precisava dessa distância. Precisava sair de lá.

— Você pode falar — digo a ele, sabendo que está ansioso para se manifestar.

— Falar o quê?

— O que quer que esteja em sua mente.

— Não sou pago para pensar — diz ele, concentrando-se na estrada.

— Você é amigo dele.

— Eu sou.

— E...

Ele dá de ombros.

— Aprendi há muito tempo que é melhor para todos se eu tentar não dar sentido às mulheres.

Nego com a cabeça, notando a aliança de casamento em sua mão esquerda.

— E sua esposa concorda com isso?

Quinn sorri.

— Foi minha esposa quem me ensinou essa lição.

— Eu normalmente não sou assim — explico. — Eu sou a sensata, mas não sinto que tenho controle sobre nada na minha vida agora.

— Algum de nós realmente tem controle? — ele pergunta.

— Eu gostaria de pensar que você tem agora.

Quinn acena lentamente.

— Vamos usar isso como exemplo então. Estou dirigindo. Estou no controle do carro, mas não tenho controle de mais nada. Não posso controlar alguém se decidir mudar de faixa ou parar um animal se ele decidir correr para a pista. A vida não é diferente. Eu recebo planejamento, pois é literalmente o que fui treinado para fazer, mas, mesmo em um plano cuidadosamente construído, o controle nada mais é do que ter a capacidade de se adaptar. Se não o fizermos, morremos.

Viro a cabeça para o lado.

— Sinto que estou morrendo.

— Isso é porque você está se esforçando demais para controlar as partes da situação que não podem ser controladas.

— Então, eu deveria apenas deixar tudo acontecer, e depois?

Ele olha para mim e depois volta para a estrada.

— Quais opções você tem? Você não pode forçar sua memória de volta.

— Não, mas também não posso aceitar que mintam. Não quando não sei a verdade.

— E ele mentiu...

— Sim.

Quinn franze os lábios e respira pesadamente pelo nariz.

— É uma merda para todos vocês. Meus amigos e eu passamos por muita merda em nosso tempo. Perdemos pessoas que amamos, fomos feridos emocionalmente e alguns de nós também fisicamente. Nada disso estava sob nosso controle. Minha esposa e eu... bem, passamos pela versão figurativa do inferno. Não pensei que voltaríamos de lá. Eu precisava dela para me fazer querer viver, e ela estava fechada, desejando morrer para aliviar a dor. Depois que pensei que tínhamos superado tudo, ela pegou um avião e me deixou para ir para a Califórnia.

Eu pisco, vendo a semelhança com a minha história.

— E depois? Você foi atrás dela?

Ele nega com a cabeça.

— Eu não.

— Por que não?

Quinn para no posto de gasolina, estaciona e olha para mim.

— É isso que você quer, Brie? Quer que ele esteja em um carro alguns quilômetros atrás de nós?

Minha garganta aperta, e o pânico ferve. Eu não posso falar, então mal mexo a cabeça.

— Eu não sei o que ele vai fazer, mas, se for como eu, ele não vem. Não porque não quer ou porque não te ama mais do que tudo no mundo. E eu te prometo isso, ele daria sua vida se isso significasse que você seria feliz. É por isso que eu sei que ele vai esperar por você.

Essas lágrimas estúpidas ameaçam voltar quando ele me diz que Spencer me ama. Ele sabe e acredita nisso, mesmo que eu não consiga entender.

— Como você sabe?

Ele se inclina com um sorriso malicioso.

— Eles me pagam para ser observador. — Ele então aponta o para-brisa para um carro estacionado de frente para as bombas. — Aquele ali é Jackson. Vou informá-lo. Quero que você fique aqui, tranque as portas e só abra se eu disser morango.

— Morango?

— É como eu chamo minha esposa em italiano. Vermelho, doce e apodrece se você o mantiver por muito tempo. Como todas as mulheres.

Eu rio e tranco a porta como ele instruiu.

CAPÍTULO VINTE E OITO

Spencer

Eu ainda não dormi. Não posso. Minha mente está girando em círculos enquanto tento resolver isso.

Há algo que não está somando.

Sei que Brielle pensou que o dinheiro era a ligação para isso, mas até agora, tudo está certo para ser legal.

Eu fui um idiota por não ir atrás disso antes.

Abro meu documento e reviso a primeira coisa que escrevi em um ano. Minha mente funciona quando estou explorando uma história, então esta é a história… ela. Brielle Davis, uma garota linda e vibrante cuja vida inteira foi alterada por uma única pessoa.

Conforme eu digito, a história se torna real. Cada palavra acrescenta à imagem de Brielle e Isaac naquela manhã. Com base em uma das câmeras de segurança do vizinho, ele a pegou às 6:06. Ele estava dirigindo, porque o carro de Brielle estava na oficina para colocar novos freios. Eu me ofereci para levá-la, mas ela estava inflexível em manter as coisas como estavam até que falasse com ele sobre nós. Tínhamos um plano. Em três dias, íamos jantar na casa de Isaac. Ele estava se preparando para ganhar um jogo e não havia melhor momento do que aquele; se ele perdesse, achamos que talvez suavizasse o golpe.

Eu gostaria que não tivéssemos esperado. Isaac deveria saber o quanto eu amava sua irmã, e não importa o que aconteça, sempre vou me arrepender disso.

Continuo escrevendo os acontecimentos do dia. Como eles dirigiram pela First Street e viraram à esquerda na Maple Ave. Enquanto passavam pelo centro da cidade, havia panfletos para o grande jogo na próxima sexta-feira. Essa equipe era o motivo pelo qual Isaac estava tão disposto a ir para a escola mais cedo. Ele adorava planejar o jogo. Treinar era seu orgulho e alegria até que sua filha nasceu.

Eu posso ver o sol apenas espreitando sobre as montanhas ao longe, o céu pintado em azul-claro e amarelo, afugentando os azuis-escuros.

Meus dedos voam sobre as teclas, escrevendo em um ritmo que eu não fazia há muito tempo, mas, quanto mais escrevo, mais real se torna. Eles pararam no café cerca de nove minutos depois, provavelmente rindo de algo estúpido que Isaac disse. Ele estava sempre contando piadas horríveis, e Brielle o estava deixando saber como eram bobas. Talvez estivessem discutindo algo fofo que Elodie fez naquele dia antes de sair para buscar sua irmã.

Quando paro, pronto para começar a revisá-lo novamente, há uma batida na porta do meu escritório.

Eu olho e Emmett está lá.

— Como é que você entrou?

— Eu tenho uma chave — diz ele, levantando-a.

— Certo.

Todos nós temos as chaves das casas uns dos outros. É isso que a família faz.

Olho para o laptop e depois de volta para ele.

— Eu preciso trabalhar.

Ele se move pelo quarto.

— Você está escrevendo.

— Estou.

— É sobre o quê?

— O que você acha? — rebato.

Emmett se inclina contra a parede, braços cruzados.

— Eu vim para ter certeza de que você está bem. Achei que talvez você precisasse de um amigo... e de uma bebida. Além disso, recebi uma ligação de Holden e parece que ele está voltando.

E eu querendo escrever. Fecho o laptop e suspiro.

— Por que ele está voltando?

— A tia dele não está bem, então ele vai voltar no final do mês para cuidar dela. No entanto, não é por isso que estou aqui. Na verdade, não.

— Não achei que fosse esse o caso. — Emmett teria enviado uma mensagem para isso. — Você ouviu falar sobre Brie?

Emmet assente.

— Sim. Você está bem?

— Não, mas sei que posso consertar isso. Vamos conversar em... — Olho para o meu relógio. Jesus Cristo. São oito da manhã. Estou repassando todas as dicas e pistas desde ontem de manhã. — Algumas horas. Preciso terminar isso e ver o que posso encontrar.

— O que você encontrou até agora? — ele pergunta, seus olhos observando meu escritório.

Se eu pensei que este lugar estava uma bagunça ontem, não é nada comparado a isso. A parede do fundo tem uma linha do tempo com fotos, setas e diversos fatos que eu precisava ter em mente. Fiquei olhando para ela por horas, tentando entender tudo.

Levantar-me depois de ficar sentado por Deus sabe quanto tempo me lembra de que não tenho mais vinte anos, e me espreguiço, caminhando até a parede. Emmett me segue, e eu o atualizo com as informações.

— E esse cara? — Ele aponta para Jax. — Ele parece totalmente inofensivo.

— Isso é o que não consigo entender. Quando Brie... quando ela estava na consulta ontem, ela disse que ouviu a voz dele como o atirador.

— E ninguém pensou em me dizer isso?

— Foi um dia meio difícil.

Emmet assente.

— Certo. Continue.

— A questão é que o Dr. Girardo não acha que a memória seja real. Ele fez questão de dizer que não, mas não explicou o que o fez pensar isso.

— Ele não conhece Jax, certo?

Nego com a cabeça.

— Eu duvido. Não, a menos que ele o tenha conhecido em algum momento nas últimas semanas.

Emmett continua se movendo ao longo da linha do tempo que eu estabeleci.

— Isso é todo mundo que foi ao hospital?

— Sim, todos os visitantes que entraram e saíram.

Ele arqueia uma sobrancelha.

— E como você conseguiu?

— Eu não roubei de você — bufo. — Tenho um contato no hospital.

Emmett nega com a cabeça.

— Eu nem quero saber.

Não, ele definitivamente não quer.

— De qualquer forma, ninguém parece ter qualquer conexão com o ataque ou seu escritório sendo destruído.

— Essa é a única parte disso que ficou sem resposta. Os dois eventos estão conectados e, se estiverem, o que a pessoa estava procurando em seu escritório? Achei que o anel era a chave.

— Ela também.

— Mas estávamos errados, já que você foi quem deu o anel.

Eu suspiro.

— A papelada que ela perdeu é a chave, mas não podemos começar sem saber que papelada ela tinha.

Emmet assente.

— O que mais você está pensando?

— Acho que seria seguro explorarmos a possibilidade de que os eventos estejam conectados, o que significa que ela era o alvo.

Emmett se senta na cadeira em frente onde estou encostado na mesa.

— Por quê?

— Tudo leva de volta a Brielle, não a Isaac. Desde sua morte, nada dele foi tocado. A casa está vazia e não houve nenhuma atividade lá. Se fosse sobre ele, o que ele sabia ou tinha, nós teríamos visto alguma movimentação.

— Provavelmente, e o escritório dela foi destruído.

— Ela podia ver o assassino, mas não o rosto. Ela pode ouvir uma voz, sabe que é um homem, mas depois diz que é Jax, cuja voz soa mais feminina. Muito mais aguda do que qualquer um de nós, pelo menos.

— Acha que poderia ser uma mulher?

— Tenho dúvidas. É mais provável que ela estivesse tão desesperada para ouvir a voz que sua mente inseriu a de Jax no lugar. Ela o encontrou no jantar de premiação e o conhecia, mas não conseguia se lembrar dele. Também acreditamos, com base na posição do corpo de Isaac, que ele foi o atirador. Ele pode ter tentado neutralizar o agressor e todos nós assumimos que era um homem.

Essa foi uma das primeiras coisas que todos concordaram. A força do golpe e o ângulo em que ela foi atingida sugerem que o agressor era um homem. Além disso, Isaac jogou na defesa desde os seis anos até se formar na faculdade. Se alguém podia derrubar alguém com força, era ele.

— É possível, a evidência sugere um homem. Também havia aquela imagem da câmera de alguém entrando em um veículo e o tipo físico se encaixava em um homem.

— Eu concordo, mas, neste momento, não estou descartando nada.

— Ok, quais foram seus outros pensamentos? — Emmett pergunta.

— É disso que precisamos investigar até o fim.

Emmett se inclina para baixo, assistindo ao vídeo.

— Onde você conseguiu isso?

— Depois de horas analisando imagens que uma fonte puxou, encontrei uma gravação de Brielle discutindo com alguém do lado de fora de seu escritório duas semanas antes do incidente. Já era tarde e a fita está muito borrada, mas parecia que ela estava chateada. Sua mão estava no ombro de um menino, e ela o puxava para trás, enquanto discutia com quem presumi ser um dos pais da criança.

— E ela mencionou isso antes do tiroteio? — ele pergunta.

— Não.

Conversamos sobre nossos dias, o trabalho dela, minha falta de trabalho e tudo mais, mas ela nunca mencionou uma briga no escritório. A data mostra que aconteceu em uma noite em que não nos vimos, mas sempre conversávamos.

Todos os dias.

— Bem, você foi muito mais longe do que eu gostaria de admitir que chegamos.

— Eu tenho motivação e recursos que você não tem. Para não mencionar, eu não dou a mínima para a lei ou o caso da promotoria.

Emmett acena lentamente.

— Sim, mas... enfim.

Dou de ombros.

— É a melhor resposta que posso dar. É pelo menos um fio que não consigo amarrar bem. Também lhe dá uma possível pessoa de interesse. Você só precisa descobrir quem é esse cara.

Emmett levanta uma sobrancelha.

— Você faz isso parecer fácil.

— Eu sei.

Já passei horas vasculhando esse ângulo. Identificar o alvo era o melhor lugar para começar.

— Ok, mas e se Isaac fosse o alvo?

Belisco a ponte do meu nariz, apenas querendo voltar ao trabalho.

— Se a pista sobre Brielle e este vídeo esfriar, então começarei de novo. Vou reexaminar com Isaac sendo o alvo, mas estou seguindo os meus instintos e as evidências que tenho estão mostrando isso.

Ele acena lentamente.

— Você não está longe da minha teoria. Eu só não conheço ninguém nesta cidade que iria atrás de qualquer um deles. Jesus, eles falaram sobre fazer uma estátua de Isaac se ele ganhasse as estaduais. E Brie, bem, ela é um maldito anjo. Trabalha com todas essas crianças, dedicando tempo e dinheiro para tornar os programas bem-sucedidos. Quem diabos poderia odiá-la?

— Isso é o que preciso descobrir. Com quem quer que ela estivesse naquele confronto, é o suspeito número um. Assim que eu puder falar com ela em algumas horas, posso explicar tudo isso para ela. Podemos conversar sobre tudo, bolar um plano e... — Eu não posso nem terminar, porque parece ridículo. — Eu sou um idiota do caralho. Ela não se importa com isso.

Ele me encara com confusão em seus olhos.

— Você não acha que ela se importa em pegar o assassino de seu irmão?

Olho para o teto, deixando escapar um suspiro alto.

— Claro que sim, mas isso não vai nos consertar. Posso encontrar o assassino, prendê-lo e ela ainda sentirá que a traí.

— É por isso que ela estava chateada?

— Sim, depois que te enviei aquela mensagem, ela se lembrou de tudo. Eu a amo, Emmett. Você sabe que pedi-la em casamento, dar-lhe a porra do meu coração inteiro quando sou do jeito que sou, não foi fácil. Eu não posso perdê-la. Não posso viver minha vida sem ela, e... ela sabe em sua alma que a amo. Quando o tempo de espera acabar, vou até lá e implorar para ela me deixar explicar.

— Você não pode.

— Como assim eu não posso?

Ele fica de pé e levanta as mãos antes de deixá-las cair.

— Você não pode ir falar com ela.

— Eu obedeci às regras deles, esperei vinte e quatro horas.

— Não é isso que eu quero dizer.

Encaro meu melhor amigo, sentindo uma sensação de pavor.

— Explique.

Só posso dizer uma palavra porque já sei o que está por vir. Eu não tenho que ver os fatos expostos para entender o resultado aqui. Mas então, essa parte estúpida de mim, essa lasca esperançosa em meu coração despedaçado, quer acreditar no contrário.

Brielle não faria isso.

Ela não iria embora.

Ela não me deixaria. Eu não. Nós não.

Não de propósito ou por escolha.

Brielle não é nada como ela. Ela não é como minha mãe. Não é egoísta, procurando algo que nunca terá. Ela não está procurando alguém melhor. Alguém que não a afogue.

Emmett olha para mim com empatia nos olhos e diz as palavras que me quebram.

— Ela se foi.

CAPÍTULO VINTE E NOVE

Brielle

— Brie, querida. — Mamãe bate na porta novamente. — Por favor, saia e fale comigo.

Ela esperou muito mais do que eu imaginava. Por três horas, ela me deixou ter algum tempo sozinha para organizar meus pensamentos. Até andou do lado de fora da porta, mas não bateu até agora.

Então, novamente, eu não posso culpá-la. Acabei de aparecer em sua casa com Quinn e Jackson. Depois que ela — relutantemente — deixou que olhassem ao redor, entrei e fiquei aqui, entorpecida.

As lágrimas secaram quando cruzamos para a Califórnia. As horas de condução em silêncio drenaram a luta de mim.

Ainda assim, eu precisava descomprimir.

Abro a porta e ela suspira.

— Ah! Graças a Deus. Eu estava pensando em conseguir que um dos garotos viesse chutar a porta.

— Não estava trancada.

— Bem, eu não sabia disso.

Suspiro.

— Estou assumindo que você quer respostas.

— Isso seria um bom começo.

— Dentro ou fora? — eu pergunto, e ela sorri. Papai sempre perguntava isso quando tinha algo importante para nos contar. Nós sempre escolhemos fora. Há algo no ar fresco que faz com que as más notícias pareçam um pouco menos... ruins.

— Fora. — Nós caminhamos para o deck traseiro dela. É um espaço pequeno, mas ela fez um ótimo trabalho utilizando a área para torná-la convidativa. Nós nos sentamos, e ela estende a mão, segurando a minha.

— Agora, fale comigo, Brie.

Eu falo. Conto a ela sobre tudo, desde a praia até o beijo, a premiação e fazer sexo com ele. Eu praticamente esqueço que ela é minha mãe e Spencer é como um filho para ela, mas eu vim aqui pela verdade e ela não merece menos de mim.

Mamãe, que eu achava que não sabia o que era silêncio, fica ali sentada e calada.

Eu continuo, contando a ela sobre as memórias e as mentiras. Conto a ela sobre minhas teorias sobre o assassino de Isaac e como isso se relaciona a mim. Tudo isso.

Depois que finalmente chego à parte sobre o que me obrigou a entrar em um carro e dirigir dez horas até ela, ela me interrompe:

— Isso é muito para desempacotar, doce menina.

Isso é um eufemismo. Eu nem cheguei à parte em que enlouqueci e apertei meu botão de pânico.

— Há mais — digo a ela.

Ela se senta novamente.

— Ok. Vamos ter tudo para que possamos tentar dar algum sentido a isso.

Eu preencho o resto. A briga. O fato de que não acredito em minha própria mente ou coração. Conto a ela sobre o rosto de Spencer quando apertei o botão e como ele estava quebrado. Tudo isso flui de mim, e é muito mais catártico do que pensei que seria.

Minha mãe me ama e, por mais louca que seja, não vai se conter. Ela será a única pessoa que me ajudará a entender.

— Uau — ela finalmente diz.

— Sim.

Seus olhos castanhos estão nadando em lágrimas não derramadas.

— Você está noiva de Spencer?

— Eu estava. Acho.

— Estou feliz e triste.

— Por quê? — pergunto.

— Porque, por muito tempo, seu pai e eu conversávamos sobre o que faríamos quando você e Spencer finalmente se enxergassem. Ele sabia que aquele garoto foi feito para você. Isso deixava seu pai louco, e me lembro de uma época em que seu pai queria parar de deixar Spencer ficar em nossa casa por causa disso.

Eu nunca soube disso.

Ela sorri, triste.

— Nós nunca poderíamos ter abandonado aquele garoto, no entanto. Não só porque sua mãe fez isso o suficiente, mas também porque nós o amávamos. Isaac o amava e você também. Ele era uma parte da nossa família. Ele pulava entre a nossa casa, a de Emmett e a de Holden, mas todos nós tentamos amá-lo ferozmente, já que ele estava sempre experimentando o lado oposto disso.

— Eu percebi tudo isso. Lembro-me da festa de aniversário que lhe demos porque a mãe dele não apareceu para buscá-lo. Ele estava tão bravo naquele dia.

— Ela fez muito isso. No entanto, isso não impediu seu pai de se preocupar que, um dia, seu relacionamento com ele mudaria.

— Eu não entendo.

Ela pega minha mão.

— O amor tem que ser cultivado. Você planta uma semente e espera que ela brote. Então você tem que cuidar dela como se fosse uma planta mesmo. Você rega, dá sol, fala com ela e diz o quanto é especial. Se você tiver sorte, a muda se torna uma planta com boas raízes por causa de como você a tratou no início. Você plantou essa semente quando era apenas uma menina, e eu vi Spencer fazer o mesmo.

Isso não faz sentido. Claro, eu fiz. Eu era uma adolescente que achava que ele era o homem mais incrível do mundo.

— Spencer nunca plantou uma semente.

Ela ri.

— Sim, ele fez. Foi quando você estava indo para a faculdade. Vocês dois passaram a noite juntos no armazém em que agora moram.

Eu a encaro com espanto.

— Você sabia?

— Claro que eu sabia. Eu o vi olhar para você no dia seguinte. Era como se ele estivesse voltando para respirar depois de ser jogado nas ondas. Ele plantou essa semente, e vocês dois a cultivaram à sua maneira.

— E agora está morta — eu falo, sentindo-me assim por dentro.
— Por quê?
— Porque ele mentiu. Ele a deixou murchar e morrer.
Minha mãe, que nunca é de segurar a língua, zomba.
— Você é ridícula. Todos nós *mentimos*.
— Sim, mas eu sabia que você estava mentindo.
Ela se inclina para trás.
— E você assumiu que ele não fazia parte da unanimidade? Imagino que tenha sido difícil. Posso até entender por que você sentiu o pânico que sentiu. É como se tudo o que você acreditava estar construindo de repente tivesse o alicerce lavado. Mas e agora? Agora você o pune e a si mesma? Você foge e vive seus dias na minha casa quando nós duas sabemos que você realmente não quer estar aqui, considerando que geralmente duramos dois dias antes de brigar.
Eu sorrio.
— Às vezes, três.
— Sim. — Mamãe ri. — Às vezes, três. Meu ponto é, pelo que parece, você se apaixonou por Spencer Cross novamente. Você não tinha as memórias de um caso de amor relâmpago que terminou com um anel e, no entanto, o escolheu. Não Henry, que voltou quando você acreditava que ainda estava com ele. Não algum homem misterioso, com quem você pensou que estava comprometida. — Ela levanta a mão para minha bochecha. — Você, minha doce menina, tem o tipo de amor que os outros sonham. Conhecer a pessoa, mesmo quando não conhece a si mesma. Cabe a você se vai alimentá-lo de volta à vida ou deixá-lo morrer. E, vamos ser honestas, você nunca pensou que ele tinha matado seu irmão, só estava com medo.

Rolo até meu telefone brilhando na escuridão.
Meu dedo paira sobre o botão para ouvir o correio de voz que Spencer acabou de deixar. Eu sei que tudo o que ele disser vai partir meu coração.

Minha mãe está certa. Eu o amo. Eu o amo não pelo passado, mas pelo que ele significa para mim agora, e é por isso que estou tão chateada por ter fugido. Eu apenas senti que não tinha opções. Não sabia o que era real, e ainda não sei. Fora que o amo. Eu estava com medo e preocupada que não fosse real e eu iria perdê-lo.

Olho para o teto, tentando criar coragem para ouvir.

Se ele foi forte o suficiente para deixá-lo, então posso ser corajosa o suficiente para ouvir o que ele tem a dizer.

Sua voz rica enche a sala, e tenho que lutar contra as lágrimas.

— Brielle, eu debati sobre fazer isso. Não ia ligar para você. Eu te entendo, alto e claro. Você não confia em mim e precisa de espaço. Não vou implorar para você voltar. Eu queria que você soubesse algumas coisas. Primeiro, paguei a sua equipe de segurança integralmente pelos próximos seis meses, então você não precisa se preocupar em estar em perigo. Espero que eles lhe deem paz de espírito. Em segundo lugar, tenho trabalhado nos últimos dois dias, tentando lhe dar algo mais, algo que acho que você precisa, mas estou deixando Rose Canyon… bem agora. Não sei quanto tempo levarei para rastrear as informações de que preciso, mas quero que saiba que sinto muito por ter mentido para você. Desculpe-me por ter te machucado.

"Acima de tudo, eu te amo, Brielle. Eu te amo tanto que queria morrer quando pensei que te perdi. Quando Emmett ligou e me contou sobre Isaac, pensei que conhecia a dor. Mas então ele me disse que você tinha sofrido um ferimento na cabeça e não sabiam se você sobreviveria, e eu estava com mais medo do que pensava ser possível. Enquanto dirigia para o hospital, desesperado para vê-la, implorei a Deus para salvá-la. Eu trocaria meu próprio coração e vida pela sua.

"Queria contar a todos sobre nós. Só não queria fazer isso com você, então fiquei quieto. Quando você acordou e perguntou por Henry, meu coração foi arrancado do peito. Eu te trouxe de volta, mas você não nos conhecia. Você não se lembrava do nosso primeiro encontro ou primeiro beijo ou quando a pedi em casamento. Passei minha vida inteira procurando por algo pelo qual valesse a pena lutar, e você estava na minha frente o tempo todo. Você me salvou, Brielle, mesmo que não se lembre de ter feito isso. Você disse que eu estava te afogando, e essa é a última coisa que eu quero. Então, este sou te dando ar. Só queria que você soubesse que, mesmo que eu tenha partido, tudo o que estou fazendo é por você. Eu sempre vou te amar. Sempre."

O correio de voz termina e eu aperto o telefone contra o peito, chorando mais. Ele está deixando Rose Canyon, e eu não tenho ideia se vou recuperá-lo.

Fecho os olhos e, como um relâmpago, uma lembrança me atinge com tanta força que, se já não estivesse deitada, estaria de costas.

— Eu te amo — diz Spencer, enquanto jantamos no chão do meu apartamento.
Do nada.
Sem aviso prévio. Nem mesmo uma dica de que estava chegando.
Quase me engasgo com meu Lo Mein quando digo:
— O quê?
— Eu te amo.
Coloco os pauzinhos de lado com cuidado, engulo e tento novamente.
— Você me ama?
— Eu amo. Muito, na verdade. Eu te amo mais do que eu sabia que poderia amar alguém.
Eu me pergunto se alguém pode entrar em choque com uma declaração de amor. Porque, se for assim, tenho certeza de que é isso que está acontecendo.
Não que eu não ache que ele quis dizer isso. Já se passaram seis meses e ele está se esforçando mais para nos tornarmos um casal, um casal de verdade que vai a encontros reais e não se esgueira como se estivéssemos fazendo algo errado.
O que não estamos.
Mas eu gosto disso. Gosto da intimidade disso. Gosto de ninguém saber ou se importar com o que estamos fazendo. Gosto de ter Spencer só para mim.
Ele se inclina, colocando meu cabelo atrás da orelha.
— Diga alguma coisa, Brielle.
Certo. Preciso... falar.
— Você sabe que te amo.
— Eu sei.
Eu sorrio.
— Bom.

Spencer ri.
— Bom.
Algo começa a incomodar no fundo da minha mente. Uma curiosidade que não é minha para ter, mas está lá independentemente.
— Para quantas mulheres você disse isso? — *pergunto, esperando que ele responda tanto quanto espero que não.*
Não é da minha conta. Amei outro homem em minha vida, mas o que senti por Henry não chega aos pés do meu amor por Spencer. Com ele, não tenho medo. Ele me conhece, me ama e me aceita — com defeitos e tudo.
— Nenhuma.
Deixo cair o pauzinho novamente.
— Nenhuma?
— Eu nunca amei uma mulher antes de você. Nunca me permiti amar outra pessoa, porque ninguém valia esse nível de confiança. Mas você sim. Você vale tudo, e eu te amo, Brielle Davis. Eu te amo, e Deus me ajude, porque você dá um trabalhão.
Spencer tem trinta e oito anos. Ele namorou legiões de mulheres, e estou absolutamente sem palavras. Como ele poderia nunca ter amado mais ninguém? Mas a única coisa que Spencer e eu não fazemos é mentir. Construímos todo o nosso relacionamento sobre essa base, e se ele me disse que nunca amou mais ninguém, então é verdade.
E me sinto mal por cada mulher que teve esse homem e nunca descobriu como é ser amada por ele. Porque... é magnífico.
Empurro a comida para o lado, rastejo até ele e, em seguida, pego seu lindo rosto nas mãos.
— Eu te amei desde antes de saber o que era o amor. Sonhei com você desde que sabia o que eram sonhos. Você é o ar que eu respiro. A batida do meu coração. Eu te amo tanto que até a ideia de perder isso é demais para eu pensar.
— Você não vai me perder, Brielle. Mesmo que você vá embora, eu sempre estarei aqui. Estou avisando agora, vou me casar com você. Você vai ser minha em todos os sentidos.
Sim! Eu quero gritar. Quero isso mais do que tudo, mas acho que sempre fui dele de qualquer maneira. Estava apenas esperando que ele quisesse ser meu.
Nossos lábios se tocam no beijo mais doce e puro que já aconteceu.
— Acho que talvez você esteja certo.
— Sobre o quê? — *ele pergunta, escovando meu cabelo para trás.*
— Acho que é hora de falarmos sobre contar a todos. Não quero mais te amar no escuro.
— Oh, querida, isso nunca aconteceu com a gente. Você é a luz, eu apenas te segurei na sombra.

Descanso minha testa na dele.

— Então, fazemos um plano para contar a Isaac e Addy?

— Sim, mas não agora. Agora, eu quero fazer amor. — Ele me beija. — A. Noite. Toda.

Lágrimas escorrem dos meus olhos e meu coração sente todo aquele momento novamente. Eu o amo. Sempre o amei e ele me ama. O suficiente para que estivesse disposto a fazer qualquer coisa para me ajudar, mesmo com sua própria dor.

E agora ele se foi.

O que eu fiz?

CAPÍTULO TRINTA

Brielle

Depois de uma noite cheia de arrependimentos, cheguei ao único lugar que sempre me acalmou: a praia.

Foi uma caminhada, mas Quinn não reclamou. Agora estou andando ao longo da costa, a água lambendo meus dedos dos pés antes de recuar de volta para o mar.

Às vezes, sinto que é assim que minha memória é. Ela vem à superfície, pronta para encontrar a terra, e depois corre de volta.

Liguei para o Dr. Girardo esta manhã e nossa sessão foi muito difícil para mim. Estou lutando com fragmentos de realidade misturados com sonhos, e continuo tendo esses flashbacks que parecem muito reais. Discutimos como diferenciá-los. Ele me ajudou a perceber que, quando todos os meus sentidos estão engajados, então a lembrança é isso — uma memória. Quando só consigo ver de fora ou não consigo sentir nada, então é mais provável que seja uma mistura ou fragmento.

Isso significa que o que lembrei ontem à noite era real.

O que eu vi naquele dia em que estava no quarto de Spencer era real.

Paro, inclino o rosto para o sol e fecho os olhos. É tão tranquilo aqui, e por um momento, posso acreditar que tudo vai dar certo. O sol vai nascer, as marés vão baixar e tudo o que quebrei pode ser consertado.

Quando me viro, um estrondo soa alto e eu caio na areia, minhas mãos sobre a cabeça, e luto para respirar.

— Acho que vamos tomar café? — pergunto ao meu irmão, que entra no Rosie-Beans.

Isaac sorri.

— Achei que você nunca ofereceria.

Eu não ofereci, mas conheço meu irmão bem o suficiente para não forçar. Ele me pegou cedo para me levar ao trabalho, então o mínimo que posso fazer é pegar um café para ele. É tão estranho como, nos últimos dias, tudo mudou.

Eu estou comprometida.

Vou me casar com o homem mais incrível, e não contei ao melhor homem que conheço.

Amanhã é o grande dia. Spencer vai me pegar, e vamos jantar e contar a eles. Então vamos deixar os outros saberem. Eu realmente espero que dê certo. Não quero que haja socos, mas acho que mereceríamos isso neste momento.

Isaac está me contando sobre uma nova jogada que ele vai tentar enquanto nos dirigimos para a frente do carro, quando alguém grita conosco.

— Eu vou te matar, porra! — Bill Waugh grita, se aproximando de nós.

Oh, Deus. Ele parece chateado, o que significa que sua esposa contou a ele sobre minha visita ontem.

— Entre no carro, Isaac. — Viro-me para o meu irmão e tento chegar lá eu mesma. Este homem é louco, precisamos sair.

Seus olhos vão de mim para o homem, que agora está correndo em nossa direção.

— Brie?

— Depressa! — falo para ele.

Bill me disse que me mataria se eu relatasse minhas preocupações. Como assistente social, é meu trabalho fazer isso. A lei é muito clara. Se eu testemunhar algum sinal de abuso infantil, tenho que denunciá-lo. Informei a esposa de Bill ontem à noite que faria isso, e se ela e Myles precisassem de refúgio, que fossem ao meu escritório hoje.

Antes que eu pudesse chegar à porta, as mãos de Bill estão em volta dos meus braços. Ele está me puxando. Olho para Isaac, querendo me manter calma.

— Sua cadela. Acha que pode levar minha família? Acha que eu deixaria você se safar? Acha que tem o poder de fazer isso? — Bill rosna no meu ouvido.

Tento arrancar meus braços, mas ele aperta. É doloroso o suficiente para me fazer querer chorar, porém me seguro.

— Calma, cara — diz Isaac, quando começa a dar a volta na frente do carro. — Apenas deixe-a ir para que possamos resolver isso.

— Você arquivou a papelada? — Bill pergunta.

— Sim. Esta manhã — minto. Quero que ele pense que já está feito. Matar-me não resolve se ele achar que é tarde demais para me impedir.

No entanto, ele não vê dessa forma.

Ele me empurra para trás, batendo minha cabeça na estrutura do carro. Eu vejo estrelas, o mundo gira e, quando eu desmorono, minha cabeça bate no chão. Por pura força de vontade, mantenho meus olhos abertos.

É quando eu vejo. O sol brilha no cano de metal da arma que ele tira de debaixo da jaqueta. Bill vai me matar.

Isaac deve ter se movido, porque a arma agora está apontada para ele. Não. Não. Ele não pode. Ele não pode matá-lo. Não quando isso é minha culpa. Não quando fui eu que fiz isso.

— Fique para trás ou eu vou matar vocês dois.

Não posso deixá-lo morrer. Eu tenho que salvar Isaac. Forço-me a sentar, e a arma balança de volta para mim.

— Você não quer fazer isso — digo a ele, rezando para que minhas palavras não sejam arrastadas. — Por favor, você pode entrar no carro agora e ir embora. Nada vai mudar.

— Tudo mudou! Você vai tirá-los de mim! Vai levar minha família, sua vadia estúpida! Agora, eu vou pegar a sua.

Lágrimas quentes caem pelo meu rosto quando me viro para o meu irmão. Eu me levanto, precisando ficar na frente dele para protegê-lo. Ele tem Elodie e Addison. Ele pode contar a Spencer o que aconteceu. Pode fazê-lo entender e ajudá-lo a passar por isso. Não posso ser responsável pela morte do meu irmão.

Eu não vou.

— Brie! — Isaac grita comigo. O chão está instável sob meus pés, e não tenho ideia do que está para cima e para baixo.

— Eu não arquivei — tento dizer a ele. — No meu escritório.

— Você é uma maldita mentirosa! — Bill ruge e então algo bate na parte de trás da minha cabeça.

A escuridão se infiltra ao meu redor, levando-me ao esquecimento. Flutuo até ouvir o estalo de um tiro, que é seguido pelo som de algo caindo ao meu lado. Naquele momento, eu sei no fundo da minha alma, ele atirou em Isaac, e espero nunca acordar.

— Brielle! — Quinn está segurando meus ombros, sacudindo-me suavemente. — Brielle, você está bem! Foi um som vindo de um carro.

Balanço a cabeça.

— Eu vi. Eu vi tudo — forço as palavras entre minhas respirações difíceis. — Eu vi quem atirou no meu irmão. Leve-me de volta para Rose Canyon. Agora!

— Você está indo? — mamãe pergunta, enquanto enfio coisas na bolsa.

— Eu preciso voltar.

— Para Spencer?

— Para tudo. Eu me lembro, mãe. Eu me lembro de tudo. Preciso voltar.

Ela me ajuda a colocar mais das minhas coisas na bolsa.

— Você lembra?

— Eu vi tudo. Lembrei-me dos barulhos, do ar, do frio, do sol e da arma. Eu sei quem foi e por que ele foi atrás de mim. Eu... tenho que ir.

— Diga-me — ela pede.

Então eu falo. Falo tão rápido, tropeço nas minhas palavras, mas coloco tudo para fora. Meu coração está acelerado enquanto explico o rosto de Isaac e o som de sua voz ao tentar chegar até mim. Está tudo lá. Cada coisa que eu podia ver, ouvir, sentir, cheirar. Não é minha mente pregando peças em mim ou mudando detalhes. Foi o que aconteceu, e eu preciso ir para casa.

— E a sua segurança? — mamãe pergunta.

Olho para os dois homens corpulentos no canto.

— Eles não vão deixar nada acontecer comigo.

Eu nunca estive em perigo, porque Spencer não permitiu. Ele garantiu que eu tivesse alguém aqui o tempo todo. Minha proteção sempre foi sua prioridade.

Quinn resmunga, e Jackson apenas sorri.

— Ela lembra e confia em nós — ele diz para Quinn.

— Parece que sim.

— Você acha que vamos conseguir vê-la consertar a outra parte? — Jackson pergunta.

— Provavelmente não. Sempre sentimos falta das coisas divertidas.

Jackson bufa.

— É injusto, o que é normal.

Ignoro os dois e fecho minha bolsa.

— Podemos ir? — pergunto, impaciente. — Vocês já empacotaram?

Quinn sorri.

— Oh, você está pronta para outra viagem de mais de dez horas, Sunshine? Isso será mais divertido do que a vinda até aqui, já que você está ansiosa por outro motivo. Sim, já empacotei. Tenho tudo empacotado quando estou em uma missão.

— Eu gostava de você, agora não mais.

Quinn dá de ombros.

— Estou acostumado com mulheres não gostando de mim.

Jackson se aproxima.

— Tem certeza de que quer voltar? Podemos lidar com as coisas daqui.

— Positivo.

Minha mãe olha para ele.

— Eu não posso perdê-la. Agora que ela se lembra de quem o matou e tentou matá-la, ela está em perigo.

— Ela está, mas faremos tudo o que pudermos para protegê-la — promete.

Não me importo com nada disso. Eu quero ir para casa e consertar tudo. Quero ter certeza de que Myles está a salvo de seu pai, prender Bill e depois quero encontrar o homem que amo e implorar que me perdoe.

Eu fui tão estúpida em pensar que ele poderia me machucar ou a Isaac. Ele não faria isso. Nunca.

Minha mãe me envolve, abraçando-me forte.

— Sinto muito que você tenha passado por isso, Brielle. Gostaria que fosse eu no seu lugar. — Ela se afasta. — Você é forte e corajosa. Estava tentando ajudar aquele garotinho e salvar seu irmão ao mesmo tempo. Nada disso é culpa sua, e só quero que você seja feliz, ok?

Eu concordo.

— Você só tem uma vida, não a desperdice.

Dou-lhe outro abraço, grata por termos podido viver este momento. Então pego minha bolsa e vamos para o carro.

— Eu já liguei para Emmett. Ele está levando a informação ao promotor público. Enquanto isso, eles enviaram uma unidade para garantir que Myles e sua mãe estejam seguros. Se puderem, farão uma prisão antes de você chegar à cidade — explica Jackson.

— E quanto a Spencer?

— Spencer Cross não é um humano indefeso, Brielle — Quinn tenta me tranquilizar. — Ele foi treinado pelos melhores e, se usou essas habilidades ou não ultimamente, isso não desaparece. Sinceramente, eu me sinto mal por quem é estúpido o suficiente para tentar ir atrás dele.

— Ele não pode parar uma bala. Aquele homem matou meu irmão e teria me matado. Ele provavelmente pensou que eu estava morta, e é por isso que não atirou em mim. Ele queria tirar alguém de mim, e quem melhor do que o homem que passou todos os dias do último mês comigo?

Eu quero chorar, gritar e voar para ele. Eu nunca deveria ter saído. Se alguma coisa acontecer, nunca vou me perdoar. Na minha raiva e mágoa, eu o afastei, o acusei do impensável, e fui embora como as mulheres antes de mim.

Não é à toa que ele deixou a cidade.

— Nós vamos encontrá-lo. — A voz de Jackson está cheia de confiança. — Olha, quando homens estão feridos, eles precisam de tempo para lamber suas feridas. Ele provavelmente está nas montanhas em uma caminhada sem serviço de celular. Ou está bêbado em Vegas. Um dos dois.

Reviro os olhos.

— Vegas e aqueles meninos são uma má ideia.

— Vegas é uma má ideia para qualquer menino — Quinn diz com uma risada.

— Bem, na despedida de solteiro de Isaac, os quatro acabaram em um monte de problemas. Spencer ficou sem milhares de dólares. Isaac quase não se casou quando Addison descobriu o dinheiro que ele gastou. Holden ficou com uma garota no banheiro. Ela o deixou desmaiado na cabine, e Emmett passou a noite dormindo no capô de seu carro porque perdeu as chaves. Confie em mim, ele odeia Vegas e prometeu nunca mais voltar. — Além disso, é para onde a mãe de Spencer ia sempre que precisava se afastar dele e se encontrar.

A única maneira que Spencer iria até lá seria por desespero.

— Onde quer que ele esteja, vamos rastreá-lo e garantir que também esteja seguro. Deixe que nós nos preocupemos, Brielle. Só termine de preparar seu discurso de desculpas. — Jackson aperta meu braço e dá um passo para trás. — Miller, certifique-se de me dar atualizações.

Quinn assente.

— Vou entrar em contato a cada duas horas.

O carro dá um solavanco e me preparo para a mais longa viagem de carro da história.

CAPÍTULO TRINTA E UM

Spencer

Tem sido uma semana de becos sem saída. Sei que isso faz parte do trabalho, mas estou no meu juízo final. Levei a gravação da briga para o cara do vídeo. Ele foi capaz de melhorar a imagem, mas o rosto do homem estava muito na sombra para fazer uma identificação positiva.

Ele está trabalhando em recriá-lo digitalmente, mas isso leva pelo menos um dia.

Tudo o que tenho agora é o garoto que ela estava protegendo. Se eu conseguir informações dele, talvez possa me dizer com quem Brielle estava chateada.

Estou dirigindo de volta para a cidade quando vejo a placa do parque que fomos algumas semanas atrás. Não consigo resistir ao chamado, então me viro.

Lá estão os balanços onde sua bandeira estava escondida e a área gramada onde foram colocados os barris de balões.

Saio do carro e vou em direção aos balanços quando alguém grita meu nome.

— Ei, olhe, Timmy! É Spencer!

Excelente. Eu preciso dessas crianças irritantes como preciso de um buraco na minha cabeça. Viro-me e, com certeza, os companheiros de equipe de Brielle estão se aproximando, e Timmy tem uma bola de futebol debaixo do braço.

— Olá, rapazes.

— E aí, cara. Você voltou para outra surra?

— Não dessa vez.

Um único garoto, acho que o nome dele é Saint, aproxima-se.

— Você está bem? Você não parece bem.

Forço um sorriso.

— Estou bem.

Tenho certeza de que pareço uma merda. Eu não durmo. Mal consigo comer. Com certeza não uso uma navalha há cinco dias, e estou morando no meu carro enquanto procuro por alguma resposta.

— Onde está Brielle?

Ela se foi. Ela se foi, Saint.

— Não tenho certeza. Ela fez uma viagem.

Brian dá um passo à frente.

— Você a chateou?

— Por que você perguntaria isso?

— É só olhar para a sua cara — Timmy responde.

Eu nem quero perguntar o que isso significa.

— Ela está bem.

Pelo menos eu acho que ela está. Quando liguei para Quinn cinco dias atrás, ele me falou que não poderia me informar sobre Brielle, seu paradeiro ou qualquer coisa a ver com sua situação. No entanto, o que ele podia dizer era que ele estava bem, que a amiga com quem se encontrava estava triste e ele estava hospedado na costa com a mãe de uma amiga. Basicamente, tudo o que eu não deveria saber. Depois disso, desisti.

Desliguei tudo e fiz a única coisa que podia fazer, que era me concentrar em encontrar o homem no vídeo.

— É, você não parece bem. Você parece uma bagunça.

— E eu estou tão feliz por ter vindo aqui para pedir sua opinião — falo, irritado com essas crianças.

Timmy cutuca Brian.

— Ele estragou tudo com ela.

— Eu não fiz isso.

Ok, eu fiz, mas não vou dizer isso a um bando de crianças de dez anos de idade.

Saint assente lentamente.

— Ele estragou. E Brielle é a melhor.

— Ela é totalmente. Para uma garota — acrescenta Timmy. — O que você fez?

Eu gemo.

— Não fiz nada.

— Então por que ela não está com você? — Brian pergunta.

— Porque ela fez uma viagem.

— Sem você? Minha mãe viajou uma vez sem meu pai e agora ela mora em Tucson — observa Brian. — Brielle também está em Tucson?

Apenas me tire da minha miséria.

— Não, ela não está em Tucson.

— Ela poderia estar em Vegas — Saint informa a todos. — Ouvi meu pai dizer que todas as garotas vão para Vegas.

— Seu pai está errado — eu o deixo saber.

— Meu pai diz que sabe tudo — Timmy fala.

Como se essa conversa pudesse ficar mais ridícula, Brian chama outro garoto.

— Ei, Kendrick, venha aqui! Spencer chateou Brielle, e agora ela está em Vegas ou Tucson!

Juro que vou começar a gritar com essas crianças em cerca de dois segundos.

— Ela não está em Vegas ou Tucson.

— Bem, ela não está aqui e você está, então você não sabe. — Timmy dá de ombros.

Kendrick corre.

— Cara, nós amamos Brielle.

— Eu também.

— Então você deveria se casar com ela — diz Brian. — Meninas gostam disso.

— E você sabe disso por toda a sua experiência infinita? — pergunto.

— Eu tenho uma namorada — diz ele, apontando para os balanços. — Ela me levou dois refrigerantes na escola ontem.

— A base do seu amor é sólida, Brian. Estou impressionado.

Ele reluz.

— Ela não resiste.

Kendrick, Timmy e Saint começam a rir e fazer barulhos de engasgos. Essas crianças me lembram tanto do meu grupo de amigos que dói. Emmett foi o primeiro de nós a ter uma queda, ironicamente, por Addison. Ela sorriu para ele e ele caiu. Ela era a garota que todos nós queríamos. Ela era inteligente, bonita e levava biscoitos para a escola todos os dias.

Realmente, o que mais um bando de garotos idiotas poderia querer? Mas ela amava Isaac, e Emmett, sendo o amigo que era, decidiu que nenhuma garota valia a pena uma briga. No entanto, quando Isaac e Addy começaram a namorar, falamos muita merda para ele. Principalmente porque estávamos com ciúmes.

Eu sorrio e aperto o ombro de Brian.

— Mantenha aquela sua namorada. Não importa o que seus amigos digam. As mulheres fazem do mundo um lugar melhor.

Ele sorri.

— E elas roubam refrigerante para você.

— E elas fazem isso.

Timmy entra.

— Então por que você deixou Brielle ir?

— Eu não queria — admito.

— Então pegue-a de volta — Kendrick oferece seu conselho. — Diga a ela que você sente muito e compre flores para ela. Meu pai está sempre comprando flores para minha mãe. Ele disse que faz muita bagunça, mas as mulheres são difíceis e eu deveria aprender isso cedo.

— Seu pai está certo sobre isso — murmuro baixinho. — Eu vou consertar tudo. Só preciso de tempo.

Um apito soa, e os meninos se voltam como cães treinados depois de apenas levantarem a cabeça.

— Temos que ir! É o treinador!

— Vão se divertir — eu digo, acenando enquanto eles fogem.

Eu resolvo isso.

Só preciso chegar em casa e descobrir quem está nessa fita.

Em vez de ir direto para casa, tomar banho e tentar me arrumar, vou para o centro juvenil. Rachelle e Jax me dizem que o garoto na fita é Myles Eastwood. Seu pai, Bill Waugh, é um idiota. De acordo com seu arquivo, ele se parece muito com um homem que minha mãe teria amado. Ele entra e sai da prisão, não consegue manter um emprego e gosta de intimidar.

Ligo para Emmett, mas ele não atende, então vou para a delegacia.

— O xerife Maxwell está ocupado — explica o oficial na recepção.

— Diga a ele que Spencer Cross está aqui para falar com ele.

Ela revira os olhos, mas se levanta e sai para encontrá-lo. Meu coração está acelerando. Eu sei quem é o assassino. Tenho provas e um nome. Não importa o que aconteça com Brie, podemos consertar isso.

Emmett sai e acena, deixando-me saber que posso entrar.

No segundo em que a porta de seu escritório se fecha atrás de mim, ele pergunta:

— Onde diabos você esteve?

— Seguindo minha pista — explico.

Então coloco o arquivo na frente dele.

— Esta é a informação que obtive. Tenho tudo o que você já viu, além de algumas peças novas do quebra-cabeça.

— Eu não preciso disso.

— O que diabos você quer dizer, você não precisa disso? — pergunto.

— Exatamente o que eu disse, mas obrigado por aparecer. Eu tenho que ir ao tribunal.

— Acabei de entregar a você a maior pista do caso.

Ele dá de ombros.

— Eu já tenho essa pista, mas obrigado.

— Emmett. Eu vou te matar — aviso.

— Spencer, você pode tentar.

Juro, voltei aos dezesseis anos quando dei um soco na cara de Emmett, porque ele não me ouviu sobre a garota que eu gostava.

Ele tenta se mover, mas fico de pé, bloqueando sua saída.

— O que há de errado com você? Você passou meses trabalhando nisso. Eu faço seu maldito trabalho para você, e está me dispensando?

— Não, eu não estou te dispensando. Tenho que encontrar alguém em dois minutos e já vou me atrasar.

— Não. Você precisa ver as informações nessa pasta. — Eu me aproximo dele, que revira os olhos.

— Vá para casa e espere que eu ligue. Terei novidades então.

Estreito meus olhos, tentando decifrar o que ele não está dizendo.

— Você tem que ir ao tribunal?

— Sim.

— E você não precisa das informações nesse arquivo, por quê?

— Porque não. Agora, não posso responder a mais nenhuma pergunta e preciso ir. Você entende?

Ele sabe de alguma coisa. Ele mesmo encontrou a informação.

— Por que você não está me contando nada?

— Porque não posso. Agora, saia do meu caminho e faça o que eu digo uma vez.

Eu recuo.

— Vou para casa então.

— E talvez tomar banho e parecer humano — ele sugere antes de sair.

Pego a pasta e saio atrás dele, observando quando entra em sua viatura. Posso sentir em meus ossos que ele vai conseguir um mandado ou algo do promotor.

A viagem até minha casa parece que leva o dobro do tempo normal. Entro na garagem, saio do carro e corro em direção à porta da frente, mas meu coração para na garganta quando chego lá.

Brielle está sentada no meu degrau da frente. Seus braços estão em volta de suas pernas e, assim que me vê, ela se levanta.

Olhamos um para o outro, ambos congelados, e, quando vejo seu lábio inferior tremer, finalmente falo:

— Brielle?

— Spencer — ela diz e então corre para meus braços. Seu corpo bate contra o meu, e eu a pego.

Ela enfia o rosto no meu pescoço, puxando-me para mais perto. Seu corpo treme quando ela solta um soluço suave.

— Eu preciso de você.

— Estou aqui. Jesus, estou aqui. — Eu a agarro mais forte do que nunca. Ela não tem ideia do que estar longe dela fez comigo. — O que há de errado? Por que você está aqui? Por que está chorando?

Ela se afasta, lágrimas transbordando naqueles olhos azuis.

— Eu fui tão estúpida. Sinto muitíssimo. Nunca deveria ter te deixado assim. Eu nunca... eu me lembro de tudo. Lembro-me de nossos beijos e do jeito que você me ama. Lembro-me de nós fazendo amor e você me pedindo em casamento. Lembro-me de nós falando sobre contar a Isaac, e... lembro-me do fim. Mas eu me lembro de nós. — Suas mãos vão para o meu rosto desalinhado e ela sorri. — Eu realmente não conseguia esquecer e, mesmo quando o fiz, ainda te queria. Eu ansiava por você, desejava que fosse você, e é por isso que fiquei tão chateada.

Não é culpa dela. Nada disso é. Ela não fez isso, e eu gostaria de ter feito escolhas diferentes. Não posso voltar no tempo, mas posso garantir que temos tudo no nosso futuro.

— Que nada, meu amor. Eu estava errado. Nunca deveria ter concordado com as mentiras. Deveria ter te contado desde o começo.

— Se fosse assim, eu nunca teria acreditado. Eu só sinto muito.

— Você se lembra que eu te amo? — pergunto, certificando-me de que ouvi tudo.

— Sim.

Brielle se levanta ao mesmo tempo que me curvo, e nossos lábios se encontram. Ela move as mãos pelo meu peito e então seus dedos se emaranham no meu cabelo. Isso é tudo. Isso é tudo que eu queria, mas pensei que tinha perdido para sempre. Pensei que a tinha machucado tão profundamente, quebrado sua confiança tão irrevogavelmente, que ela nunca seria minha outra vez.

Eu a beijo mais forte, precisando que ela sinta tudo o que sou. O amor, a felicidade, o desejo de lhe dar tudo o que quer.

Muito rápido, ela cai de volta para baixo, nós dois lutando para recuperar o fôlego.

— Lembro-me do tiroteio e de quem foi.

— Você contou a Emmett?

— Sim. Tenho que falar com o promotor em uma hora. Eu... eu só precisava ver você. Precisava fazer isso direito.

— Você estar aqui é o certo. — E eu também estava certo sobre Emmett. É por isso que ele estava indo para lá. — Onde está Quinn?

— Ele está bem ali. — Aponta para a cadeira na varanda.

— Não se importe comigo — diz Quinn. — Estou feliz por ter testemunhado isso. Ela chorou tanto nos últimos dias que é bom vê-la sorrir.

É a melhor coisa do mundo.

— Brie, você não está segura agora que sua memória voltou.

— Você não vai deixar ninguém me machucar. — A confiança em sua voz é demais para mim. Tenho estado em agonia nos últimos dias. Senti tanto a falta dela que parecia como se tudo na minha vida tivesse sido revirado.

— Não, mas ainda não devemos arriscar. Além disso, quero ouvir tudo. — Eu a conduzo escada acima, e Quinn se levanta, balançando a cabeça para indicar que ele tem informações para compartilhar. — Você pode deixar Quinn me dizer o que ele precisa?

— Claro.

Assim que ela entra, ele se aproxima.

— Ouça, eu sei que você sabe. Se não, teria perguntado a ela quem era no segundo em que ela lhe disse que sua memória voltou. Ela me disse o nome e o que aconteceu, mas não tenho uma boa descrição. Você pode...

— Vou pegar o arquivo em um segundo.

— Assim que tivemos um nome, começamos a cavar, mas ele não é visto há semanas. Acho estranho que ninguém na cidade tenha achado isso suspeito. Parece um lugar onde todo mundo conhece todo mundo — observa.

— Eles se mudaram para cá algumas semanas antes do tiroteio, então não acho que ficaram aqui tempo suficiente para que alguém notasse. Ainda assim, o fato de que eles se foram é alarmante. Não faço ideia de para onde. O centro da juventude estava tão focado em perder Brie e lidar com a cidade de luto pela perda de Isaac, então provavelmente era o melhor momento para eles desaparecerem.

Ele coça a nuca.

— Você acha que ele conseguiu o que estava procurando no escritório dela e fugiu?

— Você não faria isso se fosse ele? Nós ainda vamos encontrá-lo — juro. Esse homem não só tirou meu melhor amigo, ele quase roubou a mulher que eu amo.

Como eu disse antes, não há pedra sobre pedra. Eu o encontrarei, e ele pagará pelo que fez.

Caminhamos até meu carro, onde pego meu arquivo com as informações e o pen drive com o vídeo.

— Aqui está o que eu tenho.

Quinn sorri.

— Veja, eu sabia que você faria algum bem enquanto estava triste por perder sua garota. Vou levar isso para o meu pessoal e ver o que eles podem inventar.

Dou-lhe um pequeno sorriso e um tapinha no ombro.

— Obrigado, cara. Agora, vou precisar de pelo menos três horas com Brielle... ininterruptas.

Ele ri.

— Você faz a sua coisa. Eu tenho algum trabalho. Tranque a porta, no entanto.

— Eu vou.

Eu entro, e Brie não está na sala. Então, ando pela casa, verificando os quartos, e a encontro no meu escritório.

Sobre a mesa está meu bloco de notas com o qual comecei a história. Ela está lendo, alheia ao fato de que a estou observando.

Quando ela passa para a segunda página, eu a interrompo, não querendo que vá mais longe. Fiquei um pouco sombrio quando comecei a escrever sobre o botão de pânico.

— Você sabe que é rude ler a história de alguém sem sua permissão — eu digo, um pouco brincando.

Sua cabeça vira rapidamente.

— Oh, Deus. Sinto muito... — Ela se detém. — Não, eu não sinto, na verdade. Você não é apenas alguém, você é, ou foi, meu noivo. E... é sobre mim.

— Está correto. Eu sou seu noivo, e você é a porra do meu mundo inteiro. — Entro no quarto, e ela mordisca o lábio inferior. — Até onde você chegou?

Os olhos de Brielle se movem para o papel e depois voltam para mim.

— A parte em que você começou a falar sobre o que sabe do caso, em vez do quanto me ama.

Esfrego meu polegar em seus lábios.

— Toda a história é uma carta de amor para você.

— Então eu deveria começar a lê-la.

— Talvez, mas agora prefiro te beijar.

Ela sorri.

— Eu gostaria disso também.

Então, eu faço como a dama quer e a beijo novamente. O fato de eu estar fazendo isso é surreal. Eu não tinha certeza se teria isso novamente.

Quebro o beijo e olho para ela.

— Por que você voltou?

— Por você. Por nós. Porque eu precisava fazer as coisas certas por aqui. Não foi apenas por causa das minhas memórias — ela me assegura. — Eu já estava voltando antes disso. Acho que estava voltando no minuto em que saí, eu só... eu precisava ir. Estava tão assustada e cansada da sensação constante de estar louca. Desculpe por ter te magoado. Eu sei que te deixei e disse que você estava me afogando.

Ela nunca saberá como essas palavras me atingiram. O fato da minha mãe me dizer isso constantemente, de que eu era o peso em seus tornozelos, afogando-a.

— Ela costumava me dizer isso quando me deixava com quem estava disposta a manter naquela semana.

— Ela estava errada, e eu também. Eu estava me afogando e me recusei a pegar o bote salva-vidas que você ofereceu. Não foi você, Spencer.

— Agradeço por você dizer isso.

— Eu quis dizer isso.

Eu acredito que ela quer. Brielle não é rancorosa ou egoísta como minha mãe era.

— Então, você se lembra de tudo? — pergunto.

— Sim. — Ela dá um passo para trás, passando os dedos pelos cabelos loiros. — Você não perguntou sobre o atirador.

— Quer me dizer?

Ela balança a cabeça com uma risada.

— Você já sabe que não é Jax. Como você já sabia?

— Passei os últimos dias pesquisando, que é o que eu deveria ter feito desde o segundo em que aconteceu. Eu deveria ter feito o que podia para ajudá-la.

— Acho que você fez exatamente o que me ajudou. Eu precisava me lembrar por conta própria, mas como você descobriu?

A única razão pela qual qualquer um de nós escondeu alguma coisa dela foi para pegar o assassino e garantir que ele pague pelo que fez. Por isso não direi mais nada.

— Eu não quero guardar segredos de você, Brie. Aprendi essa lição, mas acho que devemos fazer tudo o que pudermos para garantir que as informações que temos sejam admissíveis. Quanto menos você souber, pode ser melhor. A informação que tenho está com as autoridades, e depois de falar com o promotor, podemos conversar. Você concorda? — Não tenho ideia das regras sobre isso, e prefiro não dar um passo em falso.

— É por isso que fui até Emmett primeiro. Dei minha declaração a ele e estou esperando a próxima parte.

Eu imaginei isso. Daí por que ele não precisava do arquivo e estava se encontrando com o promotor.

— Quanto tempo temos? — pergunto.

Ela olha para o relógio.

— Cerca de uma hora. Por quê?

— Porque eu gostaria muito de fazer amor com você.

Os olhos azuis de Brielle ficam líquidos enquanto ela sorri.

— Eu gostaria disso também.

CAPÍTULO TRINTA E DOIS

Brielle

Ter minhas memórias de volta torna a caminhada em direção ao quarto dele uma experiência diferente. A expectativa está lá, mas agora há mais. Os sentimentos que eu tinha antes, aqueles que me faziam pensar que eu estava louca, são amplificados. É como se todo o amor que compartilhamos tivesse dobrado.

Ele me puxa pelo corredor e então para quando estamos dentro de seu quarto.

— Eu te amo — diz Spencer, em uma voz áspera, enquanto me encara.

— Eu te amo.

— Não, Brielle, eu te amo mais que tudo. Eu quis te dizer essas palavras tantas vezes desde que você acordou.

Empurro para trás seus cachos crescidos.

— Eu te amo, Spencer Cross. Eu te amei toda a minha vida e nunca pretendo parar.

— Eu te darei o mundo.

Sorrio com isso.

— Eu só quero você.

— Você já tem isso, meu amor.

Ele se inclina, beijando-me suavemente, e deixamos as emoções passarem entre nós. Quando o deixei, uma parte de mim se quebrou, e agora me sinto inteira novamente. Ele me faz assim.

O que começou lento e doce, cresce mais rápido e mais quente. Suas mãos se movem para meus seios, apertando suavemente.

— Eu preciso de você nua — afirma contra meus lábios. — Eu preciso te tocar, te provar, te fazer minha.

Eu sempre fui dele. Ele tira minha camisa em um movimento, e então meu sutiã e minha calça seguem.

Movo minhas mãos para suas roupas, querendo o mesmo.

— Deixe-me vê-lo. Deixe-me memorizar tudo de novo.

Não que eu tenha esquecido. Só quero experimentá-lo todo outra vez.

Spencer e eu caímos na cama, nus e abertos um para o outro. Ele pega minha mão, movendo-a para seu pau.

— Acaricie-me — ordena.

Empurro a mão para cima e para baixo, sentindo-o endurecer contra minha palma.

— O que agora? — pergunto.

— Beije-me.

Sua mão no meu cabelo me prende a ele enquanto continuo a acariciá-lo. Aumento meu aperto, movendo-me mais rápido. Eu o quero tanto. Quero prová-lo, deixá-lo louco, lembrá-lo de como somos incríveis e podemos ser.

Afasto-me antes de empurrá-lo na cama.

— Eu quero fazer mais.

Ele sorri e desliza as mãos atrás da cabeça, colocando-se em plena exibição para mim.

— Eu sou todo seu.

— É mesmo?

— Sempre.

Mordo meu lábio inferior e pisco.

— Bem, já que você é meu para fazer o que eu quiser, acho que gostaria de chupar seu pau primeiro.

— Eu amo a porra da sua boca.

— Que bom. — Corro minha língua ao longo da ponta e, em seguida, tomo-o profundamente. A última vez que estivemos juntos, não consegui fazer isso. Ele estava muito focado em mim. Agora é minha vez de estar no controle e lhe dar o prazer que merece.

Minha cabeça balança conforme me movo para cima e para baixo, levando-o tão profundamente quanto posso. A respiração de Spencer acelera logo que tento ir mais rápido.

— Meu Deus, Brielle, não posso. — Seus dedos apertam meu cabelo. Eu trabalho com mais força, dando puxões mais longos e profundos, deslizando minha língua contra seu eixo. — Por favor, amor, ainda não. Porra, ainda não.

Ele se move tão rápido que não tenho tempo para fazer nada além de guinchar ao ser puxada por todo o seu corpo. Seus lábios mostram um sorriso malicioso e ele me posiciona sobre seu rosto.

— Segure a cabeceira, Brielle.

Quando ele empurra minha bunda para cima, não tenho escolha a não ser fazê-lo.

— Boa garota. Espere e vamos ver se consigo fazer você implorar.

Ele puxa meus quadris para baixo, e minha cabeça cai para trás, sua língua deslizando contra meu clitóris. Spencer move o rosto para frente e para trás, colocando a língua em todos os lugares certos. O suor irrompe na minha pele e meu orgasmo cresce. Eu já estava no meio do caminho só de deixá-lo louco, e sua boca está me jogando mais perto da borda vergonhosamente rápido.

Minhas pernas começam a tremer quando seus polegares se movem para dentro, roçando minha entrada. Ele geme assim que minhas coxas se apertam em torno de seu rosto, e tento muito me segurar.

Ele move o polegar mais, empurrando para cima e circulando, e continua a se mover contra o meu clitóris.

— Spencer. Estou perto — eu o advirto. — Estou tão perto. — Ele faz isso de novo e, em seguida, move o polegar para trás, afastando as bochechas da minha bunda. Suspiro quando seu dedo contorna o buraco.

— Oh, Deus — eu gemo mais alto. Ele rompe, apenas ligeiramente, e as sensações são demais. Eu desmorono, incapaz de me segurar.

Ele agarra minha bunda, mantendo-me firme enquanto drena cada gota de prazer do meu corpo. Provavelmente estou sufocando-o, mas estou caindo aos pedaços, e ele é a única coisa que me mantém unida.

Spencer ajusta minhas pernas, e eu caio na cama.

— Isso foi… — eu ofego.

— Apenas o começo. — Ele não faz uma pausa antes de se estabelecer entre minhas coxas e empurrar contra minha abertura apenas o suficiente para me provocar. — Eu quero você assim. Não quero nada entre nós. Quero fazer amor com você sem barreiras.

— E se nós… e se eu engravidar? — pergunto.

— Você gostaria disso? Um bebê? Uma família... comigo?

Ele hesita na última parte, e meu coração se parte. Spencer sempre foi esquecido por todos, inclusive por mim. Quando ele fez o pedido, disse que queria uma vida, uma família, um futuro cheio de tudo que eu pudesse desejar. Ser mãe, ter minha própria família, é o que eu desejo.

Sorrio para ele, lágrimas se acumulando e deixando-o embaçado.

— Eu quero tudo com você. Sempre quis.

— Se isso acontecer...

— Aconteceu. — Trago seus lábios nos meus. — Eu te amo, Spencer Cross, e preciso de você agora. Nada entre nós.

Ele desliza em mim, preenchendo cada rachadura que foi deixada do passado. Ele me faz completa, e eu nunca quero que isso acabe.

Deitada aqui, o lençol enrolado em torno de nós e o sol entrando pela janela, parece aquela memória que eu tinha, só que melhor. Isso é real, incrível e me sinto segura.

Então lembro que tem um louco à solta.

— Você acha que Emmett o encontrou?

— Se ele não tiver, Quinn o encontrará.

Levanto minha cabeça para isso.

— Quinn?

— Sim, ele está fazendo sua própria investigação.

Não sei por que estou surpresa com isso, mas estou.

— Quando você enviou Quinn nesta missão?

— Quando soube que ia te despir e te fazer gritar. Achei que você apreciaria a privacidade. Além disso, não te deixaria fora da minha vista para que eu pudesse fazer isso.

— Quero dizer... esse foi o movimento certo, mas estou surpresa que você me deixe estar aqui sem um atirador treinado.

Ele ri.

— Querida, eu sou um atirador treinado. Você está tão segura comigo quanto com Quinn.

Dou de ombros e inclino minha cabeça para o lado.

— Tem certeza? Quinn nunca faz isso.

— É melhor ele não te foder.

— Só estou dizendo, estou tão segura agora?

— Brielle, eu lutaria até que literalmente não houvesse mais fôlego dentro de mim para mantê-la segura. Ninguém vai chegar perto de você. Eu tenho a equipe por perto para o caso, mas aqui mesmo, na minha casa, você está segura.

Eu acredito nele. Estou apenas um pouco cautelosa.

— Ninguém viu Bill ou sua família?

Spencer suspira.

— Não.

— E ninguém no centro verificou Myles?

Ele corre os dedos para cima e para baixo na minha espinha.

— Não que eu saiba.

Sento-me, puxando o lençol comigo.

— Nós temos que encontrá-los! Ele vai machucá-los. Não me lembro de tudo que havia naqueles arquivos, mas ele estava batendo em Sonya. Myles também tinha hematomas. Ele me contava sobre seu pai e as coisas que estava fazendo por alguém ou alguma coisa… não sei. Era ruim e eu… não podemos ficar aqui enquanto aquele garoto está em perigo.

— Brie, você não…

Já estou saindo da cama.

— Eu vou ajudar a encontrar aquele garoto. Ele é inocente em tudo isso. Eu nunca arquivei a papelada, então está com a criança há mais de um mês sem que ninguém saiba do perigo que ele está correndo! — Tenho que ajudar aquele garoto.

— Brielle, pare. Você não vai encontrá-lo.

— Eu não posso simplesmente ficar aqui sentada.

— Eu não disse para fazer isso — diz Spencer com exasperação. — Sei que você quer ajudá-lo, todos nós queremos. Há uma equipe de SEALs treinados e todo o departamento de polícia procurando, e isso sem incluir os cidadãos que estão de olho em alguém da família. Então, por apenas um segundo, posso sentir prazer em ter minha garota de volta?

Nego com a cabeça, colocando minhas calças.

— Eu te amo e serei sua por muito tempo, mas você sabe que eu nunca poderia deixar isso para trás.

Ele se joga contra o travesseiro, gemendo enquanto cobre o rosto.

— Estou apaixonado por uma louca.

Eu rio um pouco e então me inclino para beijá-lo.

— Levante-se. Temos papelada para cuidar.

Spencer agarra meu pulso, impedindo-me de pegar minha camisa.

— Quero um tipo diferente de papelada.

— O quê?

— Quero que a gente se case. — Seus olhos verdes perfuram os meus azuis. — Eu quero me casar com você. Quero ser capaz de fazer todas as coisas que não podia quando você estava no hospital. Quero colocar esse anel e outro no seu dedo e me casar com você na frente de nossos amigos e sua família.

Fico de joelhos, então estou na altura dele.

— Eu posso concordar com isso.

— Estou falando sério, Brie. Não quero esperar. Não quero mais me esconder.

— Eu sei.

— Ok. Deixe-me vestir uma calça e vamos providenciar a papelada que eu quero. — Ele sai da cama, e sorrio para sua bunda perfeita enquanto ele passa.

— E eles dizem que o romance está morto.

CAPÍTULO TRINTA E TRÊS

Brielle

— Você me trouxe de volta ao parque? — pergunto a Spencer com uma sobrancelha levantada.

— Preciso mostrar às crianças que consertei.

— Consertou o quê?

— Nós.

Eu rio.

— E como os meninos sabem que você nos quebrou?

Ele dá de ombros.

— Eu posso ter vindo aqui e encontrado com eles. Eles disseram que eu parecia uma merda e devia ter estragado tudo.

Bem, se isso não é a coisa mais fofa de todas.

— E agora você quer me exibir?

— Exatamente. Agora, eu só espero que eles estejam aqui...

— Ei! É Brielle! — Kendrick corre. — Você voltou.

— Sou eu! Ei, pessoal!

— Oh, ela está com ele — Timmy diz quando vê Spencer.

Eu rio porque é hilário o quanto os garotos realmente não gostam dele. Spencer resmunga baixinho.

— Sim, ela está comigo. Eu a trouxe aqui.

— Então você está me devendo — diz Saint para Timmy.

— Você apostou que eu não seria capaz de consertar isso? — Spencer pergunta.

— Eu apostei. Achei que ela seria mais inteligente.

Eu bufo e tento esconder minha diversão.

— Bem, por mais divertido que tenha sido, temos que ir. Estou feliz em ver todos vocês, no entanto.

— Até logo — eles dizem e saem correndo.

Coloco meu braço em volta dele, e nós caminhamos.

— Isso é legal.

— O quê?

— Nosso parque — eu digo ao caminharmos vagarosamente. Este parque pode estar um pouco fora do caminho, mas agora é nosso. O encontro realmente o mudou para mim novamente. Não era sobre o passado naquele dia, era sobre o que tínhamos juntos no momento.

— Isto é nosso.

— Eu penso que sim.

— Talvez devêssemos fazer uma doação ou fazer algo em nome de Isaac.

Sua sugestão me faz sorrir, e olho para ele, dizendo:

— Eu adoraria isso. Poderíamos colocar uma gangorra ou algo assim.

Ele ri.

— Uma gangorra?

— Você não se lembra?

Spencer sorri.

— Acho que não.

— Quando eu tinha, tipo, seis anos, vocês me levavam para o parque e me lançavam! Eu segurava minha vida e minha bunda batia no chão toda vez que um de vocês pulava do seu lado e me fazia despencar.

— Despencar?

— Com seis anos, com certeza parecia que era assim.

— Não estou nem um pouco surpreso por termos feito isso. O irmão de Emmett fazia uma merda terrível para nós quando crianças, e estávamos muito felizes em descontar isso em você.

Balanço a cabeça antes de descansá-la em seu ombro.

— Sorte minha.

— Eu acho que sim.

Suspiro pesadamente, aproveitando o calor e o sol.

— Spencer?

— Sim, amor?

— Podemos ir para o túmulo? — pergunto. — Gostaria de contar a Isaac sobre nós.

Spencer para e me puxa em seus braços.

— É claro.

O monte ainda parece fresco, e a lápide ainda não foi colocada, mas nada disso importa. Há uma placa com uma bandeira e no chão ao redor de seu marcador estão várias coisas que as pessoas deixaram.

Há uma carta do time de futebol da escola, uma chupeta, que provavelmente é de Elodie, e um monte de flores e fotos. Eu me inclino, levantando a que deve ter sido deixada por Spencer, Emmett ou Holden.

— Eu a trouxe aqui — diz Spencer. — Cheguei em casa depois de passar o dia com você e senti falta dele. Queria contar tudo a ele, mas, enquanto eu estava aqui, as palavras não saíam.

A culpa com a qual lutei pela morte do meu irmão parece não ter fim. Eu não vim visitar o túmulo dele. Não fiz o suficiente para manter minha cunhada aqui. Todas essas coisas que Isaac teria feito se fosse eu quem morresse naquele dia.

— Eu também não sei se as tenho — digo a Spencer.

— Você acha que ele precisa delas?

Dou de ombros, colocando a foto deles e pegando um cisne de origami. Há algo sobre este cisne que me atrai para ele.

— Você fez isso? — Spencer pergunta.

Olho para ele.

— Eu?

— Sim, você adora fazer todas essas coisas. Ainda tenho a estrela que você fez do meu último boletim.

— Eu esqueci… quer dizer, eu sei que adorava origami, mesmo quando criança, mas que ainda fazia isso. — Viro o papel. — Não é meu, não venho aqui desde que ele foi enterrado.

— Você sabe quem mais teria feito isso?

Uma lembrança das crianças comigo no centro juvenil quando a energia acabou vem à mente. Eu escrevi um bilhete dentro e depois a dobrei. As crianças se divertiram muito tentando desdobrar e depois redobrar para que a palavra ficasse do lado de fora. Então, enviávamos bilhetes dessa forma para mexer com Jax.

Conto a história para Spencer, que ri.

— É o seu próprio código.

— Poderia ter sido.

— Eu gostaria que tivéssemos feito isso com Isaac. Dizer a ele que estávamos juntos em código para que ele soubesse o tempo todo — observa Spencer.

Coloco de volta no chão e pego sua mão.

— Eu continuo pensando que ele sabia. Isaac era muito inteligente.

— Se ele soube, nunca deixou transparecer.

— Lembro-me de estar tão preocupada com ele logo antes de ser atingida na cabeça.

— Você quer falar sobre o que aconteceu?

Afundando na grama fresca, toco a terra e retransmito minha memória. É mais difícil desta vez do que quando fiz com Emmett. Contar a Spencer as coisas que foram ditas e ver o rosto de Isaac tão claramente novamente, sabendo que ele está bem aqui comigo, é quase impossível. Lágrimas escorrem pelo meu rosto ao expressar o medo que eu tinha não apenas por mim, mas também por Isaac.

— Eu sabia que ele me protegeria. Mesmo assim, estava implorando para que ele não o fizesse.

— Claro que ele iria. Isaac não sabia como fugir de nada, e não teria começado fugindo do cara que ameaçava sua irmã.

Eu encontro os olhos de Spencer.

— E veja o que isso custou a ele. Valeu a pena ter Elodie crescendo sem o amor do pai mais incrível que ela poderia ter tido? E Addison, que perdeu o marido?

— E não acha que você valeu a pena? — Spencer pergunta. — O que eu teria feito, Brie? Vivendo em um mundo onde eu nunca poderia tocá-la novamente? — Seus dedos enxugam uma lágrima. — O que qualquer um de nós teria feito? Nenhum de vocês mereceu o que o cara fez, mas seu irmão nunca poderia ter vivido consigo mesmo se não tivesse agido de alguma forma.

Talvez seja a verdade, mas não tenho um filho que vai sofrer. Elodie é por quem meu coração dói mais do que qualquer coisa.

— Eu só queria que tudo fosse diferente — digo, fazendo um padrão na terra enquanto olho para o nome dele. — Eu teria dito a você, Isaac. Nós nunca deveríamos ter escondido isso de você. Sinto muito por não ter confiado em você, por não termos confiado em nós. — A mão de Spencer aperta meu ombro. — Vou ter essa conversa unilateral e espero que, no final, haja algum tipo de sinal que você possa me enviar. Spencer e eu estamos juntos. Já faz um tempo... quase um ano. Nós escondemos isso de você e sabemos que você provavelmente se sente traído por isso, e sinto muito. Não era nossa intenção te machucar mantendo isso em segredo. Honestamente, só precisávamos de tempo para nós mesmos sem sermos julgados ou ter outras pessoas colocando peso. Então nós nos apaixonamos. Profundamente. A maneira como você olhava para Addison é como Spencer me olha.

Quando viro o rosto para ele, Spencer se inclina, pressionando os lábios na minha têmpora. Minhas palavras estão saindo quebradas enquanto minhas emoções se tornam demais.

A voz profunda de Spencer assume:

— Eu faria qualquer coisa por ela, e quero que você saiba que sempre serei bom para ela. Eu a protegerei. Estarei lá por ela. Nunca vou traí-la ou fazer qualquer coisa que faria você me dar um chute. Você sempre teve mais fé em mim do que eu mesmo, e é por isso que posso te prometer tudo isso.

Eu me recomponho.

— Eu te amo, Isaac. Espero que possa ficar feliz por nós e nos perdoe por não lhe contar.

— Ele não usaria isso contra nós — Spencer olha para o túmulo — por muito tempo, pelo menos.

Eu sorrio, imaginando que ele ficaria chateado, mas então teria aceitado e ficado bem com tudo.

— Acho que ele adoraria ver nós dois felizes.

— Concordo.

Nós nos levantamos, seus braços em volta de mim por trás, e deixo mais algumas lágrimas caírem. Digo ao meu irmão que sinto falta dele novamente e peço perdão.

O telefone de Spencer vibra e ele me solta.

— É Quinn.

— Vá em frente. Eu vou ficar aqui — eu o informo.
— Não se mova.
— Eu não vou.

Volto para o memorial improvisado para Isaac, olhando para uma bola de futebol de pelúcia e uma cópia de uma carta de uma faculdade, mas o cisne continua chamando minha atenção. Eu me inclino e pego, notando as pequenas dobras nas asas que ensinei as crianças a fazerem. Cuidadosamente, desdobro, e ali, no centro da página, há um bilhete:

> Por favor, ajude. Ele vai nos matar se você não vier sozinha.
> Myles

Na parte inferior do papel está um endereço. Um hotel em Portland. Spencer retorna, caminhando em minha direção rapidamente.

— A pista dele não deu em nada. Ele está voltando para cá e quer que fiquemos em seu apartamento.

Enfio o bilhete no bolso e forço um sorriso.

— Soa bem.

Spencer pega minha mão e me leva de volta para o carro enquanto eu tento descobrir uma maneira de passar pela minha segurança para salvar aquele garotinho.

CAPÍTULO TRINTA E QUATRO

Spencer

Eu a puxo mais apertada contra o meu peito, suspirando quando sinto sua pele nua contra a minha. A noite passada foi incrível. Fizemos amor não sei quantas vezes, e essa porra de anel está de volta na mão dela.

Brielle rola para me encarar.

— Bom dia.

— É sim.

— Sim, e você tem que acordar, porque Holden e Emmett estão vindo. Sem mencionar que temos uma videochamada com Addison.

Depois que coloquei seu anel de noivado de volta, Brielle foi inflexível quanto a não esconder isso de mais ninguém. Emmett e Addison estão totalmente cientes, mas vou fazer a chamada com ela. O que ela não sabe é que Addison estará voltando para casa em três dias, que é quando nossa festa de noivado acontecerá. Enviei e-mails enquanto ela dormia, pedindo a todos que fizessem isso acontecer. Não estou brincando quando digo que não vou esperar.

— Deveríamos pelo menos colocar calças. — Brie sorri. — Tenho certeza de que Holden e Emmett vão gostar disso.

Eu gemo e caio de costas.

— Se precisamos.

Ela desliza para fora da cama e veste o roupão. Gostei muito da vista sem ele, mas, quando vejo o relógio, mexo meu rabo. Emmett sempre respeita o horário. Ele nunca se atrasa, o que significa que tenho três minutos antes que ele bata na porta.

— Você comprou comida? — Brie pergunta do banheiro.

— Eu não.

— Provavelmente não há nada aqui então.

— Provavelmente não, mas realmente queremos alimentá-los? Eles podem nunca sair.

Brie coloca a cabeça para fora.

— Sim, vamos ser gentis com eles e permitir-lhes qualquer interrogatório que seja necessário. Então você precisa me levar para Portland para que eu possa fazer algumas compras.

Isso é novidade para mim.

— Quando eu concordei com isso?

Ela sorri.

— Você não concordou, mas é necessário.

Sendo egoísta, há algo que eu quero fazer enquanto estivermos lá, então não vou resistir a esse pedido.

— Onde você quer fazer compras?

— Ainda não tenho certeza, então talvez possamos passar a noite — ela sugere.

— Quer passar a noite em Portland? — Ela odeia aquela cidade. Não é o estilo de Brielle.

— Vamos ver o quanto estamos atrasados. Pode ligar a cafeteira? Alguém me manteve acordada a maior parte da noite.

Coloco meu moletom e vou para a cozinha com um sorriso presunçoso. Alguém fez isso mesmo, porra. Depois de apertar o botão, pego meu telefone e escaneio meus e-mails. Tenho um do meu editor, perguntando se estou planejando trabalhar novamente, um de Jackson, informando que não encontraram nada sobre o paradeiro de Bill, e um de Addison, informando os detalhes do voo.

Não sei quanto tempo ela vai ficar, mas sei que não é permanente. Esta é uma visita, então ela estará aqui para a festa, e ela deixou bem claro que não estava pronta para retornar completamente.

Mesmo que todos tenhamos certeza de que Addison e Elodie não estão em perigo, já que Brielle é quem ele estava procurando, ela foi informada de que Bill era um suspeito. Como ainda não temos ideia de onde ele está, a equipe de segurança dela em Sugarloaf recebeu sua foto para que pudessem ficar de olho nele.

Brie sai do quarto assim que alguém bate na porta, e eu suspiro.

— Bem, aqui vamos nós.

Abro a porta e encontro meus dois melhores amigos. Nós fazemos os abraços habituais, e ambos beijam Brie na bochecha.

— Você parece muito melhor — observa Holden.

— Eu me sinto melhor — explica Brie.

Aproximo-me, envolvo meu braço pela cintura dela e olho para eles.

— Pedimos que vocês dois viessem aqui para informarmos que estamos noivos. Estávamos noivos antes, na verdade. Eu sou o doador misterioso do anel, e Brielle é minha noiva.

Ela dá um tapa no meu peito.

— Sério?

— Eu te disse, não esperaremos mais. Não vamos atirar merda quando temos coisas para fazer. Então aqui está.

Brie solta um longo suspiro e caminha até eles.

— Isaac não sabia, e... é um dos muitos arrependimentos que tenho sobre aquele dia, então queremos que vocês saibam.

Emmett olha para Spencer.

— Eu já sabia.

— Sim, mas agora você sabe da maneira que queríamos que vocês soubessem. — Olho para Holden, que realmente não se moveu. — Desculpe, mano, esqueci que você não sabia de nada disso.

— Vocês estavam juntos antes? — ele pergunta.

— Sim.

— E você não me contou?

— Nós não contamos a ninguém, e eu não ia te contar antes que ela se lembrasse. Eu tinha acabado de... eu não podia.

Holden volta sua atenção para Brie.

— E você tem certeza de que gosta desse idiota?

Ela sorri.

— Eu o amo. Sempre amei.

— Sim, eu acho que é verdade. Estou feliz por vocês dois. Noivos... uau.

Emmett bufa.

— Sério, vocês poderiam ter avisado a todos um pouco mais cedo do que antes de caminhar pelo corredor.

Ela se move de volta para mim, envolvendo os braços em minha cintura.

— Mantivemos isso em segredo por todas as razões certas, espero que saiba disso.

Emmett dá de ombros.

— Longe de mim entender o funcionamento de sua mente. Ela é uma bagunça, e eu não vou fingir o contrário. Estou feliz que a pessoa misteriosa do anel não seja um perdedor... bem, não um perdedor total.

Eu o interrompo.

Holden limpa a garganta.

— Por que você colocou o anel na cozinha dela e não pegou? Estou supondo que você fez isso quando você e Em vieram aqui para limpar antes que ela recebesse alta?

— Eu sabia onde ela o guardava quando não estava usando, então troquei de lugar.

— Mas por que não o levou embora? — Holden pergunta.

— Eu não podia. Simplesmente não podia voltar atrás. Era como se eu estivesse desistindo e perdendo-a novamente. Então, coloquei onde pensei que ela nunca acharia.

Brie aperta os braços.

— Você nunca me perdeu, Spencer. Nem mesmo quando eu estava perdida.

Olho para a mulher linda que eu amo.

— Talvez não, mas você se foi de certa forma. Aquele anel era toda a prova que eu tinha de que você era minha. Nós não contamos a ninguém, e eu... só esperava que, se você o visse, o anel desencadearia alguma coisa.

Ela se levanta na ponta dos pés.

— Eu sempre quis que fosse você.

Holden faz um barulho de engasgo.

— Sério. Você poderia nos aliviar um pouco.

Emmet suspira.

— Por mais que eu adoraria me sentar e ver vocês dois se apaixonando de forma repugnante, tenho que chegar na delegacia.

— Você encontrou alguma coisa? — eu pergunto.

— Não, e não seria capaz de divulgar nada de qualquer maneira. Vou assumir que Cole está investigando e eles também não encontraram nada.

— Estão e não encontraram. — Não adianta negar. Se eles encontrarem esse cara, e eu não o matar, será um milagre. Ele deveria rezar para Emmett encontrá-lo primeiro.

Ele se move em nossa direção.

— Tome cuidado. Por favor. Sei que você foi treinado, mas não é policial, então não estrague o caso da promotoria demolindo as provas, ok? Não queremos apenas Brielle segura, mas também justiça para Isaac.

— Eu não vou ser desonesto, Maxwell. Apenas faça o seu trabalho, e eu vou deixar você saber se descobrirmos alguma coisa.

Ele nega com a cabeça.

— Certo. Estou indo ao trabalho. Spencer, parabéns por convencer uma das mulheres mais maravilhosas que conhecemos de que você vale a pena. Brielle, desejo-lhe muita sorte, porque você está com um teimoso do caralho.

Brie tenta sorrir, mas há uma hesitação.

— Você está bem? — pergunto.

— Estou. — Ela se vira para Emmett, o sorriso crescendo e se tornando mais autêntico. — Ele pode ser um idiota, mas eu o amo mesmo assim.

Ele aperta a mão de Holden, mas, quando alcança a maçaneta, eu o paro.

— Ei, Emmet.

— Sim?

— Você se lembra do acordo? — pergunto.

— Não...

Holden ri.

— Padrinho...

Quando tínhamos dezoito anos, brincamos sobre o casamento de Isaac. Ele já estava falando sobre isso com Addison. Foi uma loucura, mas fizemos um pacto sobre quem seria o padrinho de cada casamento. Eu fui o padrinho de Isaac. Isaac o de Holden. Holden será o de Emmett, e Emmett o meu. A razão pela qual Emmett me escolheu foi porque ele nunca quis a honra e imaginou que eu nunca me casaria.

— Porra! — Emmett diz, se virando. — Vamos...

— Você concordou.

— Escolha Holden! Ele vai ficar melhor.

— Nah, será você, e eu quero um inferno de uma despedida de solteiro.

Ele geme e então abre a porta.

— Você conseguirá depois que eu resolver isso.

Nossa chamada com Addison foi ótima. Ela já sabia, pois tive que contar antes, mas ela estava muito feliz, chorando com Brielle.

Mulheres.

Agora estamos fazendo compras em Portland, e estou recebendo atualizações de Quinn. Parece que ele também está na área e quer que fiquemos alertas. Ele disse que seguiu uma trilha que coloca Bill possivelmente em Portland.

Pouca ou nenhuma surpresa, estou pronto para dar o fora daqui.

Eu a quero segura em seu apartamento, não andando pelas ruas onde tudo pode acontecer.

— Eu gosto desta loja — diz ela, apontando para uma boutique na esquina.

Também não gosto que estejamos a um quarteirão de...

— Brielle?

Henry.

— Ei, Henry. Eu... como você está? — ela pergunta, movendo-se em direção a ele.

— Estou bem. Só vim tomar um café e pensei que fosse você. — Ele se vira para mim. — Spencer, é ótimo te ver.

O sentimento não é mútuo.

— Oi, Henry.

— O que está fazendo em Portland? — ele pergunta.

— Compras. Brielle precisa de um vestido para uma festa. Vai ser um grande anúncio para nós.

Seus olhos se arregalam, mas não me importo. Tive que assistir esse idiota beijá-la.

— Anúncio?

Ela sorri.

— Recuperei minha memória.

— Estou tão feliz. De verdade.

Tenho muita certeza de que ele não está. Ele esperava que ela voltasse para ele, e realmente não posso culpá-lo. Ela é perfeita pra caralho, e eu gostaria do mesmo.

— Obrigada. Spencer e eu estávamos juntos antes e...
Ele olha para a mão dela.
— Ele é o noivo?
Ela sorri suavemente.
— Ele é.
— Eu sou.
Ele olha de um lado para o outro entre nós.
— Droga. Sinto muito por tudo isso. Não consigo imaginar que tenha sido fácil para você quando ela acordou.
— Não, não foi.
— Sim, eu... estou muito feliz por vocês — Henry repete. — Realmente quero que você tenha tudo o que desejar.
A mão dela repousa sobre o braço dele.
— Obrigada. Nós dois agradecemos.
— Nós agradecemos — eu digo, já que parece que estou de acordo com este ponto.
— Eu tenho que ir. Tenho uma reunião em vinte minutos e preciso de café. Foi ótimo esbarrar em você.
— Tchau — falo, terminando a conversa.
Os cabelos na parte de trás do meu pescoço continuam se levantando. Quero-a fora daqui e de Portland.
Assim que ele se vai, os olhos azuis da mulher que amo, que são tipicamente suaves e doces, ficam duros de raiva.
— Você foi um idiota.
— Vamos para o carro e você pode me repreender todo o caminho de volta para Rose Canyon.
— Spencer, estou falando sério. Henry não fez nada de errado, e você estava sendo um idiota.
Eu não dava a mínima para como tratei seu ex de merda, mas parece que isso a incomoda mais do que consigo entender.
— O que isso importa?
Ela balança a cabeça rapidamente e resmunga.
— Ele estava sendo perfeitamente legal.
— Ele também mentiu, beijou você, não apareceu no funeral de Isaac e é um idiota. Então, desculpe-me se não fui legal com ele. Da próxima vez, quando não estivermos no meio da cidade, serei mais gentil.
— O que nós estarmos em Portland tem a ver com você ser legal? — Brielle pergunta, olhando ao redor.

— Eu só gostaria que fôssemos embora.

— E eu gostaria de saber o que você está escondendo de mim.

Esta mulher vai ser a minha morte.

— Quinn está em Portland também. Ok? Ele está aqui, e acho que devemos ir para casa.

Brielle franze os lábios com os braços sobre o peito.

— Não.

— Não?

— Não — ela repete. — Eu não vou viver minha vida assim. Passei quantas semanas me sentindo insegura? Eu não tenho um vestido para a nossa festa, e vou entrar naquela loja.

Sério. Conto até cinco, o que faz bem pouco para o meu nervosismo, e então começo de novo.

Nesse momento, Brielle decide que não vai esperar e vai embora. Sigo como o cachorrinho apaixonado que sou, e passo os próximos três minutos tentando descobrir o que dizer para consertar isso. Fico feliz que ela não esteja com medo, mas também odeio essa coisa toda.

— Vou experimentar isso — ela me informa. Então beija minha bochecha. — Eu te amo.

E lá se vai toda a minha raiva. Bem desse jeito.

— Eu também te amo.

— Bom. Agora, espere aqui, e sairei assim que estiver pronta.

Eu me sento em um sofá rosa e espero.

E espero.

E espero.

Ela não parecia ter muito...

Estou de pé e caminhando em direção aos provadores, ignorando a mulher atrás do balcão que grita comigo. Abro a porta do vestiário, esperando que Brielle me repreenda por ser ridículo.

Só que ela não está aqui dentro.

Não está aqui.

As roupas que ela ia experimentar estão no cabide, mas não há garota para experimentá-las.

— Brielle! — eu grito, movendo-me em direção à porta dos fundos. Está aberta, e não paro até estar no meio do beco, procurando por qualquer vestígio dela.

Ela se foi.

CAPÍTULO TRINTA E CINCO

Brielle

 Meu coração está batendo tão forte que sinto que vai estourar no meu peito, mas não tive escolha. Ele me deixou um bilhete, e eu precisava vir aqui.
 Myles é uma criança inocente e eu sou uma adulta. Só espero que Spencer tenha encontrado as pistas que deixei.
 Sei que não há a menor chance de que ele me permita passar por isso sozinha. Ele nunca me colocaria em perigo. Eu o amo por isso, mas também sei que esse garotinho está com medo, e prometi protegê-lo meses atrás.
 Eu falhei com ele uma vez, e não vou fazer isso de novo.
 Não faço ideia de qual nome eles podem estar usando, então vou até a recepção e pergunto se há um Bill ou Sonya Waugh hospedados.
 — Não, desculpe-me, não tem ninguém aqui com esse sobrenome.
 Eu penso muito, tentando lembrar, e então isso me atinge. Ela e Bill não eram casados quando tiveram Myles, e seu sobrenome é Eastwood. Se a polícia está procurando por ele, faria sentido usar o nome de solteira dela.
 — E o sobrenome Eastwood?
 O hotel — na verdade, o motel — é o lugar exato para se esconder. É antigo, os tapetes são no estilo dos anos 90 em vermelho e dourado bem desgastados. Há uma máquina de venda automática no canto e tenho certeza de que eles alugam quartos por hora.
 É o lugar perfeito para ir se não quiser ser encontrado. A garota olha em seu computador.

— Não, senhora, desculpe-me, não tem ninguém com esse nome aqui.

— Eu sou sua irmã, e... ela disse que estava aqui. Ela tem um menino chamado Myles. O homem com quem ela está, ele tem cabelo castanho-escuro, e é um... — Eu paro quando a urgência arranha meu estômago. — Ele é horrível. Eu só preciso encontrá-la e afastá-la dele.

A garota volta a olhar para o monitor, revisando as fichas novamente.

— Eu não... realmente não estou achando.

Eu me inclino.

— Sei que você não tem permissão e que provavelmente é contra a política, mas estou apavorada. Ela não está aqui de boa vontade, e recebi uma mensagem de Myles. Eu acabei de... preciso ajudar. Por favor.

Posso não ser sua irmã, mas ainda tenho medo por Sonya e Myles. Espero que Sonya tenha conseguido manter os dois relativamente seguros, mas já sei que não há muito o que ela possa fazer. Quando ele me contou o que seu pai estava fazendo com eles, eu chorei. Nenhuma criança deve suportar a dor que ele sentiu, e Sonya é uma das pessoas mais legais que já conheci. Nenhum deles merece o que Bill os fez passar.

Eu deveria ter preenchido a papelada sem dar a ela um aviso. Nunca deveria tê-lo deixado sair do centro naquele dia.

A recepcionista suspira.

— Eu posso ajudá-la, mas... não posso te dizer nada. Se você se deparar com essa informação...

— O que você puder fazer, eu aprecio.

Ela vira a cabeça para a direita, e a sigo até uma área marcada apenas para funcionários.

— Se você estiver disposta a se tornar uma funcionária, há listas de nomes em alguns dos carrinhos de limpeza.

Eu a alcanço, puxando-a para um abraço.

— Você é um anjo.

— Eu vou perder meu emprego se...

— Ninguém nunca vai saber o que você fez, mas eu nunca vou esquecer.

Com demasiada frequência, as pessoas ficam à margem, esperando que alguém intervenha e ajude. Eu não vou fazer isso, e parece que ela também não. Eu vim aqui por minha própria vontade para fazer o que era certo. Para ajudar quem precisa de mim. Só tenho que esperar que Spencer e Quinn estejam bem atrás de mim.

Visto um uniforme e pego o carrinho antes de procurar na lista de nomes e números de quartos. Nenhum deles se destaca, e tenho que assumir que Bill reservou o quarto sob um pseudônimo.

Uma das governantas me dá uma olhada.

— Você é nova.

— Sim, na verdade, talvez você possa ajudar. Eu estava limpando um quarto outro dia, e havia um garotinho e seus pais. Acho que o nome do homem era Bill, mas prometi a ele que voltaria e levaria algumas toalhas extras, e agora não consigo lembrar o número do quarto.

Ela revira os olhos.

— Escreva da próxima vez. Você conhece as reclamações que recebo porque não podemos ajudar? — A mulher pega sua prancheta na lateral do carrinho. — Eles estão no 208. Leve as toalhas para eles, e então você pode limpar aquele andar. Houve uma despedida de solteiro no 222, então lide com isso.

Eu me encolho por dentro, imaginando que as festas neste estabelecimento provavelmente não deixam o quarto muito arrumado.

— Obrigada. Vou lidar com o que eu puder.

Empurro o carrinho à minha frente, sentindo-me mais nervosa do que antes. Este motel não é um lugar agradável. Está claro que é para onde as pessoas vão quando não querem ser vistas. As cortinas das janelas são amarelas, e o carrinho está cheio de coisas que provavelmente caíram da traseira de um caminhão.

Quando chego ao segundo andar, a determinação que eu tinha começa a diminuir um pouco, porque só quando saio para o corredor me lembro de que ele tem uma arma. Eu não tenho ideia do que vou encontrar, e realmente pensei que Spencer estaria aqui agora.

Ele deve ter encontrado o bilhete de Myles que deixei no vestiário. Talvez esteja esperando por Quinn ou pela polícia.

Pego meu telefone, encontrando dez chamadas perdidas e oito mensagens de texto.

Oh, eu estou com tantos problemas.

Nove das chamadas perdidas são de Spencer e uma é de Quinn.

Em seguida, as mensagens.

> Spencer: Onde você está?

> Spencer: Sério, Brielle, onde diabos você está?

> Spencer: Baby, por favor, não faça isso. Por favor, apenas me ligue. Espere por mim. Estou indo atrás de você, e farei isso.

> Spencer: Brie, eu não posso... não posso lidar com isso!

> Quinn: Estou a caminho. Não vá para aquele quarto sozinha.

> Spencer: Juro por Deus, se você se matar, eu vou para o inferno e você nunca vai me ouvir parar de falar disso!

> Quinn: Brielle, responda a um de nós.

> Spencer: Eu estou te implorando, espere por nós. Estamos a caminho, mas Jesus Cristo, Brielle, espere. Por favor.

Ele tem razão. Eu deveria esperar. Deus, o que estou fazendo? Estou arriscando destruir o mundo daquele homem quando ele e Quinn são treinados para fazer isso. Eles podem me ajudar.

Eu me enfio atrás da parede, meu peito arfando, e ligo para o número dele.

— Brielle? — Sua voz está cheia de pânico.

— Sou eu.

— Você está segura?

Minha mão está no meu coração batendo, e a culpa e o arrependimento estão azedando meu estômago.

— Sim. Sinto muito. Achei que não tinha outro jeito. Eu tive que ajudá-lo.

— Você... eu não vou te dar um sermão agora. Só preciso saber onde você está.

— Estou no motel Superior Eights. No segundo andar.

— Fique. Escondida. — Spencer soa como se estivesse à beira de perder a cabeça. — Por favor. Estou a caminho, mas... mexa-se! — ele grita, e ouço um barulho de batida. — Quinn está perto, e estarei aí em cinco minutos. Apenas fique aí e espere por nós.

— Ok — prometo. — Sinto muito. — E sinto, porque sei que estraguei tudo, ele está preocupado e eu deveria ter confiado nele. — Eu nunca deveria ter vindo aqui sozinha.

Então ouço uma voz arrepiante e familiar.

— Não, você não deveria.

Olho para cima e vejo Bill parado ali, segurando um saco de comida e apontando uma arma para mim.

CAPÍTULO TRINTA E SEIS

Spencer

Chego ao motel exatamente sete minutos depois que o telefone fica mudo. Estou correndo com pura adrenalina. Quinn já está no estacionamento, de olho em Bill, que fica espiando pela janela a cada poucos minutos.

Quando me encontro com ele, minhas mãos estão tremendo incontrolavelmente.

Quinn olha para mim.

— Controle-se agora ou vou fazer isso sozinho.

O inferno que ele vai.

— Ela é meu mundo.

— E ela é minha responsabilidade. Então, controle-se. Esta é uma missão, e você precisa tratá-la como tal.

Ele está certo, mas como posso dizer isso ao meu coração? Fecho os olhos por alguns segundos e acalmo minha frequência cardíaca. Uso cada grama de treinamento que tenho para me separar de Brielle. Ela é uma refém, e precisamos lidar com isso como tal.

Forço minha voz a permanecer firme.

— Envolveu a polícia?

— Eu os informei sobre o que estava acontecendo. Jackson chamou alguns amigos da força e teremos reforços em breve.

— E o seu plano?

Ele acena com a cabeça uma vez.

— Nós a pegamos antes disso.

— Bom.

Quinn explica o layout e qual é o seu plano.

— A gerente diz que ele está aqui há cerca de um mês, está paranoico, e é a última semana que paga integralmente. O cara sabe que está prestes a ser acusado de assassinato em primeiro grau, o que significa que está desesperado, e pessoas desesperadas fazem merdas estúpidas.

— E Brielle acabou de lhe dar outro refém.

— Ela deu, mas nós somos treinados para lidar com isso. Há uma pequena janela no banheiro. Eu quero esmagá-la, criar a ilusão de que estamos indo por aquele caminho, e então vamos explodir a porta das dobradiças. Direto e obstinado. Pegamos Brielle, a criança e a mãe.

— E se ele os machucar?

— Não vai. Vamos lidar com a situação que temos — Quinn afirma e então se levanta. — A gerente está disposta a quebrar o vidro para nós. Isso nos dará a oportunidade de entrar ao mesmo tempo. — Quinn me entrega uma das armas que ele escondeu. — Tente não atirar nele. Lembre-se de que também precisamos preservar o caso. Não importa seus sentimentos pessoais, você não serve para Brielle atrás das grades.

Por mais que queira dar um soco na cara dele por seu lembrete, eu provavelmente precisava disso. Este homem, se posso chamá-lo assim, tirou mais de mim do que jamais deveria ter recebido. Agora ele tem Brielle, e eu estou além da raiva.

Quinn faz um barulho de assobio.

— Esse foi o sinal. Ela vai esperar dois minutos e quebrar o vidro. Vamos lá.

Nós rastejamos ao longo do exterior do motel no primeiro andar. Pego o lado direito e ele o esquerdo. Nós nos movemos como fomos treinados para fazer, silenciosos e rápidos. Abaixo-me nas janelas do primeiro quarto e, quando apareço, ele gesticula para que eu vá para o próximo. Continuamos assim até estarmos ambos em posição de arrombar a porta.

Sinalizo para Quinn que devemos nos mover, mas ele balança a cabeça.

Eu não posso esperar. Ela está lá com um homem que já tentou matá-la uma vez. Sentar-me aqui está me matando.

Meu corpo está pronto para atacar, mas, quando estou prestes a fazer o sinal para ir novamente, ouvimos a comoção.

Alguém está gritando dentro do quarto, e Quinn está se movendo para chutar a porta.

Antes que ele possa, ela se abre e Brielle sai correndo com um garotinho nos braços.

Ela me vê. Seus olhos se arregalam.

— Vá para o carro! Agora! — ordeno, e então Quinn e eu entramos no quarto.

Ele agarra Sonya, empurrando-a para fora e instruindo-a a seguir Brielle.

— Mantenha a cabeça fria — avisa, e nos movemos mais fundo no quarto. O armário está à direita; abro a porta e Quinn faz uma verificação visual. Está vazio, o que deixa mais um lugar para ele se esconder. O banheiro.

A porta está fechada, mas posso ouvir movimento.

— Você não tem para onde ir — digo a ele. — Saia agora com as mãos para cima.

Quinn se move para a minha esquerda.

— Não seja estúpido, apenas saia devagar e em silêncio.

— Foda-se! Fodam-se todos vocês! Esses são minha esposa e filho. Você acha que eu não sei como isso termina?

— Você deveria ter pensado nisso antes — falo, com os dentes cerrados. — Só há uma maneira de isso acontecer agora.

Quinn bate no meu ombro e aponta para eu me mover para o lado.

— Ouça, Bill, eu sou pai, e se fosse meu filho, eu seria como você se alguém quisesse levar meu filho embora. Mas você matou um homem, e... bem, manteve sua esposa e filho aqui contra a vontade deles. — Quinn se vira para mim. — Mantenha-o falando, a polícia está quase aqui.

Os sons das sirenes ecoam ao longe.

— Por que você fez isso, Bill? — pergunto.

— Eu-eu só queria o meu menino. — Sua voz falha com a admissão. — Eu não queria machucá-lo, nenhum deles. Não tive escolha. Se a polícia viesse à minha casa, estaríamos todos mortos.

— Você o ama.

— Eu amo. Eu acabei de... tinha que me certificar de que ninguém aparecesse. Eu ia buscar ajuda.

— É bom que você tenha tentado obter ajuda, Bill. Mas a polícia está aqui, então você tem que fazer uma escolha. Vai mostrar a Myles o jeito certo de lidar com as coisas ou não? — eu indago, sabendo que meu tempo neste quarto terminará muito em breve. Não faremos parte disso quando a polícia entrar em cena.

— Eles virão até você em seguida. Diga-lhes... que sinto muito.

Quinn se move para trás, batendo em mim enquanto vai, e então eu recuo também. A porta do banheiro se abre e então o tiro soa.

CAPÍTULO TRINTA E SETE

Brielle

Aquele som. O som de um tiro é algo que sinto em meus ossos.

Afasto-me de Myles, que está tremendo.

Oh, Deus.

Spencer.

Começo a andar, mas Sonya agarra meu braço.

— Não, você não pode.

Eu a afasto, correndo agora.

A única coisa que passa pela minha cabeça é que preciso chegar até ele.

Spencer.

Subo as escadas de dois em dois. Minhas mãos estão tremendo, e posso sentir meu coração contra minhas costelas.

Por favor, Deus, não o leve.

As sirenes soam do lado de fora e as pessoas estão gritando, mas eu bloqueio tudo. Então chego ao topo da escada, e meu mundo inteiro para.

— Spencer — eu quase engasgo com seu nome quando ele me agarra em seu peito.

— Acabou. Acabou.

— Precisamos nos mover — Quinn diz atrás dele.

Spencer me levanta em seus braços, carregando-me de volta escada abaixo enquanto eu soluço. Minhas lágrimas mancham sua camisa, e ele só me segura com mais força, como se precisasse do contato tanto quanto eu.

— Ela está bem? — Quinn pergunta.

Não ouço o que ele diz, mas não estou bem. Estou louca, chateada e com raiva. Não faço ideia do que aconteceu, mas a polícia está ao nosso redor, conversando com Spencer e Quinn.

Sei que sou fraca e ridícula, mas isso é demais. Encarar o homem que matou meu irmão e tentou me matar, ver Myles apavorado e Sonya congelada de medo... foi demais.

Ele era aterrorizante, e toda a coragem que eu tinha antes de chegar aqui evaporou no segundo em que coloquei os olhos nele.

— Brie, você precisa responder algumas perguntas — diz Spencer, esfregando as minhas costas.

Lentamente libero o aperto mortal que mantive sobre ele, que abaixa meus pés no chão, e enxugo meu rosto. Durante a próxima hora, respondo a todas as perguntas que posso, e então observo Quinn, Spencer, Sonya e Myles passarem pela mesma coisa. Quando a polícia nos diz que estamos livres para ir, o céu está escuro e nos sentimos todos exaustos.

No final, deu certo, eu acho. Nenhuma acusação será feita contra nenhum de nós, e o assassino do meu irmão não anda mais nesta terra.

Ainda assim, não é tão satisfatório quanto deveria ser.

Eu queria que ele fosse preso, mas deveria estar contente que, pelo menos, não há chance de ele machucar alguém novamente.

Minhas emoções se estabilizam quando a adrenalina diminui, e Myles se aproxima.

— Ei, camarada.

Ele sorri.

— Obrigado por nos salvar.

Spencer se agacha na frente dele.

— Você foi muito corajoso em deixar aquele bilhete.

— Brielle sempre nos disse que, se precisássemos de ajuda, deveríamos pedir. Enviei o bilhete para um amigo que o entregou.

— Isso foi inteligente — digo a ele.

— Muito — Spencer segue.

Sonya se aproxima, envolvendo os braços ao redor de seu filho.

— Nós vamos para casa. Sinto muito, Brielle. Sinto muito pelo que ele fez com você e sua família. Lamento não ter sido forte o suficiente para deixá-lo anos atrás.

Eu aperto a mão dela.

— Acabou, e não é sua culpa.

Ela acena com a cabeça uma vez e depois vai embora, e é o primeiro momento que Spencer e eu temos sozinhos.

— Você me assustou pra caralho — Spencer diz, pegando meu rosto nas mãos.

— Eu... não tenho desculpa.

— Não, você não tem.

Seguro seus pulsos enquanto ele inclina sua cabeça contra a minha.

— Eu estava com tanto medo que ele te machucasse.

— Seja qual for o medo que você teve, querida, amplifique-o em mil. Foi o que senti quando você se foi.

Eu me inclino para trás, olhando em seus profundos olhos verdes.

— Eu sabia que você viria atrás mim.

— Depois que enlouqueci correndo pelo beco.

— Eu sabia que você não me deixaria ficar aqui sozinha.

Ele abaixa as mãos.

— Maldição, eu não deixaria. Teria chamado a polícia e feito o trabalho deles. Então Quinn e eu não teríamos que esperar que a recepcionista pudesse jogar um tijolo pela janela de trás. Nós passamos por tudo isso, e você nem me deixou te resgatar.

Eu me forço a não sorrir.

— Quando ele entrou no banheiro, eu não ia ficar esperando.

— Mas você sabia que estávamos vindo.

— Eu sabia, mas também pensei...

— Pare de fazer isso — diz Spencer, parecendo não se divertir.

— Fazer o quê?

— Pensar. Da próxima vez que você considerar uma grande ideia, execute-a como uma pessoa racional. Correr às cegas para salvar um menino de um louco que tem uma arma não é um bom plano.

— Chega de pensar — prometo.

Ele suspira profundamente e me puxa para seu peito. Seus lábios pressionam minha testa e ficam lá.

— Chega de pensar.

— Estamos seguros agora — eu falo.

— Nós estamos. Não há mais ameaça para você ou qualquer outra pessoa.

— Por enquanto — eu digo, inclinando-me contra seu corpo forte.

— Sim, até você encontrar a próxima coisa estúpida para se envolver.
Eu rio disso e me derreto nele.
— Eu te amo, sabia?
— Sim.
— Gosto dessas palavras — digo a ele.
— Sua vez de dizê-las — Spencer exige.
— Sim.
— Eu gosto dela em seus lábios. — Ele me encara, algo brilhando em seus olhos. — Fuja comigo.
— O quê?
— Vamos sair daqui. Agora. Não vamos voltar para Rose Canyon, não como apenas Spencer e Brielle de qualquer maneira.
Minhas sobrancelhas se juntam.
— Como voltaríamos?
— Sr. e Sra. Cross.
Meus lábios se abrem e se curvam com essa ideia.
— Você quer se casar comigo?
— Sim. Agora mesmo.
— Nós não podemos…
Ele pega minhas mãos nas dele.
— Quero me casar com você, Brielle. Quero passar todos os dias da vida que nos resta com você como minha esposa. Quero que você saiba que estou sempre aqui e que vou te amar até o dia que eu morrer. Vamos lá.
Ele é louco. nego com a cabeça, tentando atrasá-lo.
— Não podemos.
— Podemos. Vamos entrar no carro agora e dirigir até Reno.
— Reno? Você quer se casar em *Reno*?
— Quero me casar com você nas próximas vinte e quatro horas. Então sim, eu quero ir para Reno. Quer se casar comigo? Em Reno… hoje?
Por mais louco que seja, não há nada neste mundo que me detenha.
— Eu me casaria com você qualquer dia ou em qualquer lugar, seu louco.
Spencer me beija e nós dois sorrimos.
— Eu vou te fazer feliz.
— Você já faz.
E com isso, corremos para o carro dele e seguimos para Reno.

EPÍLOGO

Brielle

— Juro que é como se eu nem te conhecesse — Addison afirma, com uma risada.

Movo Elodie para o meu outro quadril e sorrio.

— Eu também não sei se me conheço. Ou talvez eu seja apenas eu mesma quando estou com ele.

Ela olha para Spencer, meu marido, e dá de ombros.

— Ele teria gostado disso.

— Você acha? — pergunto, sabendo que ela está falando sobre Isaac.

— Acho. Ele o amava como a um irmão e confiava nele. Isaac só queria que as pessoas que amava tivessem alguém especial para amá-los também.

Elodie pega meu colar em seu pequeno punho e começa a tentar encaixar os dois na boca.

— E você?

— E quanto a mim?

— Você acha que ele gostaria que você fosse feliz?

Ela ri.

— Estou a anos de distância da felicidade, mas pelo menos já começo a sair da chuva.

— Isso é um começo — falo, esperançosa de que ela vá encontrar o sol. — E voltar para casa?

Addy olha em volta.

— Em breve, eu acho. Estar aqui esta semana foi muito bom. Não foi tão difícil quanto eu pensava.

— Sinto sua falta, Addison. Realmente sinto.

— Você tem uma família agora. É uma mulher casada e provavelmente terá seus próprios filhos em breve...

A mão de Spencer pousa nas minhas costas assim que as palavras dela saem e ele faz um barulho de asfixia.

— Perdi alguma coisa?

Eu rio.

— Eu não estou grávida... pelo menos, não que eu saiba.

— Está bem então. Ouça, sua mãe está me falando um monte de merda porque levei sua única filha para Reno. Ela está brava por ter perdido isso e exige "seu" casamento.

Eu gemo.

— Achei que poderíamos evitar isso.

Quando todo mundo veio para a cidade ontem, fiquei atordoada e exultante. Spencer se deu ao trabalho de me dar uma festa de noivado perfeita, que meio que se transformou em uma recepção de casamento.

Só que ninguém acha que nosso casamento conta.

Todos eles exigem que refaçamos para que a família e os amigos possam estar presentes.

Passei a maior parte do dia tentando explicar como isso seria desnecessário.

— Ela tem razão — diz Addison.

— Addy!

— O quê? Só estou dizendo que, se Elodie fizesse isso, eu estaria quebrada. Uma mãe só consegue isso uma vez.

— É um casamento. Por que ela precisa disso?

— Porque ela precisa de algo feliz. Todos nós precisamos.

Spencer e eu nos entreolhamos.

— Eu já consegui a parte do casamento. O resto é todo seu.

Solto o ar pelo nariz.

— Tudo bem. — Viro-me para Addison. — Mas você é minha madrinha.

— Eu?

— Sim. Você é minha melhor amiga e irmã, o que significa que vai ter que voltar aqui para me ajudar a planejar.

Pelo menos poderei ter isso.

Os olhos de Addison se arregalam.

— Eu não posso fazer isso.

— Então eu não posso ter um casamento.

— Você não pode fazer isso! — ela zomba. — É totalmente injusto da sua parte me chantagear.

— Talvez sim, mas eu quero que este pequeno amendoim tenha tia Brie por perto para corromper sua pequena mente, e quero você de volta em casa. Então, se o casamento conseguir isso, você pode chamar do que quiser.

Spencer sorri.

— Que selvageria, amor.

— Você está louca.

— Você não me deu resposta. Vou ter um casamento ou você vai partir o coração da mamãe?

Addison revira os olhos.

— Tudo bem, mas isso não significa que eu vou ficar.

Beijo a bochecha de Elodie.

— Você não precisa ficar para sempre, só um pouco.

Ela toma Elodie de volta em seus braços.

— Vou pegar um pouco de comida. Parece que Emmett está com o microfone de qualquer maneira, e não quero as consequências nas minhas proximidades.

Oh, não. Eu olho, e com certeza, o microfone está com ele.

— Merda — Spencer murmura.

Emmett bate no microfone, acalmando todos.

— Tudo bem, todos de Rose Canyon. Bem-vindos. Eu sou Emmett, Homem do Ano, caso vocês não saibam.

Holden grita:

— Ninguém se importa com você!

Ele faz um gesto para calá-lo.

— Você não foi indicado, sente-se.

Spencer ri.

— Isso vai ser uma bagunça.

Vai mesmo.

Emmett se vira para nós.

— Vocês dois, venham aqui.

Spencer e eu relutantemente vamos para a frente da sala.

— Estamos todos aqui para celebrar a união dessas duas pessoas. Spencer é meu melhor amigo desde que eu tinha doze anos. Como todos sabem, ele é um completo e total desperdício de espaço. Quero dizer, quem precisa de um vencedor do Prêmio Pulitzer em sua cidade de qualquer maneira? Sem mencionar, ele é um garanhão total. Desculpe, cara, você é gostoso — ele diz, e Spencer apenas dá de ombros, enquanto Emmett se vira para mim. — E, Brielle, bem, eu não sei o que dizer sobre esta doidinha. Ela é a mulher mais corajosa, inteligente e estúpida que eu conheço. Sim, eu ouço a contradição aí, gente. Sei disso. No entanto, essa é a nossa Brie. Ela fará qualquer coisa por alguém com quem se importa, até mesmo se casar com ele. Eu gostaria de saber disso antes que esse cara ficasse com ela — ele fala.

A multidão inteira está na palma de suas mãos. Eles riem, balançam a cabeça e aplaudem cada comentário ultrajante que ele faz.

— No entanto — Emmett continua —, há algo que eu não conseguia parar de pensar no outro dia. Tínhamos vinte anos e Brielle ainda usava fraldas.

Eu reviro os olhos.

— Eu não sou tão mais jovem! São apenas dez anos!

— Ele já está nos "enta", querida, confie em mim.

Descanso a cabeça no peito de Spencer, escondendo minha risada.

— Viu como ela é fofa? — Emmett pergunta, provocando mais palmas. — Eu discordo. Houve um dia em que todos nós fomos para os penhascos… não para dar uns amassos, calma, Mama Davis… e estávamos assistindo ao pôr do sol. Muitas vezes, Isaac, Holden, Spencer e eu saíamos e conversávamos sobre a vida. Era fácil onde ninguém podia nos ouvir falar sobre coisas que nos assustavam. De qualquer forma, naquele dia, levamos Brielle e, como sempre, ela se sentou ao lado de Spencer. Ela nos disse que estava preocupada que seu coração nunca encontrasse a pessoa com quem deveria estar. Lembro-me de pensar: que coisa estranha para uma criança se preocupar. — Mais risadas da multidão. — Mas Isaac se inclinou, olhou para sua irmã e disse: seu coração deve estar com a pessoa ao seu lado.

Lágrimas enchem minha visão quando olho para Spencer.

— Eu lembro desse dia.

Ele sorri.

— Eu também.

— Claro, todos nós rimos, pensando em como seria engraçado que Brielle e Spencer ficassem juntos. Mas não é tão engraçado. Na verdade, acho que é incrivelmente perfeito. Então, meus queridos amigos — Emmett diz, como se Spencer e eu não estivéssemos tendo um momento sério

—, embora Isaac não esteja aqui fisicamente, seu coração está aqui conosco. Ele nos assiste, sabendo que sua irmãzinha está com o homem ao lado dela naquela pedra, que caminhará com ela pelo resto de sua vida. — Ele levanta o copo e todos o fazem também.

— Para Brielle e Spencer.

— Para Brielle e Spencer.

O tilintar dos copos nos manda beijar, e nós o fazemos, ambos com os olhos marejados.

Abraço Emmett depois.

— Não acredito que você se lembrou daquele dia.

Ele sorri.

— Lembro, porque achávamos que era loucura, mas não fui o único. Cerca de dois anos depois que aconteceu, perguntei a Isaac se ele se lembrava de ter dito isso.

— E?

— Ele disse que sempre pensou que vocês dois terminariam juntos algum dia. E achou que seria engraçado assustar Spencer.

Eu rio, porque isso é um comentário bem Isaac.

— Ele me disse muitas coisas ao longo dos anos, especialmente nos últimos meses.

— Oh?

Ele olha para Addy.

— Ele me pediu para cuidar dela se alguma coisa acontecesse. Para ter certeza de que ela estaria sempre segura. Ele a amava mais do que tudo, e eu o decepcionei.

Descanso minha mão em seu braço.

— Você nunca fez isso.

— Não? Eu não peguei o assassino dele.

Spencer balança a cabeça.

— Não vamos lá. Você fez tudo certo e, se a nossa Barbie psicótica não tentasse testar a sorte dela, você teria conseguido.

Ele se inclina e beija minha bochecha.

— Sim, nunca mais faça isso.

— Eu prometo que não vou. — Não tenho nenhuma intenção de ser tão burra novamente.

— Bom. Estou feliz por vocês dois.

Spencer e Emmett apertam as mãos.

— Apenas pense, você vai conseguir fazer isso de novo em alguns meses.
— Fazer o quê?
Meu marido sorri com malícia em seus olhos.
— O discurso. Vamos ter um grande casamento.
— Excelente — ele resmunga. Então Emmett fica rígido, olhando para uma linda mulher com longos cabelos castanhos.
— Quem é aquela? — pergunto.
Emmett não responde, apenas a encara.
— Foda-se — diz baixinho.
— Umm, Emmett? — Spencer segura seu ombro. — Aquela é...
— Sim.
Bem, estou tão feliz que eles saibam quem é. Eu gentilmente bato no peito de Spencer.
— Você pode me dar uma pista?
— Aquela é Blakely Bennett. Ela estava no exército com Emmett.
Minhas sobrancelhas sobem.
— Oh? Eles são amigos? — Porque realmente não parece com o jeito que Emmett ainda não está se movendo ou respondendo.
— Acho que ela era a capitã dele.
Isso o tira de seu torpor.
— Não, nós éramos iguais.
— Ela era a chefe dele com toda certeza — Spencer diz suavemente para mim.
Ela vem em nossa direção, e fico impressionada com sua beleza natural. É uns bons sete centímetros mais alta do que eu, esbelta, e tem lábios carnudos, mas se isso não bastasse, seu cabelo se move como aqueles comerciais de shampoo quando ela anda.
Ela nos alcança, e seu sorriso é largo enquanto ela o encara.
— Olá, Maxwell.
— Bennett — ele responde, entrecortado.
Ela olha para Spencer.
— Pensei que fosse você, Cross. Você parece feliz.
Ele solta minha mão e a puxa para um abraço.
— É porque eu estou. É bom ver você, Blake.
— Você também, e ouvi dizer que esta é a sua festa de casamento?
Spencer assente.
— Esta é minha esposa, Brielle.

Seu olhar quente encontra o meu e ela estende a mão.

— É um prazer conhecê-la. Conheço seu marido de um dos exercícios de treinamento que fizemos. Desejo a ambos muita felicidade.

— Obrigada. — Eu gosto dela. Não sei por que, mas gosto.

— O que você está fazendo aqui, Blakely? — Emmett pergunta.

— Vim ver você, querido.

Querido? Spencer e eu trocamos um olhar rápido.

— Enviei a papelada meses atrás.

Ela acena com a mão.

— Não estou aqui por isso. Eu vim para outra coisa.

— Que papelada? — Spencer pergunta. Estou tão feliz que sua intromissão está me salvando de ser rude.

Blakely dá de ombros.

— Papéis do divórcio.

Oh. Oh, não. Desculpe, ela disse papéis de divórcio?

Emmett geme, passando a mão pelo rosto.

— Jesus Cristo.

— Você é casado? — pergunto, um pouco mais alto do que deveria.

— Sim, Blakely Bennett é minha esposa. E, se vocês me derem licença, preciso falar com ela lá fora.

Antes que qualquer um de nós possa dizer outra palavra, ele pega a mão dela e praticamente a arrasta para fora. Ela se vira para nós, mantendo o ritmo, e acena.

— Tenho certeza de que nos veremos em breve.

Nós dois ficamos de queixo caído com a cena se desenrolando. Uma vez que a porta se fecha, os murmúrios ao nosso redor começam. Não querendo que nosso amigo, que tem muito a explicar, fique ainda mais constrangido, aceno para o DJ, que imediatamente começa a tocar alguma coisa.

Mais alguns segundos se passam e olho para meu marido.

— Você sabia?

— Não. — Seus olhos voltam para fora. — E aquele filho da puta me falou um monte de merda sobre guardar segredos.

Eu rio.

— Bem, ele é casado, pelo que parece.

— Sim, parece que sim. Venha dançar comigo.

De mãos dadas, caminhamos para a pista de dança.

— Ela é muito bonita — digo a ele.

Spencer me puxa para si, e meus braços sobem ao redor de seu pescoço.

— Você é a mulher mais linda do mundo.

— Eu sou a mulher *mais sortuda* do mundo — eu o corrijo.

— ah, é?

Eu concordo.

— Eu tenho você. O garoto por quem me apaixonei acabou de se tornar o marido com quem vou envelhecer.

Ele beija meus lábios, e me derreto nele.

— Quem diria que tudo que você precisava era de perda de memória para ver o quão bom eu sou.

Eu rio.

— Eu sabia muito antes disso, Sr. Cross.

— E vou me certificar de que se lembre disso pelo resto de sua vida, Sra. Cross.

Essa é uma promessa que pretendo fazer com que ele cumpra, porque uma vida sem Spencer é uma vida que eu não gostaria de me lembrar de qualquer maneira.

Seu olhar quente encontra o meu e ela estende a mão.

— É um prazer conhecê-la. Conheço seu marido de um dos exercícios de treinamento que fizemos. Desejo a ambos muita felicidade.

— Obrigada. — Eu gosto dela. Não sei por que, mas gosto.

— O que você está fazendo aqui, Blakely? — Emmett pergunta.

— Vim ver você, querido.

Querido? Spencer e eu trocamos um olhar rápido.

— Enviei a papelada meses atrás.

Ela acena com a mão.

— Não estou aqui por isso. Eu vim para outra coisa.

— Que papelada? — Spencer pergunta. Estou tão feliz que sua intromissão está me salvando de ser rude.

Blakely dá de ombros.

— Papéis do divórcio.

Oh. Oh, não. Desculpe, ela disse papéis de divórcio?

Emmett geme, passando a mão pelo rosto.

— Jesus Cristo.

— Você é casado? — pergunto, um pouco mais alto do que deveria.

— Sim, Blakely Bennett é minha esposa. E, se vocês me derem licença, preciso falar com ela lá fora.

Antes que qualquer um de nós possa dizer outra palavra, ele pega a mão dela e praticamente a arrasta para fora. Ela se vira para nós, mantendo o ritmo, e acena.

— Tenho certeza de que nos veremos em breve.

Nós dois ficamos de queixo caído com a cena se desenrolando. Uma vez que a porta se fecha, os murmúrios ao nosso redor começam. Não querendo que nosso amigo, que tem muito a explicar, fique ainda mais constrangido, aceno para o DJ, que imediatamente começa a tocar alguma coisa.

Mais alguns segundos se passam e olho para meu marido.

— Você sabia?

— Não. — Seus olhos voltam para fora. — E aquele filho da puta me falou um monte de merda sobre guardar segredos.

Eu rio.

— Bem, ele é casado, pelo que parece.

— Sim, parece que sim. Venha dançar comigo.

De mãos dadas, caminhamos para a pista de dança.

— Ela é muito bonita — digo a ele.

Spencer me puxa para si, e meus braços sobem ao redor de seu pescoço.

— Você é a mulher mais linda do mundo.

— Eu sou a mulher *mais sortuda* do mundo — eu o corrijo.

— ah, é?

Eu concordo.

— Eu tenho você. O garoto por quem me apaixonei acabou de se tornar o marido com quem vou envelhecer.

Ele beija meus lábios, e me derreto nele.

— Quem diria que tudo que você precisava era de perda de memória para ver o quão bom eu sou.

Eu rio.

— Eu sabia muito antes disso, Sr. Cross.

— E vou me certificar de que se lembre disso pelo resto de sua vida, Sra. Cross.

Essa é uma promessa que pretendo fazer com que ele cumpra, porque uma vida sem Spencer é uma vida que eu não gostaria de me lembrar de qualquer maneira.

SÉRIE IRMÃOS ARROWOOD

Se você gostou de *Ajude-me a lembrar*, vai adorar outra série de Corinne Michaels, publicada pela The Gift Box: *Irmãos Arrowood*. Até o momento, conheça os dois primeiros livros.

The GiftBox
EDITORA

A The Gift Box é uma editora brasileira, com publicações de autores nacionais e estrangeiros, que surgiu no mercado em janeiro de 2018. Nossos livros estão sempre entre os mais vendidos da Amazon e já receberam diversos destaques em blogs literários e na própria Amazon.

Somos uma empresa jovem, cheia de energia e paixão pela literatura de romance e queremos incentivar cada vez mais a leitura e o crescimento de nossos autores e parceiros.

Acompanhe a The Gift Box nas redes sociais para ficar por dentro de todas as novidades.

🏠 www.thegiftboxbr.com

f /thegiftboxbr.com

📷 @thegiftboxbr

🐦 @GiftBoxEditora

Impressão e acabamento

psi7 | book7
psi7.com.br book7.com.br